Great Historic Animals

9

Great Historic Animals

표범을 사랑한 군인

역사에 남을 위대한 야생 동물들

어니스트 톰슨 시튼 지음 | 이한중 옮김

궁리
KungRee

일러두기

· 이 책은 『Great Historic Animals』(Charles Scribner's Sons, 1937)를 우리말로 옮긴 것으로,
『위대한 늑대들』(지호, 2004)과 『표범을 사랑한 군인』(지호, 2004)을 다시 펴낸 것입니다.

서문

　이 책에 나오는 이야기의 절반 이상은 역사에 남을 만한 늑대에 대한 것이다. 야생 동물들에 에워싸여 살던 인간이 주도권을 확보하기 위해 애쓰던 시절, 우리 아리안계 조상들이 맹수들 가운데 가장 관심을 가졌던 대상이 바로 늑대였다.

　늑대는 인간과 동물 모두에게 밤의 공포였다. 이들은 수백만 마리씩은 아니더라도 수천 마리씩은 늘 존재했다. 힘과 꾀를 갖춘 데다 숫자까지 많았기 때문에 늑대들과 맞설 만한 존재는 없었다.

　하여 사람이 사는 곳이면 어디나 높은 담과 야간 보초가 필요했다. 다른 야생 동물들도 늑대를 피해 굴이나 높은 나무, 뚫고 들어가기 힘든 덤불 속에 안식처를 마련해야 했다. 섬이나 바위틈에 살기도 했다.

그럼에도 늑대로 인한 희생은 줄어들지 않았다. 늑대에 대한 두려움은 어디에서도 그칠 줄을 몰랐다. 그런데도 우리는 역사에서 늑대에 대한 이야기를 별로 찾아볼 수 없다. 왜일까?

시카고의 땅 밑이나 어두운 구석에는 수많은 쥐들이 살고 있다. 그렇지만 우리는 쥐들에 대한 이야기를 일상적으로 듣지는 못한다. 너무나 당연한 존재이기 때문이다. 쥐들이 많이 희생된다 하더라도 으레 해마다 있는 일이라고 생각한다. 그러다 불이 나거나 홍수로 쥐들이 사람들의 눈에 갑자기 많이 띄게 되고, 궁지에 몰려 절박한 가운데 앞뒤를 가리지 않고 개나 사람을 공격하고 힘없는 아이나 동물을 죽이기라도 하면, 마침내 사람들은 이들을 알아보는 것이다. 그리고 끔찍한 문구로 장식된, 쥐들에 대한 혐오감을 부추기는 온갖 인쇄물들이 넘쳐 나는 것이다.

늑대도 마찬가지였다. 사람들은 평상시에는 이들의 공격을 어쩔 수 없는 것으로 받아들인다. 그러다 혹독한 겨울을 만나 더 사나워진 늑대들이 큰 무리를 지어 살던 곳 밖으로 나와서 마을을 휩쓸고 지나가는 특별한 경우에는 역사적인 기록이 남는 것이다. 아니면 어마어마하게 덩치가 크거나 머리가 비상한 늑대가 나타나면서 놀라운 이야기 하나가 탄생하는 것이다. 충격적이고 간담이 서늘해지며 결코 잊지 못할 이야기, 새빨간 피로 얼룩진 늑대 역사의 한 장은 그렇게 씌어졌다.

그중 소름 돋는 기록 두 가지는 늑대 역사에서 여러 지면을 차지할 만하다. 나는 이 두 이야기에 꽤 많은 지면을 할애했다. 하나는 1430년의 기록인 〈프랑스 늑대 왕 쿠르토〉이고, 또 하나는 1764년의 기록인 〈식인 늑대 라베트〉이다. 이들은 모두 사람을 잡아먹는 식인 늑대였다. 이 두 이야기의 전체적인 줄거리는 역사적인 사실이지만 나는 최대한 자유롭게 꾸미고 여기에 살을 붙였다.

〈아일랜드 늑대의 최후〉는 실제 있었던 일이다. 내가 이야기의 전개를 어느 정도 발전시키긴 했지만 관련된 사건은 전해 오는 그대로다. 1658년경 저 유명한 늑대 사냥꾼 로리 캐라가 한 소년의 도움을 받아 타이론의 거대한 늑대 두 마리를 죽였다는 이야기는 의심할 여지 없는 사실이다. (제임스 웨어 경의 〈작품〉(1764) 및 〈타이론 가족 일대기〉(1829) 참조.)

〈소녀와 늑대〉는 익명의 저자가 쓴 『브르타뉴의 늑대 사냥』(1850)이란 책에 나오는 이야기를 줄여서 선보이는 것이다. 저자는 이 이야기가 실제 있었던 일이라고 말한다. 또 이 이야기는 쿠르토와는 달리 현대의 프랑스 늑대가 인간 영역을 존중하는 법을 얼마나 완벽하게 학습했는지 보여 준다.

〈늑대들의 법〉의 기본 줄거리는 사냥꾼들에게 들은 여러 이야기에서 힌트를 얻었다. 이런 이야기는 직접 본 적은 없지만 비슷한 사례를 여러 번 들은 적이 있다. 마지막 사건은 캐나다 빅토리아에 사는 제임스 로우더가 알려 준 내용이다. 그는 그 사건이 확실한 사실이라고 장담했다.

〈린컨과 밤의 부름〉은 내가 직접 겪은 일인데, 낭만적인 분위기에 도움이 되는 선에서 최대한 살을 붙였다.

〈러닝보드의 늑대〉는 일어난 그대로를 쓴 것이다.

늑대가 다른 어떤 동물보다도 용감하고 빠른 존재였던 때가 있었다. 용감함이나 빠르기로 보자면 그 어떤 동물도 두렵지 않았다.

그런데 어느 순간 백인들이 나타나면서 커다란 늑대들에게 엄청난 변화가 일어났다. 이 인간들은 말을 타고 총으로 무장함으로써 속도와 파괴력을 갖추게 되었다. 이런 결합은 어떤 동물이라도 감히 당해 낼 수 없는 힘이었다.

사납고 당당하던 늑대들은 그때부터 어느덧 드넓은 서부에 사는 동물 중 가장 꾀 많은 존재로 변해 가기 시작했다.

늑대를 가증스러운 존재, 가축 도살자, 목장의 강도 정도로만 알고 있다면 잘 알려진 사건을 바탕으로 한 〈하얀 늑대와 용감한 아들〉 이야기를 곱씹어 보라. 이 사나운 동물과 관련해 내가 직접 체험한 것은 노스다코타의 메도라 근처에서 한두 번 사냥을 시도해 본 것이 전부다. 대신 여기에 선보인 이야기는 유명한 사람들의 증언에 따른 것이다. 물론 이런 늑대 주인공이 만들어지기까지 늑대 한 마리가 아니라 다른 여러 늑대들의 일화가 필요했다.

늑대는 덩치 큰 야생 동물이지만, 꾀가 많고 이빨에 의지해 살아가는 것만 제외한다면 개와 아주 비슷하다. 이 사실을 명심한다면 늑대에 대해 부수적으로 얻을 수 있는 게 많을 것이다. 고도로 진화된 동물이라면 다 그렇듯이 늑대도 개체마다 지능이나 체력의 편차가 상당히 심하다. 늑대는 대체로 아주 용맹스럽다. 그런데 내가 본 바로는 큰 곤경에 처하자 완전히 겁쟁이가 되어 버리는 늑대도 있었다. 성격도 성자부터 악마의 수준에 이르기까지 천차만별이다. 어떤 늑대는 지능이 너무 떨어져서 저능아로 분류될 수밖에 없기도 하고, 어떤 경우는 너무 영리해서 초월적인 힘을 타고난 천재라는 찬사를 받게 된다.

이 책은 주로 유명한 늑대들의 이야기를 중점적으로 다루었다. 그것은 늑대에 대한 나의 연민과 관심이 그만큼 컸기 때문이다. 하지만 옛사람들이 들려주는 다른 동물들의 이야기에 귀기울이다 보면 강하고 아름다운 야생의 세계로 마음이 저절로 내달리게 될 것이다.

〈전달병 캐럿〉은 내 경험을 바탕으로 지어 낸 이야기다.

〈붉은 다람쥐의 모험〉도 마찬가지다.

〈행크와 제프〉는 켄터키 숲에 전해 오는 이야기다. 이 이야기는 내가 어릴 적에 들은 것인데 야영지의 모닥불 앞에서 몇 번 들려주다가 이제야 글로 적게 되었다.

〈칠링햄의 야생 들소〉는 1913년 5월 21일, 영국 북부 지방에서 내가 직접 겪은 일이며 꾸민 바가 전혀 없다. 야생 동물 때문에 내 목숨이 심각한 위험에 빠진 것은 그때가 처음이었다.

끝으로 〈어느 쪽이 짐승인가?〉는 예전에 썼던 글을 기억을 되살려 다시 쓴 것이다.

이 세상을 사람의 감성과 (그보다 훨씬 낮은 차원에서의) 짐승의 본능이라는 둘만으로 나누어 보려는 사람들이여, 그대는 아직 진실의 샘을 얼마 길어 보지도 못했다. 그대는 백과사전이라고 하는 고인 연못, 아니면 무지의 심연에 떠 있는 찌끼도 제대로 걷어 내지 못한 것이다.

나는 그대들이 옛사람의 야영장 모닥불에 나와 함께 둘러앉았으면 한다. 옛사람들이 말하는 불경스럽지만 진실한 이야기를 듣기를, 그 잡동사니 속에서 금을 긁어모으기를 바란다. 밤낮으로 일어나는 영적 교감에서 나오는 엄청난 무언가를 배우기를 바란다. 그런 영적 교감이 신조나 교리 때문에 철저히 파괴될 수도 있다는 것을, 코페르니쿠스의 지동설이 당대의 교회

사람들에게는 엄청나게 저주받았다는 사실을 다시 한 번 새겨
보길 바란다.

차례

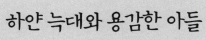

하얀 늑대와 용감한 아들

우리가 보통 '늑대' 하면 떠올리는 것은 잔인하고 파괴적이고 혐오스러운 괴물, 탐욕스런 식욕만이 있을 뿐 다른 높은 차원은 모르는 동물의 이미지다.

하지만 나는 먹는 문제에 대하여 사슴처럼 고운 늑대를 본 적이 있다. 식욕이 아닌 지혜로움이 특징인 늑대도 보았다.

또 모험심을 느껴야만 힘이 솟아나는 늑대도 알고 있다. 예전에 나는 늑대에게 가장 중요한 동기는 복수라고 말한 적도 있다. 또 오로지 복수 때문에 사는 듯한 늑대에 대해서도 들어 본 적이 있다.

내가 만난 늑대 중에는 새끼들에 대한 사랑이 가장 큰 관심사인 경우도 많았다. 제 짝에 대한 헌신이 최우선인 늑대를 본 적

은 훨씬 더 많다. 의형제를 맺었다는 늑대, 다른 동물과 우호 관계를 맺었다는 늑대에 대해서도 들은 바 있다.

그리고 삶에 대한 엄청난 애착이 눈 멀고 오갈 데 없는 늙은 어미를 보살피기 위해서였던 늑대에 대해서도 알고 있다.

사냥꾼과 멀리 북서부 인디언들에게서 채집한 이야기를 들으실 독자들이여! 이제부터 워스카와 그녀의 용감한 아들 쉬쇼카의 이야기를 잘 들어 보시라.

1

1890년경 리틀 미주리 강 근처 어느 작은 골짜기에 유명한 암늑대 한 마리가 살고 있었다. 녀석은 가축들에게는 끔찍한 존재였다. 덩치가 큰 것도, 발이 그렇게 빠른 것도 아니었지만 보통 늑대의 지능을 뛰어넘는 천재성을 타고난 녀석은 이 일대를 공포로 떨게 만들고 있었다. 이 일대는 500만 평이나 되는 서부 최고의 가축 방목지였다.

이 암늑대는 양이나 큰 송아지는 절대 죽이지 않았다. 대신 갓 태어난 가축 가운데서도 유독 순종만 골라 잡아먹었다. 이즈음 목장에서는 뿔이 긴 소 대신 머리가 하얀 해리퍼드 종이 조금씩 늘던 중이었다.

암늑대는 털이 하얗고, 왼쪽 귀에 구멍이 나 있으며 앞발의

바깥쪽 발가락이 모두 없는 것이 특징이었다. 원래 그런 것인지 사고 때문인지는 알 수 없었다.

늑대는 한번 짝을 지으면 둘이 평생 함께하며 사냥을 다닐 때도 함께다. 완벽한 협력 관계를 바탕으로 멋진 팀플레이를 하며 산다고 볼 수 있다.

이 하얀 늑대의 짝이 누구였는지는 아무도 모른다. 다만 녀석이 아직 젊었을 때 죽임을 당했으리라고 짐작할 뿐이다. 하얀 늑대는 새끼들이 다 자랄 때까지만 함께 있었을 뿐, 나머지는 줄곧 혼자 지내 왔다.

리틀 미주리의 배드랜즈 서쪽, 가장 험하고 발길 닿지 않는 곳에서 버드 댈후지라는 늑대 사냥꾼이 늑대굴을 발견했다. 그는 늙어 보이는 늑대 하나를 얼핏 보고는 어미라고 짐작했다. 이 늑대는 조심성이 많아 좀처럼 가까이서 볼 수 없었다. 어미는 거의 순백색이었다. 나중에 어미 늑대의 발자국을 살펴본 그는 앞발의 발가락이 각각 셋뿐임을 알게 되었다. 그것으로 녀석의 신원이 밝혀졌다.

그는 늑대굴 속으로 기어 들어가 아직 어린 늑대 다섯 마리를 찾아냈다. 그중 네 마리는 포상금을 생각해 죽여 버렸다. 대신 튼튼한 '어린 악당' 하나는 어미를 잡을 미끼로 살려 두었다. 이 어린것은 다른 새끼들과 비슷한 잿빛이었으며 머리와 얼굴에는 붉은 황톳빛 기운이 흘렀다. 그래서 그는 이 새끼 늑대를

'붉은 머리 꼬마'라고 불렀다.

바위투성이 굴에서 나와 깎아지른 협곡으로 내려가고, 다시 험하디 험한 절벽을 오른 그는 죽은 새끼 한 마리를 끌고 다니면서 자국을 남겼다. 그리고 말을 타고는 올가미 끝에 이 시체를 묶어 8킬로미터나 되는 울퉁불퉁한 길을 질질 끌고서 목장 집으로 돌아왔다.

집에 와 보니 늑대 시체는 별로 남아난 것이 없었다. 하지만 5달러의 포상금을 신청하기에는 충분했다.

이제 그는 밤에 틀림없이 찾아올 어미를 맞이할 준비를 했다. 목장 집에서 400미터 떨어진 풀 없고 탁 트인 지점에 덫을 놓았다. 머리가 불그스름한 어린것의 목에는 튼튼한 개 쇠사슬을 달아서 잘 박아 놓은 말뚝에다 묶어 두었다.

그리고 새끼 주변에 튼튼한 덫 네 개를 놓았다. 능숙한 덫 사냥꾼답게 감쪽같이 묻어 놓으니 눈으로 봐서는 덫이 묻혀 있는지 전혀 알 길이 없었다. 그러고는 그 위로 선인장 조각을 여기저기 흩어 놓았다. 늑대라면 선인장을 밟지는 않으리라. 선인장 피하는 법쯤은 아주 어릴 때 익히는 훈련이니까.

자식 잃은 어미가 남은 아기 하나를 구하기 위해 틀림없이 찾아올 것에 대한 대비는 완벽했다. 덫 사냥에 성공하기 위해 필요한 것은 모두 준비한 것이다. 하지만 한 가지 걸리는 게 있었다. 그것은 늑대의 가장 뛰어난 능력인 만큼 속이기가 불가

능하다. 바로 냄새였다. 쇠 냄새는 우리 인간에게는 별것 아니지만 늑대에게는 무시무시할 정도로 강하게 느껴진다. 아무리 땅속에 묻어 두고 다른 냄새를 덧바른다 해도 이 노련한 늑대는 분명 쇠 냄새를 맡을 것이다. 하지만 막상 자기 새끼의 냄새를 맡으면 아무리 먼 거리라도 정신없이 달려와 조심성 따위는 다 던져 버리고 말 것이 틀림없었다.

가슴이 찢어진 어미 늑대가 늑대 사냥꾼이 남겨 놓은 자국을 쫓아 정신없이 달려오던 날 밤 바람이 몹시 불었다. 사냥꾼은 솜씨 좋게 미끼와 덫을 평평한 빈터에 숨겨 두어 의심을 잠재웠다. 어미는 바람을 안고 다가갔다. 마구 달려오다가 속도를 줄여 빠른 걸음으로 가더니 현장 가까이 와서는 천천히 걷기 시작했다. 붙잡혀 있던 아기는 가까이 온 엄마를 알아보고는 정신없이 낑낑거리고 잉잉거리며 소리를 높였다.

어미 늑대는 어린 아들에게 곧장 달려들고 싶은 엄마의 본능을 꺾더니 땅에 코를 킁킁대면서 현장 주변을 돌기 시작했다. 걸리는 냄새나 물체가 있으면 모조리 따져 보았다. 아기의 쇠사슬은 2미터밖에 되지 않았으며 아기가 말뚝 주변을 계속 돌고 있었으니 지름 4미터 되는 원은 안전해 보였다. 그 바깥에는 무시무시하게 아가리를 벌린 커다란 덫 네 개가 완벽하게 감추어져 있었다. 엄청난 힘을 발휘할 기회를 기다리면서.

엄마는 이 쇠 냄새를 맡았다. 그리고 주변을 돌면서 철저하게 탐색했다. 아기가 왜 자기에게 달려오지 않는지 알 수 없었다. 대신 아기에게 갈 수는 있었다.

엄마는 안전한 원 밖에서 잽싸게 훌쩍 뛰어오르더니 숨겨진 덫을 넘어 떨고 있는 어린것이 묶여 있는 안전한 원 안으로 들어갔다. 어미 늑대는 고양이가 새끼를 옮길 때 하듯이 아기의 목덜미를 물었다. 다행히도 목덜미는 가죽 목걸이 때문에 단단히 물어도 괜찮았다. 새끼를 입에 문 어미는 주변에 숨겨진 위험을 피해 훌쩍 뛰어넘을 생각이었다. 온 힘을 다해 펄쩍 뛰었다. 그런데 쇠사슬이 끝나는 지점에서 섬뜩하게 턱 하고 걸리더니 고꾸라져 버리고 말았다. 하마터면 아기를 죽일 뻔했다. 쇠사슬과 목걸이가 충격을 흡수한 덕분에 아기가 다치지 않은 것이 정말 다행이었다. 땅에 단단히 박혀 있던 말뚝이 두 번에 걸친 도약으로 심하게 뒤틀리는 바람에 쑥 빠져 버렸다. 그러자 엄마 늑대는 구해 낸 어린것을 입에 물고 쇠사슬과 말뚝을 질질 끌면서 빠져나왔다.

하얀 늑대는 탁 트인 평원을 5킬로미터씩이나 전속력으로 달렸다. 그러다 작은 나무 덤불이 있는 마른 강바닥 지대에 도착하자 좀 천천히 걸었고, 몸을 숨길 만한 곳에 이르러 드디어 아기를 내려놓고 젖을 먹였다. 아기가 얼마나 원하던 것인가. 주린 배를 채우는 아기의 기쁨은 가슴이 찢어졌던 엄마가 받은 위로에 비한다면 아무것도 아니었다.

어미 늑대는 이곳에 새끼를 두고 밤 사냥을 떠났다. 새끼 늑대가 꼬리를 말아 올리고 혼자 잠이 든 동안 동이 터 오면서 늑대 사냥꾼에게도 새벽이 찾아왔다. 그는 날이 채 밝기도 전에 덫 사냥이 어떻게 되었는지 보러 갔다. 발자국을 보니 간밤에 무슨 일이 있었는지 불을 보듯 알 수 있었다. 그는 서둘러 사냥개와 투견을 여럿 거느리고 엄마와 아기가 달아난 자국을 따라 전속력으로 달렸다.

그들은 어린 악당이 숨은 장소까지 곧장 달려갔다.

바로 그 순간 어미 늑대는 입에 산토끼를 물고 돌아오는 길이었다. 사냥꾼이 번개처럼 총을 거머쥐자마자 총알이 핑 하고 엄마의 머리를 스치고 지나갔다. 하얀 늑대는 근처의 산마루를 풀쩍 뛰어넘어 자취를 감추고 말았다.

늑대가 아주 무서워하는 것이 하나 있다. 그것은 바로 총이다. 멀리 떨어져 있어도 죽일 수 있는 그 천둥소리. 총을 본 이상 절대 대항하지 않는다. 어미 늑대는 그렇게 가 버린 것이다.

개들은 붉은 머리 새끼 늑대를 금방 찾아냈다. 달아나 보려고도 했지만 아직 쇠사슬에 목덜미가 매인 몸이었다. 게다가 여전히 줄에 묶여 있는 무거운 말뚝이 덤불에 걸려 있었다. 그래서 사냥꾼 버드는 별로 힘들이지 않고 새끼를 다시 붙잡을 수 있었다.

한 시간 만에 새끼 늑대는 철사로 엮은 닭장에 갇혔다. 소젖과 닭 머리를 던져 주었지만 녀석은 쳐다보지도 않았다.

2

하얀 늑대를 잡으려는 시도는 번번이 실패했다. 어미는 어린 새끼가 어디에 붙잡혀 있는지 몰랐던 것 같다. 아니면 구해 내겠다는 희망을 버린 것인지도 모른다.

대신 하얀 늑대는 목장에서 하던 활동을 계속했다. 어린 암소의 다리 힘줄과 목구멍이 끊어져 있었고, 한 끼분의 엉덩이 살이 뜯겨져 있는 주변엔 께름칙한 발자국이(앞발 양쪽 발가락이 하나씩 적은) 나 있었다. 또 한쪽 귀에 구멍이 난 하얀 늑대가 한두 번 불빛에 모습을 드러내기도 하자 목장주들은 모두 그 유명한 하얀 악마가 아직도 살아 있다며 경계를 하게 되었다.

그러는 사이 붉은 새끼 늑대는 자라났다. 접시에 담긴 우유를 핥아먹고 닭 머리와 고기 찌꺼기로 배를 채우는 법을 배우면서 하루가 다르게 커 갔다. 3개월이 지나자 녀석은 장차 큼지막한 괴물로 자랄 것이 틀림없어 보였다.

그러던 어느 날, 버펄로 빌로 알려진 코디 대령이 말을 타고 나타났다. 그는 털이 불그스름하고 덩치가 큰 새끼 늑대를 보자 갖고 싶어졌다. 덕분에 늑대 사냥꾼은 두 배의 포상금을 거머쥘 수 있었고 대령은 새끼 늑대를 데리고 자기 목장으로 돌

목장에서 자란 늑대 쉬쇼카

아갔다.

새끼 늑대는 코디 목장에서 1년을 보냈다. 한 인디언 정찰병이 붉은 머리라는 뜻으로 '쉬쇼카'라는 이름을 붙여 준 곳이 여기였다.

목장에서 늑대는 나중에 아주 도움이 될 만한 것들을 많이 배웠다. 남자와 여자와 아이들 중 누가 더 위험한지, 쇠사슬의 불쾌한 속박, 때에 따라서는 달아나는 것보다 납작하게 엎드려 있는 게 더 낫다는 것, 도살장으로 끌려가는 칠면조의 모습, 엄청난 강풍이 전하는 뜻, 그리고 무엇보다 스트리키닌이라는 독약 냄새가 얼마나 무서운 것인지를 배울 수 있었다.

목장에서 사는 내내 이 붉은 늑대는 줄곧 쇠사슬에 묶여 개집에서 살았다. 그런데 녀석이 개처럼 온순해 보이자 버펄로 빌은 좀 더 자유를 주기로 했다. 하루는 주인이 목걸이에 걸린 쇠사슬을 풀어 자유롭게 달리게 해 주었다. 속박에서 풀려난 기쁨이 이 커다란 늑대를 사로잡았다. 붉은 늑대는 너무 커 버린 강아지처럼 껑충껑충 뛰어다녔다. 그러다 끼니때가 되어 커다란 소뼈로 유혹하자 녀석은 쉽게 걸려들어서 다시 묶이고 말았다. 그러나 이런 시도가 자꾸 반복될수록 늑대를 다시 붙들어 매는 일이 힘들어졌다. 그러던 어느 화창한 날, 주인이 집을 비운 사이 요리사가 이 큰 늑대를 풀어 주자 늑대는 그 길로 조용히 걸어 나갔다. 요리사가 휘파람을 불며 맛 좋은 고기로 유

혹해 보았지만 녀석은 아랑곳하지 않았다. 이때부터 코디 목장의 늑대는 서부의 이 일대에서 자취를 감춰 버리고 말았다.

타고난 본능의 안내에 따라 늑대는 천천히 북쪽으로 움직였다. 어떤 날은 하루 종일 쉬기도 했지만 계속해서 북쪽을 향해 갔다. 마침내 몬태나의 뷰트 카운티에 도착해 고향에 돌아온 느낌을 맛볼 때까지. 희미한 기억 속에 남아 있던 뾰족한 산과 강을 보고, 아주 익숙한 냄새를 맡으며.

3

늑대를 사냥하거나 늑대에 대해 공부한 사람이라면 이들이 거의 1.5킬로미터마다 땅 위의 눈에 띄는 곳에다 자신의 표시를 해 둔다는 사실을 알 것이다. 일종의 게시판 역할을 하는 이 장소는 툭 튀어나온 바위일 수도 있고, 버펄로 머리뼈나 울타리 모퉁이, 아니면 두 길이 만나는 지점일 수도 있다. 이런 곳에 남기는 가장 확실한 표시는 바로 오줌이다. 사향처럼 진한 오줌 냄새는 늑대마다 아주 달라서 뚜렷이 구분된다. 다른 늑대의 영역을 찾아온 손님은 주인의 발자국에 묻은 냄새를 맡고 주인이 언제 어디로 갔는지 알 수 있다.

이런 신호와 기록 체계가 있으니 코디 목장의 늑대 쉬쇼카가 금방 친절한 동료를 만날 수 있었던 것은 전혀 놀랄 일이 아니다. 쉬쇼카가 늙은 어미를 금방 알아봤는지는 확실치 않다. 대신 녀석이 어미를 사냥 동지로 받아들인 것은 확실하다. 그러자 곧 목장주들은 이 하얀 악녀가(인디언 말로 워스카다) 다른 늑대 하나와 붙어 다닌다는 사실을 알게 되었다. 커다랗고 머리가 불그스름하며 목에 무슨 '개목걸이처럼 굵직한 것'을 차고 다니는 늑대였다.

그리하여 막강한 협력 관계가 탄생했다. 하얀 늑대가 오랜 세월 동안 얻은 경험 및 비길 데 없는 꾀가 쉬쇼카의 젊음, 힘, 속력, 인간들의 수법에 대한 경험과 결합한 것이다.

이들의 믿을 수 없는 총명함에 관한 모험담은 밤에 모닥불을 피워 놓고 하는 이야기 중에서도 단연 인기가 최고였다. 이들이 구사한 수법 중 하나는 목장 사람들에게는 완전히 생소했다. 둘 중 작은 늑대는 목장 집 안마당에 몰래 들어가서 돼지나 닭 같은 시끄러운 동물을 붙잡은 다음, 비명 소리에 개와 사람들이 현장으로 몰려올 때까지 붙들고 있는다. 그러다 위험이 닥치면 잡고 있던 동물을 풀어 주고 어둠 속으로 사라진다. 한동안 개들이 시끄럽게 짖으며 쫓아간다. 그러는 사이 큰 늑대는 송아지 우리를 공격한다. 놀란 송아지들이 미쳐 날뛰며 철사와 말뚝으로 만든 울타리를 모두 박차고 나와 흩어진다. 그러면 두 늑대가 기다리던 여유 있는 잔치판이 벌어지는 것이다.

이들은 또 보복을 피하는 현명한 원칙 하나를 고수했다. 그

것은 한번 사냥한 장소에는 다시 오지 않으며, 같은 곳에서 가축을 두 번 죽이지 않는다는 것이었다.

또 하나의 수법은 어느 목동이 자기가 본 그대로라고 맹세한 것이다. 이 목동이 뾰족산의 전망대에서 들판에 풀이 가득한 목장을 살펴보고 있을 때였다. 밀리 평원에 늑대 한 마리가 (덩치가 컸다고 한다) 쓰러져 죽어 있었다고 한다. 50미터 정도 떨어진 풀밭에는 그보다 작은 늑대가(하얀 색이었단다) 지켜보고 있었단다. 그 위에는 언제나 썩은 고기를 예리하게 찾아내는 대머리수리 한 마리가 날고 있었다. 수리는 쓰러져 있는 늑대 위로 날아와서 빙빙 돌다가 잽싸게 아래로 내려오더니 썩은 고기의 머리 쪽으로 날아들었다. 가장 먼저 먹기 좋은 곳이 눈이기 때문이다. 그런데 눈 깜짝할 사이 시체가 벌떡 일어나 수리를 후려쳤다. 그러자 망을 보고 있던 하얀 늑대는 총총히 걸어와 별미를 즐겼다.

그러나 이 늑대 팀이 꾸민 가장 기발한 작전은 다른 날 저녁에 있었던 일이다. 앵글바 목장의 늑대 사냥꾼은 엄청나게 큰 그레이트데인 종 암캐 하나를 데려다가 특별히 늑대 암컷만 쫓아가 싸우도록 훈련시켰다. 대개 수캐들은 암늑대를 악착같이 잡으려 들지 않는 데 반해 암캐는 늑대가 암컷이면 더 지독하게 쫓아가기 때문이다.

하얀 늑대는 일부러 가축 우리 주변을 빙빙 돌면서 조롱하듯 입구에다 발자국을 남겨 놓았다. 그러고는 암늑대 특유의 부드러운 고음의 울음소리를 냈다. 늑대 사냥꾼은 총을 붙잡고 길길이 날뛰는 암캐를 풀어 주었다.

마구 개 짖는 소리와 함께 둘은 정신없이 쫓아갔다. 늑대는 가볍게 멀리까지 달아나다 사냥꾼과 사냥개 쪽으로 다시 방향을 돌렸다. 소 머리 주변으로 묵직한 덫이 네 개나 있었던 것이다. 늑대는 그 주변을 민첩하게 돌면서 냄새로 덫이 있는 자리를 모두 정확하게 찾아냈다. 그런데 앞뒤 모르고 쫓아오던 사냥개는 그대로 달려 오더니 덫 두 군데에 걸리고 말았다. 개가 아프다고 난리를 치자 나머지 덫 두 개도 튀어오르면서 개는 완전히 뻗어 버렸다. 어찌해 볼 도리 없이 순전히 남의 처분에 몸을 맡길 수밖에 없었다. 그렇다면 누구에게? 그것은 바로 머리 부분이 불그레하고 개목걸이를 한 커다란 잿빛 늑대였다. 개는 아무런 방도가 없었다. 컥컥 소리를 내던 겁에 질린 암캐의 비명은 금세 잦아들었다. 아침이 되자 사냥꾼은 개의 시체를 발견했다. 바닥에 난 발자국을 살펴보니 커다란 늑대의 흔적과 그보다 좀 작은 기형적인 발자국이었다.

30

4

10년 동안 이런 식의 쇠고기 징발은 계속되었다. 그러자 목축업자들은 늑대를 잡기 위해 모두 모였다. 이튼, 페리스, 마이어, 루스벨트, 피터슨 같은 집안에는 개와 말이 충분했다. 이들은 리틀 미주리의 드넓은 골짜기는 모조리 쓸고 지나갔음에도 고작 코요테 몇 마리와 회색 늑대 한두 마리만을 죽였다.

하지만 배드랜즈에는 들어갈 수가 없었다. 여기서 소몰이꾼들은 멈춰 서야 했고, 과감하게 뛰어들어 간 개들은 금세 돌아오거나 아니면 그러지 못했다.

사냥꾼들은 그 큰 늑대를 보지 못했다. 그러던 어느 날 학교에 가던 이튼 집안 아이들이 가까운 둑에서 자기들을 보고 있는 늑대를 발견하고는 깜짝 놀랐다고 한다. 머리 색깔이나 목걸이를 보니 영락없는 코디 늑대였다. 늑대는 호기심 어린 얌전한 표정으로 아이들을 바라보았다. 위협적인 모습은 전혀 없었다.

아이들은 총을 잘 다룰 줄 알았기 때문에 다음 날에는 총을 가지고 그곳에 갔다. 그랬더니 늑대는 자취를 감추었다. 다음 날도, 그다음 일주일 동안에도 나타나지 않았다. 그러자 아이들은 다른 곳에 쓸 일 많은 총을 놓고 다니게 되었다. 그러자 바로 다음 날, 늑대는 다시 둑길에 나타났다.

🐾

도대체 그런 사전 경고를 어디서 받은 걸까? 이 야생의 존재들은 그런 초감각적인 정보를 어디서 듣는 것일까? 아무도 알 수 없지만 이것 하나는 확실하다. 이들은 주의를 기울이기만 하면 위험을 알아챈다. 이 커다란 늑대는 언제나 신경을 아주 예리하게 세우고 있었다.

이제 목장 주인들은 서서히 한 가지 사실을 알아차리게 되었다. 큰 늑대가 이제는 혼자라는 것, 그 꾀바른 하얀 늑대는 이제 사라졌다는 것이었다. 언제 어떻게 없어졌는지는 알 수 없었다. 세 배로 뛰어오른 포상금을 탔다는 사람도 없었다. 아는 것이라곤 녀석이 사라졌다는 사실뿐이었다. 그러자 큰 늑대의 생활 방식에 묘하고 뚜렷한 변화가 나타났다. 여전히 소를 죽였지만 어린 양을 공격하는 경우가 더 많아졌다. 그리고 죽이고 나서는 그 자리에서 먹는 게 아니라 깨끗하게 가져가 버렸다.

5

서부의 특이한 고지대 중에서 배드랜즈는 자연이 쌓아 올린 가장 희한한 구경거리다. 광적이고 헤아릴 수 없는 힘이 가득해 보이는 이곳에는 온갖 기괴한 모습이 다 널려 있다. 쉽게 바스라져서 마음놓고 발 디딜 수 없는 흙으로 빚어진 성과 수렁, 교회와 소굴, 끝이 없는 동굴, 죽음의 함정, 가스 구멍과 땅속에서 타는 불, 작은 요정들의 땅, 오를 수 없는 거친 바위산, 지옥, 요정들의 작은 골짜기들이 절벽을 이루며 마구 뒤섞여 늘어서 있는 곳이었다.

이런 배드랜즈를 찾아오는 사람은 기껏해야 과학자나 모험심 넘치는 탐험가, 아니면 사냥꾼 정도였다. 소 떼들이 이곳에 들어올 수가 없으니 목동들에게는 더 기회가 없었다. 늑대 사냥꾼들이 배들랜드의 가장 먼 경계를 힘들여 넘는 일도 흔치 않았다.

늑대 사냥꾼 버드 델후지는 단순한 사냥꾼이 아니었다. 그는 일종의 사냥광이었다. 여러 번 시도했지만 아직 성공한 적이 없는 어려운 도전만큼 그의 구미를 당기는 일은 없었다. 멀리 황금빛 석양 속, 아직 아무도 본 적 없고 가 보지도 못한 지역의 지하에서 이상한 연기와 불이 피어오르는 모습을 보고 그는 이렇게 말했다. "좋아! 내일 낮에는 저기서 커피를 끓여 먹으면 되겠군."

그가 이 '지옥 땅'의 환상적인 아름다움과 두려움을 탐험하기로 마음먹은 일차적인 이유는 그런 식이었다.

그는 흙으로 빚어 놓은 환상이 시작되는 이 작은 협곡에 말을 남겨 두었다. 풀과 물이 있는 곳이었다. 그러고는 식량 가방을 메고 장총을 들고서 그 불길이 솟아오르는 곳을 찾아 떠났다. 구불구불한 길을 헤매기도 하고 위험한 비탈에서 미끄러지기도 했다. 하지만 넘어갈 수 없는 협곡에 막혀 신비로운 연기가 피어오르는 그 땅과는 자꾸 멀어져 가는 것만 같았다. 대낮이 지나도록 계속 용을 써야 했다. 그래도 연기가 피어오르는 목적지는 아직 멀었다는 사실을 알게 되었을 때는 이미 해가 뉘엿뉘엿 넘어가고 있었다.

그는 아늑한 곳에 산쑥 덤불로 모닥불을 피워 아주 반가운 음식을 만들었다. 밤을 날 준비를 하던 그는 바로 곁에 있는 흙으로 된 협곡에서 움직이는 무언가를 느꼈다. 조심스럽게 다가가서 망원경으로 한참 동안 살펴봤더니 바로 잿빛 늑대였다. 입에 막 죽인 어린 양을 물고 있었다.

늑대는 어디론가 가고 있었다. 자신이 갈 곳이 정확히 어딘지 알고 있는 듯했다. 어린 양을 물고 가는 모습이 꼭 사냥감을 집으로 가져가는 어미 늑대 같았다. 하지만 이 늑대는 수컷이라고 했다. 더구나 이 가을철에 어미가 갖다 주는 먹이를 굴속에서 받아먹을 만한 어린것은 없을 텐데.

버드는 있는 힘을 다해 쫓아가 보았지만 늑대를 놓치고 말았다. 늑대를 놓친 붉은 언덕을 잘 봐 둔 사냥꾼은 돌아와서 담요를 덮고 잠이 들었다. 다음 날 아침, 그는 서둘러 말이 있는 곳으로 가 집으로 향했다. 땅속에서 불이 피어오르는 것은 재미난 일이었지만 그토록 찾아 헤매던 코디 목장의 늑대가 산속의 굴에 있다는 사실에 비할 바가 아니었다.

버드가 보기에 그 굴을 발견한 것은 엄청나게 매력적인 일이었다. 분명히 안장에 벗긴 머릿가죽을 걸고 돌아올 수 있을 것이고, 그러면 은행에다 보통의 열 배나 되는 포상금을 저금할수 있을 터였다.

그래서 버드와 동료 한 사람은 그날 이례적으로 많은 사냥장비를 갖추고 출발했다. 총과 식량은 물론, 삽과 곡괭이까지챙겼다. 게다가 끝에 늑대 덫이 달린 기다란 막대기에다 작은비글 사냥개까지 데리고 나섰다. 이 사냥개는 달릴 때는 절대짖는 법이 없어서 조상이 의심스럽다며 순종 대접을 받지 못하던 개였다.

노련한 사냥꾼들은 서둘러 갔건만 버드가 전날 밤 늑대를 본붉은 언덕에 도착하고 보니 오후가 한참이나 지나 있었다. 이지점에 도착하자마자 둘은 개를 풀어 길을 찾도록 했다. "달려라, 달려, 멍청아, 가서 한번 찾아봐!"

늑대가 남긴 냄새는 이미 식어 버려서 쉽게 따라갈 수 없었다. 더욱이 개로서는 이미 사라져 버린 동물을 애써 찾을 생각이 전혀 없는 듯했다. 대신 그곳에는 풀이 전혀 없고 드문드문흙 발자국이 있어서 두 사람은 어느 정도 늑대의 뒤를 쫓을 수있었다.

그러다 드디어 나타났다. 거대한 발자국이었다. 늑대 중에서도 가장 큰 늑대의. 두 사람은 1킬로미터가량 쫓아가다가 새로운 자취가 이어져 있는 것을 보았다. 다른 거대한 늑대의 발자국. 아니면 같은 늑대의 새로운 자취인 듯했다.

갑자기 멍청이 비글이 뭔가에 흥미를 보이는 것 같았다. 강한 냄새가 나는 게 분명 자기 주인이 찾으라고 한 것일 터였다. 그러자 개는 몹시 킁킁거리며 마구 달려갔다. 얼마나 열심히 달려갔던지 쫓아가던 두 사람의 얼굴에 흙먼지가 자욱할 정도였다. 그럭저럭 시야에서 개를 놓치지 않고 따라가던 둘은 한 30분쯤 가다가 무슨 굴처럼 생긴 희한한 화산 구멍이 있는 곳에 다다랐다. 두 사냥꾼은 가장자리에 멈춰 섰다. 그곳은 깊이가 15미터는 되는 깔때기 모양의 지형으로서 높이가 일정하지 않은 깎아지른 벽으로 둘러싸여 있었다. 한가운데에 있는 아주 작은 버드나무 몇 그루를 빼면 풀뿌리도 없었다. 한가운데는 이런 분화구 지형이 대개 그렇듯이 물이 고여 있었는데, 분명 계절에 따라 훨씬 커지기도 할 터였다. 지금은 담요 크기 정도에 불과하지만 온갖 새들이 목을 축이기에는 충분했다.

커다란 늑대의 자취는 여기까지 나 있었다. 그리고 분명히 분화구 속으로 뛰어내린 흔적이 있었다. 비탈이 아주 가파른데다 높이가 2미터는 되었다. 두 사람은 멀찌감치 주변을 조심스럽게 돌면서 더 수월한 입구를 찾기 시작했다.

하지만 더 나은 곳은 없었다. 어느 지점에 가나 비탈은 더 높고 가팔랐다. 그래서 조심스럽게 반대편으로 다시 기어가던 순간이었다. 버드의 머리털을 쭈뼛 서게 만드는 무언가가 나타났다.

반대편 언덕을 요리조리 누비며 오는 커다란 회색 늑대가 있었으니 다름 아닌 자신이 그토록 찾아다니던 코디 늑대였다. 서둘러 가는 이 늑대의 튼튼한 입에는 반쯤 자란 양이 번쩍 매달려 있었다. 두 사람은 근처 눈에 띄는 바위 뒤로 허겁지겁 몸을 숨겼다.

지형 구석구석을 다 파악하고 있는 듯, 늑대는 곧장 분화구 쪽으로 다가왔다. 그것도 그들이 아까 가 본 2미터 지점이 있는 바로 그 자리였다.

이 지점에 도착한 늑대는 잠시도 머뭇거리지 않고 곧장 분화구 속으로 뛰어내렸다. 그러고는 양을 바닥에 내려놓더니 한두 번 애처로운 소리를 냈다.

그랬더니 가까이 있는 굴에서 늑대 한 마리가 나오는데 어린 한배 새끼들도 아니요 좋아라 하는 젊은 아내도 아닌, 기진맥진한 듯 쇠약하게 기고 있는 늙은 늑대였다. 두 사람은 늙은 늑대가 죽은 양을 붙들 때 흐뭇하게 으르르 소리를 내며 행복하게 꼬리를 흔드는 모습을 보았다. 두 사람은 커다란 늑대가 저 유명한 늙은 어미에게 반갑게 인사하는 모습을 보았다. 녀석은 어미의 얼굴을 핥고 늙은 늑대는 녀석의 얼굴을 핥았다. 녀석은 곁에 앉아서 어미가 행복에 겨운 듯 으르르 소리를 내며 양을 실컷 맛보는 피의 향연을 흐뭇하게 지켜보고 있었다.

그러면서 젊은 늑대는 먹지 않았다. 거친 두 사냥꾼도 이 광경을 보고는 가슴이 뭉클해졌다. 하지만 그들이 여기 온 것은 감상적인 구경거리를 보기 위해서가 아니었다. 늑대를 죽이러 온 것이다.

둘은 장총을 나란히 겨누었다. 그런데 이 지점에서는 튀어나온 바위들이 늑대를 많이 가렸다. 그들은 큰 늑대가 움직일 때까지 기다렸다. 그런데 늑대는 고개를 앞발에 떨구고 앉아서 늙은 어미가 맛있게 먹는 모습을 마냥 보고 싶어 하는 것 같았다.

결국 두 사람은 총을 겨누기에 더 좋은 지점으로 기어가야 했다. 그러다 돌멩이 하나가 굴러서 달각거리며 분화구 밑으로 떨어졌다. 큰 늑대는 벌떡 일어서서 이쪽저쪽을 돌아보더니 그 2미터 높이의 비탈로 달려갔다. 둘의 총구가 울렸다. 탕! 탕!

늑대는 내달렸고 다급해진 두 사람은 마구 불을 뿜어 댔다. 큰 늑대는 한번 펄쩍 뛰어서 분화구를 벗어나더니 울퉁불퉁한 반대쪽 땅으로 사라져 버렸다.

늙은 어미 늑대는 보이지 않았다. 아마 위험을 직감하고는 남은 음식을 끌고 가까운 굴속으로 숨어 버렸으리라.

6

"그래, 이제 암놈은 잡은 거다!" 사냥꾼들이 신이 나서 외쳤다. "그러면 곧 수놈도 잡게 되겠지."

그리고 그들은 이 묘한 상황에서 자신들이 알고 있는 사실을 모두 끼워 맞추기 시작했다. 여기 저 유명한 하얀 늑대가 있다! 그렇다. 분명히 왼쪽 귀에 구멍이 나 있었다. 그 암늑대가 이곳 분화구 속에 꼼짝없이 갇혀 있다. 암늑대는 이제 가파른 비탈을 빠져나오기 위해 뛰어오를 만한 기력도 남아 있지 않다. 물과 거처는 여기 있다. 그렇다면 먹이는? 답은 분명했다. 굴 안팎에 널려 있는 양의 뼈를 보면 암늑대가 적어도 1년은 이 속에서만 지냈으며 줄곧 먹이를 대 준 것이 바로 그의 헌신적인 동료였음이 확실했다.

늙은 암컷을 죽이거나 사로잡는 일은 간단해 보였다. 기다란 장대에 매단 늑대 덫을 준비해 왔기 때문이다. 장대를 굴속에 밀어 넣으면 갇힌 늑대는 어쩔 수 없이 덫을 건드리고 쉽게 끌려 나올 것이다.

하지만 그럴 수는 없는 일! 더 멋진 계획은 하얀 늑대를 미끼로 써서 암놈의 충실한 추종자를 유인하는 것이었다. 어쨌든 늙은 암늑대는 분화구 밖으로 나올 수 없으니까.

그래서 버드와 동료는 서둘러 집으로 돌아가 쉴 틈도 없이 늑대 덫 여섯 개를 더 가지고 왔다. 강철로 된 아가리가 무지막지한 이 커다란 덫은 사자도 꼼짝할 수 없을 정도로 묵직했다.

그들은 이 덫을 분화구로 들어가는 유일한 통로인 2미터 비탈 밑에 두었다. 또 강한 쇠 냄새를 죽이기 위해 싱싱한 양의 피를 덫뿐만 아니라 자신들의 신발에까지 발랐다. 그러고는 최고의 사냥꾼답게 덫을 감쪽같이 묻었다. 거기다 다른 지점에서 올라올 수 있도록 작은 사다리까지 가지고 왔다. 마지막으로 덫이 묻힌 자리 위에 양 껍질까지 흩뿌려 놓았다.

인간의 흔적이라곤 전혀 없었다. 덫의 흔적도 없었다. 2미터 높이 위로는 덫 냄새를 전혀 남기지 않았다. 준비는 완벽했다.

사냥꾼들은 다른 쪽으로 벼랑을 올라가서 사다리를 치우고 1킬로미터 떨어진 야영지로 서둘러 갔다.

7

그들은 영리한 늑대가 바로 다음 날 밤에 돌아오지 않으리라는 것쯤은 알고 있었다. 하지만 어쨌거나 기회를 놓쳐서는 안 될 일이었다.

둘은 야영을 하며 하루 종일 기다렸다. 해 질 무렵 그들은 전망대가 있는 지점까지 조심스럽게 다가갔다. 덫은 그대로였다. 어지럽혀진 데는 없고 늙은 암컷의 흔적도 없었다.

그렇게 이틀 사흘이 지나갔다. 그 무렵 굴속에 있던 늙은 늑대는 계속 거부하던 뼈를 갉기 시작했다.

셋째 날 두 사람은 도움이 될 만한 흔적을 찾아다니다 바로 그 커다란 늑대가 방금 남긴 자국을 발견했다.

평상시처럼 밤이 오기를 기다리지 않고, 조용히 서둘러서 분화구로 가 보았다. 여기에도 갓 생긴 커다란 발자국이 남아 있었다. 가까이 가 보니 강철로 만든 덫이 철거덕 하는 소리가 분명히 들렸다. 두 사람이 급히 달려가 보았더니 무시무시한 덫이 세 개씩이나 커다란 코디 늑대 쉬쇼카를 꽉 물고 있었다. 쉬쇼카는 비틀비틀 몸부림치며 피로 얼룩진 입으로 이 고약한 쇳덩어리를 우적우적 씹고 있었다. 덫이 하나였다면 아마 절단을 냈을 엄청난 힘이었다. 그러나 그를 잡은 덫은 셋이었다.

그리고 그 곁에는 늙은 하얀 늑대 워스카가 구슬프게 낑낑거리고 울부짖으며 쭈그리고 앉아 있었다. 도와주고 싶어 어쩔 줄 몰랐지만 도리가 없었다. 어미는 이미 튀어오른 덫을 무뎌진 이빨로 깨물어 보기도 했다. 이리저리 정신없이 뛰기도 하고 자기 앞발을 씹기도 했다. 땅에 머리를 조아리기도 하고 하늘에 대고 울부짖기도 했다.

두 사람은 총을 들고 앞으로 달려갔다. 큰 늑대는 적을 알아보았다. 온몸을 비틀고 소리를 지르며 달려들려고 했다. 늙은 늑대 또한 총에 대한 오랜 공포에도 불구하고 저항할 결의를 다진 듯 으르렁거리며 사랑하는 아들 늑대 곁으로 바싹 붙었다.

총소리가 울렸다. 두 마리 늑대는 함께 쓰러졌다. 서로 꼭 붙어서 쇳덩어리를 움켜쥐고 땅을 긁으며 최후의 순간까지 저항했다. 그러다 이들의 굳건하고 영웅적인 영혼은 마침내 세상을 떠났다.

두 사람은 비탈을 뛰어 내려가서 떨고 있는 시신 곁에 섰다. 시신을 뒤집어 두 늑대의 신원을 확인했다. 왼쪽 귀에는 구멍이 있었고 발가락은 하나씩 모자랐다. 그들이 잘 아는 커다랗고 붉은 머리와 구릿빛 목걸이였다.

"세상에! 이런 늑대가 다 있나. 이렇게까지 저항하다니! 이놈은 그 유명한 코디 늑대가 맞아. 그리고 이놈이 목숨 바친 녀석은 제 짝이 아냐. 이런 세상에나! 이놈은 오갈 데 없이 늙고 눈먼 제 어미를 구하려다가 같이 죽은 거야."

칠링햄의 야생 들소

내 친구들은 나에게 야생 동물에게 당할 뻔한 오싹하고 위험한 이야기를 들려 달라고 조르곤 했다. 늑대들에게 쫓겨 나무 위로 기어 올라갔다든지 회색곰에게 거의 찢겨 죽을 뻔했다든지 아니면 퓨마가 몇 킬로미터씩이나 쫓아온 것 같은 이야기 말이다.

내 대답은 언제나 똑같았다.

"그런 위험은 없었어. 야생 동물은, 적어도 북미에 사는 동물들은 우리를 건드리지 않아. 우리가 그들을 건드리지 않으면 말이야. 난 그만한 가치가 있다면 북미 대륙 동부 끝에서 서부 끝까지 걸어가면서 매일 밤 혼자 숲에서 자면서도 총 없이 지낼 수 있어. 야생 동물 때문이라면 말야. 총이야 인간 때문에 필요하겠지. 내가 이 땅의 야생 동물 때문에 심각한 위험에 빠진 적은 아직 없다구."

이런 대답은 내가 오랫동안 되풀이해 온 것이었다. 하지만 이제는 다시 말해야겠다. 어느 야생 동물 때문에 한번은 내 목숨이 심각한 위험에 빠진 적이 있다고 말이다. 그 일은 이렇게 일어났다.

1913년 영국에 있을 당시 나는 가족과 함께 노섬벌랜드의 칠링햄 성에 있는 탱커빌 경의 집에 초대받은 일이 있다. 이곳의 공원에는 유명한 야생 들소가 있었다. 이 소들은 시저 시대 야생 들소의 직계후손 중 유일하게 남은 종으로, 북유럽의 숲에서 처음 발견되던 당시 그대로라고 한다.

1220년에 머쉬햄프 남작이 작은 들소 무리가 사는 370만 평의 땅 주변에 공원 울타리를 칠 때까지만 해도 영국 북부 칼레도니아 숲에는 야생 들소가 많았다. 그리고 이 지역에는 오늘날까지도 이들의 직계후손이 살고 있다. 보통 소들의 조상이 되는 종의 유일한 계승자인 것이다.

야생 들소의 빛깔은 처음에는 다양했다. 짙은 갈색 또는 붉은색에 검은 얼룩도 있었다. 하지만 지금은 수세기 동안 인위적인 교배(하얀색을 빼놓고는 거의 모두 없애 버린)로 흰 몸에 붉은 귀가 일종의 표준처럼 되어 버렸다.

이 유명한 소들을 직접 관찰할 수 있다는 것은 대단히 매력적인 일이었다. 나는 도착한 지 한 시간도 안 되어 쌍발총을 든 젊은 수석 관리인 리와 함께 공원을 이리저리 뒤지고 다녔다.

숲으로 둘러싸인 거대한 공원 한가운데는 48만 평 정도 되는 드넓은 초원이 있었다. 그 안에는 개울도 흐르고 있었다. 이 평원은 야생 들소들이 좋아하는 곳이었다.

숲 가장자리를 따라가며 살펴보다 금세 알아챌 수 있었던 것은 내가 이 동물을 아주 잘 알고 있다는 사실이었다. 이들의 동작과 소리, 습성 하나하나가 북미 서부 평원에 사는 친숙한 소들과 같았던 것이다. 그러니 때가 5월인 만큼 주름진 얼굴에 묵직하고 억센 목을 가진 황소가 예민하고 활발한 암소에 비하면 오히려 무서울 게 없다는 사실을 나는 알고 있었다. 암소는 늘 곁에 송아지를 두고 있어서 걸핏하면 공격하려 들었다. 자기 새끼에게 조금이라도 위험할 것 같으면 바로 싸울 태세였던 것이다.

무리의 서열은 버펄로 같은 다른 들소와 비슷했다. 늙은 할머니뻘의 암소가 무리를 이끌었다. 대신 무리의 우두머리는 왕역할을 하는 황소가 차지하고 있었는데 대개 이동할 때 꽁무니 가까이에 있었다. 그보다 작은 황소들은 가까이 있으면 안 된다. 그들의 위치는 무리의 옆구리 부근이며 왕이 가는 길에서 멀찌감치 물러나 있어야 한다.

눈에 띄는 존재가 또 하나 있으니 바로 왕좌에서 물러난 군주였다. 그는 더 강한 젊은 황소에게 밀려나기 전까지는 무리를 지배했다. 버펄로처럼 왕의 집권 기간은 3년 정도다. 하지만 자리에서 밀려나면 무리 가까이에는 발붙일 수 없었다. 일종의 추방자로서 거리를 두고 꽤나 외롭게 겉돌아야 한다.

하루는 이 고독한 늙은 소가 숲 가까운 곳에서 풀을 뜯고 있는 모습이 보였다. 나는 나무 뒤에서 스냅사진 한 장을 찍었다. 그러고는 숨기에 적당한 나무 하나를 고른 다음 조심스럽게 그쪽으로 접근했다. 30미터 정도 떨어진 곳에서 두 번째 사진을 찍었다. 소는 곱슬곱슬한 머리를 들더니 궁금한 듯 나를 쳐다보았다. 관심 없다는 듯 소가 다시 풀을 뜯기 시작하자 나는 다시 슬며시 다가가 10미터 앞에서 멈췄다. 사진 한 장을 다시 찍으려는데 소가 고개를 들더니 나를 뚫어지게 쳐다보는 것이 아닌가! 표정을 보아하니 무서워하는 것도 화가 난 것도 아니었다. 다만 약간 궁금하다는 정도였다. 단 10미터라는 거리에서 나를 골똘히 쳐다보면서. 그때였다. 내 뒤쪽에서 나지막한 휘파람 소리가 들려왔다. 나는 고개를 슬며시 돌렸다. 갑자기 움직일 엄두가 나지 않았던 것이다. 시야 한구석에 리가 나더러 어서 뒤로 물러나라는 손짓을 하고 있는 모습이 잡혔다. 나는 황소를 바라보면서 아주 천천히 뒷걸음질로 물러났다. 소는 내가 숲 가까이 갈 때까지 뚫어져라 쳐다보더니 다시 풀을 뜯기

48

시작했다.

"저라면 그런 짓은 안 합니다, 선생님! 얼마나 위험한 행동인 줄 아세요?" 관리인이 말했다.

"잘 알아." 내가 대답했다. "그래도 사진을 찍었잖아."

다음 날 보니 무리에는 일종의 전운이 감돌고 있었다. 젊은 황소들 중 하나가 왕의 자리를 슬슬 탐내기 시작한 것 같았다. 권력이 주는 즐거움을 조금 맛보더니 자기가 무리의 우두머리 황소 자리를 진짜 빼앗을 수 있다고 믿게 된 것이다.

이런 경우에 황소의 예법은 아주 정확하다. 젊은 황소는 천둥처럼 우렁찬 소리를 내뱉기 시작했다. 그러고는 천천히 위엄 있게 열 발자국 정도 나아가서 계속 소리치면서 땅을 마구 파헤쳤다. 공중으로 튀어오른 흙이 자기 등에 떨어질 정도였다. 그러다 갑자기 멈추고는 주둥이를 쳐들더니 트럼펫처럼 큰 소리를 토해 냈다.

"움머어, 머어, 머어!" 싸워서 결판을 내자는 결투 신청이었다.

우두머리 황소는 고개를 돌리지도 않고 계속 풀을 뜯었다.

작은 황소는 천둥 같은 소리를 다시 지르더니 열 걸음을 더 나아가서 다시 바닥을 긁고는 결투 신청을 했다. 그래도 왕은 계속 풀만 뜯을 뿐이었다.

작은 황소는 다시 열 걸음을 다가섰다. 이제 왕과의 거리는 스무 걸음도 되지 않았다. 다시 공들여 땅을 파헤친 다음 무릎

을 굽혀 뿔을 땅에 박았다가 차 올렸다. 검은 흙이 공중에 튀어 올랐다가 소의 하얀 털 위로 떨어져 내렸다. 그러면서 마지막 으로 "움머어, 머어, 머어" 하는 결투 신청을 냈다.

그러자 처음으로 왕 황소가 풀 뜯기를 멈추고 고개를 들었다. 왕은 도전자를 쳐다보지도 않고 왼쪽으로 멀리 떨어진 데 있는 산 쪽만 가만히 쳐다보았다. 작은 소도 오른쪽으로 멀리 보이는 그 산 쪽으로 고개를 돌리더니 골똘히 쳐다보기 시작했다.

둘은 그렇게 한 1분 동안 서로의 존재를 잊어버린 듯 가만히 서 있었다. 그러다 누가 어떻게 먼저 신호를 보냈는지는 알 수 없으나 둘은 갑자기 돌진하기 시작했다. 맞부딪칠 때의 진동으 로 땅이 울릴 정도였다. 싸움은 한동안 계속되었다. 고개를 낮 게 숙이고 주둥이는 가슴에 바싹 붙였으며 다리는 꼭 매어 놓 은 듯 버티고 있었다. 묵직한 목은 이리저리 뒤틀렸고 억센 뿔 은 "쩍 쩍" 소리를 내며 부딪쳤다. 밑에서 쳐올리는 공격을 막 으려고 애쓰는 이들의 묵직한 주둥이는 화가 나서 용을 쓰는 모습 그 자체였다.

한동안 둘은 방어만 하느라 어느 쪽도 득점을 올리지 못했 다. 그러다 커다란 황소의 체중이 제 몫을 하기 시작했다. 젊은 소는 조금씩 뒤로 밀려났다. 큰 황소는 자기가 상대방을 밀어 내고 있다는 사실을 잘 알고 있었다. 더욱 힘을 내어 밀어붙이 니 작은 황소는 더 빨리 뒤로 밀렸다. 둘은 비탈진 둑까지 갔다.

황소는 몸을 빙 돌리더니 자기를 구해 준 사람에게 곧장 달려들었다.

발 디딜 곳이 없어지자 작은 황소는 아래로 미끄러졌다. 기회를 잡은 큰 황소는 있는 힘을 다해 작은 소를 뿔로 들이받더니 무섭게 고개를 젖혔다. 약한 옆구리 부분을 들이받힌 작은 소는 비탈에서 미끄러지면서 계속 넘어졌다. 여기저기가 다 찢어진 것 같던 작은 소는 비탈 바닥에 가서 벌떡 일어서더니 마구 달아나기 시작했다. "엄마아, 마아" 하고 울면서 달아나는 모습이 꼭 어린 송아지 같았다. 잘 살펴보니 찢어진 데는 없었다.

결투는 그렇게 끝났다. 왕은 계속해서 무리를 다스리게 되었다. 그러는 동안 무리는 평화롭게 풀을 뜯으며 결투에는 조금도 관심을 갖지 않았다.

다음 날은 내가 관찰할 수 있는 마지막 날이었다. 나는 관리인 리에게 이런 말을 했다. "이봐 리, 내 카메라에 필름이 석 장 남았어. 오늘 괜찮은 사진 한 장 찍어야겠는데."

"그러시죠, 선생님." 우리 둘은 공원으로 향했다.

들소 무리는 활기찬 모습이었다. 모두 탁 트인 공원 한가운데에 모여 뛰어다니며 소리를 지르고 있었다. 아메리카 서부에서 흔히 보듯 떼 지어서 빙빙 도는 모습이었다.

"무슨 일이 있군." 내가 말했다. "최대한 가까이 가 보세. 총잘 챙기고."

관리인은 총을 두드리고 슬쩍 웃었다. 우리는 숲을 나와 넓은 벌판으로 나아갔다.

소 떼들은 우리가 다가가자 달아났지만 멀리 가지는 않았다. 무리는 둘로 나뉘어 서로 반대 방향에서 원을 그리며 돌았다. 꼬리는 치켜들고 있었고 거친 소리를 토해 낼 때는 고개를 쳐들었다. 그리고 그들 사이로 어제의 젊은 황소가 누워 있는 모습이 보였다.

"허허! 큰 황소가 이번엔 작은 놈을 완전히 잠재워 버렸네!" 리가 소리쳤다.

그랬다. 왕은 도전자를 죽여 버린 것이다. 우리는 더 자세히 보기 위해서 다가갔다. 그리고 나는 정말 놀랐다. 황소가 그렇게 이상한 자세로 있는 모습은 처음 보았기 때문이다. 작은 황소는 네 다리를 모두 공중에 뻗은 채 누워 있었다. 고개는 꺾여서 갈빗대에 눌려 있었는데, 한쪽 뿔은 자기 몸을 찌른 상태고 나머지 하나는 땅에 깊숙이 박혀 있었다. 어떻게 그런 식으로 고정이 됐는지 알 수가 없었다.

내가 다가서니 들소들은 꼬리와 머리를 치켜들고 빙빙 돌면서 콧김을 내뿜었다. 아주 위협적인 모습이었지만 나는 총을 믿고 걱정하지 않았다.

우리는 더 가까이 다가섰다. 한 40미터 정도 떨어져 있을 때였다. '죽어 있던' 황소가 느닷없이 네 다리로 허공을 박차는 것이었다.

"이것 봐라. 아직 죽은 게 아니네. 바퀴 빠진 차처럼 헤매고 있잖아." 내가 말했다.

소가 이런 자세로 오래 있으면 질식사하고 만다는 것은 익히 알려진 사실이었다. 간이 허파를 짓누르는 것이다. 도움이 필요했다. 리가 말했다. "일으켜 줘야겠습니다."

"글쎄, 원한다면 그렇게 하게. 하지만 나는 싫어."

"왜요?"

"일으켜 주면 제일 먼저 어떻게 할지 뻔하니까."

"어떻게 하는데요?"

"자네에게 바로 달려들어서 끝장을 내고 말 거야."

"음, 전 하나도 안 무서운데요." 그러면서 리는 황소 앞으로 다가섰다.

"그 총 잘 들고 있게. 필요할 거야."

그는 씩 웃으면서 계속 걸어갔다.

"잠깐!" 내가 말했다. "재미있겠는데. 사진을 좀 찍자구." 그리고 나는 사진을 또 한 장 찍었다.

리는 황소 곁에 총을 내려놓더니 이 거대한 몸집의 꼬리를 붙잡아 있는 힘을 다해 끌어 올렸다. 젊고 건장한 리는 황소의 뒷몸통을 한두 발짝 움직일 수 있었다. 그 정도면 충분했다. 소를 꼼짝없이 옭아매고 있던 중심을 풀어 준 것이다. 황소는 거세게 발버둥치더니 몸을 굴려 비틀비틀 일어설 수 있었다. 그리고 몸을 빙 돌리더니 자기를 구해 준 사람에게 곧장 달려들었다.

리는 총을 집어 들고 달아나려 했다. 나는 소리쳤다. "쏴 버려! 쏴! 도망갈 수 없어!"

하지만 그는 도망갈 수 있다고 생각했는지 풀밭을 달리기 시작했다. 황소는 바로 뒤에서 쫓아갔다. 황소는 10미터도 못 가서 그를 따라잡고는 매정하게 들이받아 버렸다.

리는 멀찌감치 날아가서 데굴데굴 굴렀다. 그래도 총은 놓치지 않았다. 황소가 다시 그에게 달려들었다. 그는 등지고 누운 채로 뾰족한 총구로 소의 코를 가차없이 찍어 버렸다. 그러자 황소는 움찔 물러나더니 리의 뒤로 돌아가서 뿔로 받아올려 버렸다. 그는 10미터는 나동그라졌다.

리는 쭉 뻗어 버렸지만 총은 놓치지 않고 있었다.

부질없는 일이었지만 나는 계속 소리쳤다. "쏴! 쏴! 젠장할, 쏴 버려. 제발! 죽고 싶냐구!"

그래도 리는 말을 듣지 않았다. 황소가 다시 달려들자 박차고 일어서더니 날카로운 징을 박은 구둣발로 소의 눈을 걷어차기까지 했다. 소는 고개를 추켜올리며 콧김을 내뿜고 몸을 뒤흔들었다.

그러더니 첫 공격 대상을 포기하고 나를 향해 돌진하기 시작했다. 내가 가진 무기라고는 카메라뿐이었으니 최악의 방법이긴 하지만 달아날 수밖에 없었다.

맨 처음 생각난 방법은 윗도리를 벗는 것이었다. 투우사처럼 망토라도 들고 있으면 도움이 될 것 같았기 때문이다. 그런데 아니었다. 나는 이럴 때 꿈쩍도 않고 가만히 있는 게 최선이라는 얘기가 떠올랐다. 실제로 황소는 내 앞 3미터도 안 되는 지점까지 왔다가 멈춰 섰다. 우리는 붙박인 듯이 서로를 쳐다보았다. 나는 금방이라도 끝장이 나고 말 것만 같았다. 그대로 꼼짝없이 서서 제발 총소리가 울려 주기만을 바라고 있었다.

침묵이 오래오래 흐른 것 같았다. 그런데 무슨 영문인지 황소는 빙글 돌아서더니 전속력으로 달려가서 무리 속에 섞여 버렸다. 너무 놀란 것처럼 돌아서더니 번개처럼 사라져 버린 것이다.

나는 기진맥진한 리에게 다가가 말했다. "괜찮나? 어디 안 다쳤나?"

"아뇨. 별로요, 선생님." 그는 가쁜 숨을 몰아쉬며 힘없이 말했다.

"왜 쏘지 않았지?"

"총에…… 총알이…… 없었어요." 그는 우물우물 말했다. "그렇게 위험한 줄은 정말 몰랐거든요."

그랬다. 이 미련한 관리인 녀석은 내가 매일 잔소리를 해서 겨우 총을 들고 다니긴 했지만 고집스럽게도 총알을 재 놓지 않았던 것이다!

56

"안 위험하다고?" 나는 소리쳤다. "그럼 이제 알겠지. 나는 여기 온 지 일주일도 안 됐고 자네는 평생 여기서 지냈지만 이 동물에 대해서는 내가 자네보다 잘 안다고 장담할 수 있네. 그건 이 동물이 저 유명한 텍사스의 버펄로하고 똑같기 때문이야."

나는 그를 일으켜 세웠다. 다친 데가 없다고 했지만 성으로 발걸음을 옮기면서 그는 나에게 기대야 했다.

그는 점점 더 나에게 기대더니 100미터 정도 더 가다 푹 쓰러져서 완전히 널브러지고 말았다.

정신을 차리게 한 다음 다시 집으로 향했다. 우리는 겨우겨우 걸어 도착했다. 서둘러 리를 침대에 눕히고 의사를 불러야 했다.

왕진 온 의사는 이렇게 말했다. "뼈가 부러지지도 않았고 살이 찢어진 곳도 없습니다. 대신에 정신적인 충격을 많이 받았어요."

그럴 수밖에 없었다. 리는 몇 주 동안 꼬박 누워 있어야 했다. 그러고도 사실상 완치가 되지 않았다. 서른다섯 살밖에 되지 않았는데 너무 허약해져서 일을 할 수 없게 된 것이다. 모두 유비무환이라는 간단하고 지혜로운 교훈을 받아들이지 않은 탓이었다.

이것이 내가 야생 동물에게 거의 목숨을 잃을 뻔했던 유일한

사건이다. 영국에서 일어난 일이긴 하지만 북미에서도 똑같이
일어날 수 있는 일이다.

소녀와 늑대

1

위엘고에 숲은 프랑스 서쪽 끝자락에 있는 피니스테르 산맥 일대를 뒤덮고 있는 야생 지대다. 이 숲의 양지바른 끄트머리 에는 카레라는 작은 마을이 있다. 마을의 작은 농가에는 장 트 레프랑이라는 사람이 아내 릴리 그리고 하나뿐인 귀여운 딸 마리와 함께 살고 있었다. 부부가 끔찍이 아끼던 마리는 이야기가 전하던 당시 여섯 살이었고, 아이 키우는 집에서 맛볼 만한 온갖 기쁨을 다 주는 아이 였다.

장은 비슷한 부류의 사람들과 마찬가지로 3천 평

되는 땅을 알뜰하게 가꾸었다. 작은 집을 자기 손으로 지었고 닭 몇 마리와 돼지 한 마리가 주요한 재산이었다. 부부는 포도를 비롯한 대부분의 먹거리를 직접 마련했다. 땔감은 가까운 숲에서 모아 오는 것만으로도 충분했다.

장은 또 나무꾼이나 비공식 사냥 감시인 노릇을 해서 수입을 얻기도 했다. 추수 때에도 살림에 보탬이 되는 일이 있었다. 장과 릴리는 이웃집에서 이삭줍기로 부수입을 얻었던 것이다.

착실하고 부지런한 데다 프랑스인 특유의 검약한 생활과 잡다한 부업거리 덕분에 장의 가족은 안락한 삶을 누릴 수 있었고 미래에 대한 밝은 계획을 세울 수 있었다. 그들은 마리가 결혼할 때를 대비하여 약간의 '신부 지참금'을 은행에 마련해 두기까지 했다.

단순한 삶 속에서 이들은 너무나 행복했다. 거의 이상적인 삶이었다.

문 앞에서 돌팔매질을 하면 닿을 거리에서 시작되는 숲은 사람 손이 거의 닿지 않아서 원시림에 가까웠다. 게다가 이 숲에는 늑대가 많았다. 실제로 보기는 힘들었지만 거의 매일 밤 우는 늑대 소리를 들을 수 있었다. 하지만 이상하게도 밤에 돌아다니며 울부짖는 늑대들은 카레 마을 사람들에게 큰 걱정거리가 아니었다. 인간을 해쳤다거나 해치려고 한 늑대는 단 한 마리도 없었다고들 했고 그 말에 반대하는 사람을 본 적도 없었기 때문이다.

뭐라고? 그게 말이나 되는 소린가? 그러면 쿠르토나 라베트 같은 무시무시한 늑대 이야기는 뭐란 말인가? 다 꾸며 낸 이야기란 말인가?

두 이야기가 실제로 예전에 인간을 잡아먹었던 끔찍한 늑대를 다룬 것임은 분명하다. 이곳의 늑대들도 한때 온 프랑스를 공포로 몰아넣었던 늑대들의 후손임에 틀림없었다. 퇴화된 동물이 전혀 아닌 것이다.

이 늑대들은 또 무시무시한 선조들처럼 사납고 굶주려 있었던 것이 사실이다. 하지만 결정적으로 다른 점이 하나 있었다. 이 현재의 늑대들은 학습을 했다. 인간이 다른 무엇보다 얼마나 두려운 존재인지, 그 끔찍한 냄새가 계속해서 얼마나 퍼져 가고 있는지를 학습한 것이다. 그래서 현대의 늑대는 절대 인간과 맞서거나 싸우려 들지 않는다. 가장 엄청나고 파괴적인 힘은 화약 냄새와 현대식 총이었다. 끝없이 반복된 재앙 끝에 늑대들이 배운 것은 이것이었다. 몽둥이나 활과 화살을 든 인간은 결코 쉽지는 않아도 먹이가 될 가능성은 있다. 하지만 현대식 총을 든 인간이라면 이야기가 다르다. "늑대들이여, 그런 인간에게는 전혀 승산이 없다. 그러니 재앙으로 끝나고 말 충돌은 피해라." 인간의 냄새는 공포의 냄새다. 이는 새끼 늑대들이 뛰어다닐 정도로만 자라도 제일 먼저 배워서 몸에 익히는 교훈이다. 여기에는 논쟁의 여지가 없다. 현대의 늑대들은 인간 또는 인간의 냄새가 나는 것에 맞서지 않았다.

이는 프랑스 전역에 있는 늑대들에게 잘 알려진 신조와도 같은 것이었다. 이는 어느 곳이든 마찬가지였다.

늑대는 이 컴컴하고도 드넓은 숲 지대에 아직 얼마든지 있었다. 나는 이 묘한 마리 이야기를 이 지역의 유명한 늑대 사냥꾼들에게서 전해 들었다.

2

얼마 전 장의 살림에 작고 검은 새끼 양이 하나 늘어났다. 제일 좋으면서도 거저 먹일 수 있는 양의 먹이가 집에서 얼마 떨어지지 않은 숲 속 빈터에 널려 있었으니, 그곳에 양을 묶어 두는 것이 당연했다. 돌볼 사람이라곤 상냥한 여섯 살배기 여자아이뿐이었다. 주변에 그렇게 많던 늑대들은 사람 아이가 가까이 있기만 해도 감히 새끼 양을 넘보지 못했다.

마리는 매일 집 앞뜰에서 놀다가 양을 돌보러 갔다. 어떤 때에는 뜰에 있는 맛있는 먹이를 조금씩 갖다 주기도 했다. 그러고는 해 질 무렵이 되면 숲으로 가서 양을 풀어 외양간까지 끌고 오곤 했다.

늑대들이 몇 번이나 이 새끼 양 냄새에 끌려서 가까이 다가

오거나 작은 덤불 뒤에 숨어서 훔쳐보기도 했을 것이다. 하지만 이 아이의 존재는 늑대에게 공포 그 자체였으며 양의 보호를 위한 보증수표였다. 부모는 이 점을 확신했기 때문에 커다란 늑대 몇 마리가 양 주변을 오간 흔적이 뚜렷해도 별로 걱정하지 않았다.

늑대들은 좀처럼 보이지 않았다. 하지만 이들은 밤에 울부짖는 소리와 발자국, 그리고 종종 양이나 송아지가 그들의 먹이가 된 흔적을 남겨서 마을 사람들에게 숲의 사나운 위협이 가까이 있다는 사실을 일깨워 주곤 했다. 그래도 부부는 아이를 걱정하지 않았다. 아이가 가까이 있기만 하면 인간 존재의 두려움이란 묘한 힘을 발휘할 수 있으니 양도 걱정하지 않았다.

7월의 어느 저녁, 엄마는 늘 하던 대로 딸을 불렀다. "마리야, 이제 아기 양을 우리에 데리고 올 시간이다." 마리는 멀리서 대답했다. "네, 엄마." 그리고 엄마는 계속해서 저녁 준비를 했다.

30분이 지나 저녁 준비가 끝났는데도 마리는 아직 돌아오지 않았다. 엄마는 문간으로 나가서 소리쳤다. "마리야! 마리야!" 그러고는 다른 일을 시작했다. 마리는 대답이 없었다. 20분쯤 지나자 아빠가 아이를 데리러 나갔다.

아빠는 양이 묶여 있던 곳까지 가 보았다. 그런데 양도 아이도 보이지 않았다.

장은 몇 번이고 아이를 불러 보았다. 아내가 와서

함께 여기저기 찾아보았지만 소용이 없었다. 그러다 부부는 마리와 양의 흔적을 찾았다. 늑대 한두 마리의 발자국이 같이 나 있었다. 하지만 폭력의 흔적은 보이지 않았다. 찢어진 옷자락도 없었고 뜯긴 양털이나 핏자국도 없었다.

겁이 덜컥 난 부모는 희미한 자취를 따라 더 멀리 들어갔다. 점점 숲 속 깊은 곳으로 들어가면서 멀리 울리도록 소리쳐 불렀다. "마리야! 마리야!"

금방 해가 떨어졌다. 땅거미가 지는 가운데 찾고 또 찾았지만 소용이 없었다.

장은 마을로 돌아가서 이웃 사람들을 불렀다. 모두 나와서 같이 마리를 찾아 달라고 도움을 청했다. 그동안 아내 릴리는 계속 숲으로 들어가면서 크게 소리를 질렀다. "마리야! 마리야!"

고통스러운 릴리의 외침 끝에 들려오는 소리가 있었다. 딸 마리가 아니라 늑대가 답하는 소리였다. 사냥하는 늑대가 내는 길고 아주 묘한 울부짖음이었다. 릴리는 전에도 이 소리를 자주 들었다. 하지만 지금은 자신의 외침에 대답이라도 하고 있는 것 같아 섬뜩한 느낌이 들었다. 마치 비웃는 것 같았다.

장은 가까운 이웃 사람들 한 무리를 데리고 돌아왔다. 그중에는 나무꾼과 수색을 잘하는 사람들도 있었다. 날은 이미 깜깜해졌지만 그들은 횃불과 손전등을 들고 있었다. 개를 데리고 온 사람들도 있어서 아주 큰 도움이 되었다.

개들은 깊은 숲으로 800미터는 더 들어가더니 새끼 양의 흔적이 있는 곳으로 안내했다. 양털과 핏자국과 큰 뼈 몇 조각이 보였다. 하지만 마리의 흔적은 없었다.

다음 날 아침 새벽빛이 비치자마자 수색은 다시 시작되었다. 가장 유능한 수색자들만 동원되었다. 잘못 밟아서 중요한 발자국과 흔적을 훼손하는 일을 방지하기 위해서였다.

새끼 양이 묶여 있던 곳부터 죽어 있던 현장까지 찾을 수 있는 흔적은 모두 샅샅이 뒤졌다. 수색대의 부책임자인 케르굴라스가 발표한 수색 결과를 보면 이랬다.

마리는 평소처럼 해 질 녘에 양을 데리러 갔다. 그런데 어딘가에 걸려 넘어지면서 줄을 놓쳤고 양은 풀려나면서 장난스럽게 달아났다. 마리는 쫓아갔다. 그런데 줄을 잡을 만할 때마다 양은 더 멀리 뛰어갔다. 그러면서 조금씩 숲 속 깊은 곳으로 들어갔을 가능성이 높다. 그러다 400미터쯤 가서 마리는 양의 줄을 다시 잡을 수 있었다. 그런데 대체 어디로 가야 하나? 마리는 완전히 길을 잃고 헤매게 된 것이다. 그러다 보니 집 쪽으로 간다는 것이 숲 속으로 점점 더 깊이 들어간 것이다. 조금만 더 가면 자기가 아는 빈터가 나올 거라는 유혹을 받았을 것이다.

그러다 저녁에 우는 늑대 소리가 들리기 시작했다. 사냥을 나온 늑대들의 소리. 그 소리는 어쩌면 사람 목소리를 닮기도 해서 마리에게 자기를 부르는 소리처럼 들렸을지도 모른다. 그렇게 아이는 홀린 듯 더 먼 곳으로 가는 바람에 집에서 멀어졌다.

늑대들은 곧 방황하는 양과 마리를 발견했다. 그러면서 주변을 서성이며 코를 킁킁거렸다. 하지만 아이가 두려워서, 인간의 냄새가 무서워서 감히 양을 건드릴 생각을 못 했다.

그러다 어둠 속에서 집으로 가는 줄로만 알며 헤매던 아이는 비탈에서 미끄러지고 만다. 땅에 남은 흔적을 보면 그런 것 같다. 마리는 양을 묶고 있던 짧은 끈을 놓치고 만 것이다. 양은 한쪽으로 뛰쳐나갔고 그 순간 늑대들이 덮친 것이다. 늑대는 아마 둘이었던 것 같다. 늑대들은 순식간에 양을 먹어 치웠다.

핏자국을 보면 분명했다. 하지만 마리의 흔적은 더 이상 보이지 않았다. 마리의 마지막 발자국은 숲 속으로 이어져 있는 자갈밭에 남은 것이 마지막이었다. 개들의 도움을 받아 가면서 아무리 뒤져 보아도 더 이상은 찾을 수 없었다. 하늘로 솟아 버렸을지도 모르겠다는 말이 나올 정도였다.

"늑대들이 데리고 갔다."는 이야기도 그럴듯했다. 하지만 만일 그렇다면 왜 핏자국 하나, 옷 조각 하나, 아니면 사람 발자국 하나 남지 않았단 말인가? 나이 많은 산림 감시인들은 아이가 아직 살아 있다고 주장했다. 늑대가 절대 아이를 해치지 않았을 거라는 이야기였다. 그리고 마리는 시골 아이들이 다 그렇듯이 숲 속에서 나무 열매나 딸기 같은 것을 찾을 줄 아는 만큼 오랫동안 살아남을 수 있을 것이라고 했다.

하루 종일, 다음 날 또 다음 날, 그리고 며칠을 더 참을성 있게 수색을 계속했지만 소득은 없었다. 그러다 차가운 비가 남아 있을 만한 흔적을 다 씻어 내면서 실낱 같은 희망마저 사라져 버렸다. 배고픔에다 온몸이 젖어서 추위에 떨다 보면 살아남기가 어려울 거라는 절망감이 다가왔다. 하지만 사람들은 밤이면 언덕마다 불을 피워서 길 잃은 아이의 등대가 되기를 바랐다. 또 밤마다 창가에 촛불을 켜 놓고 헤매는 아이가 집을 찾는 데 도움이 됐으면 했다.

그러던 이웃들도 하나둘 포기하기 시작했다. 사람들은 안쓰럽게 고개를 저었다. "늑대들이 해치지 않았다 하더라도 이제는 춥고 배고파서 살아 있기가 어렵지."

장과 릴리는 포기하지 않았다. 하루 종일 그리고 매일, 더 먼 곳까지 필사적으로 뒤졌다. 매일 밤, 그 누구보다 어린아이들을 사랑하신 '그분'께 무릎 꿇고 기도를 올리며 마리를 살려 주시고 자기들 품으로 돌려보내 달라고 빌었다.

3

그렇게 길고 고된 한 달이 지나갔다. 온 지방이 나서서 아이를 찾았다. 온 마을 사람들이 (비탄에 잠긴 엄마까지) 슬픈 절망

속에 머리를 숙이며 말했다. "하느님 뜻대로 하옵소서!"

두 달이 지나갔다. 릴리의 얼굴에는 상실의 슬픔이 드리워졌다. 이웃들은 마리가 실종된 이 슬픈 이야기를 당대의 흘러간 비극들 사이에 끼워 넣기 시작했다. 그때쯤 위엘고에 숲 반대편으로 50킬로미터 정도 떨어진 마을에서 이상한 소문이 들려왔다.

숯 굽는 사람 둘이서 커다란 나무들 사이에서 숯구덩이를 만들기에 좋은 장소를 찾고 있었다. 덤불 속에서 길고 노란 털로 덮인 개만 한 크기의 동물이 얼핏 보였다. 다가가 보니 이 이상한 동물은 계속 달아나면서 어떤 때는 네발로 뛰다가 어떤 때는 두 발로 반쯤 일어서기도 했다. 점점 가까이 쫓아가 보니 사납게 대들면서 으르렁거리고 날카로운 소리를 지르기도 했다.

둘은 요정과 도깨비를 믿는 사람들이어서 그런 존재가 나타난 것이라고 확신했다. 숲에서 통하는 미신에 따르면 요정이나 도깨비의 피를 흘리게 하면 안 된다. 그러니 사로잡아야 했다. 그래서 덤불 속에서 한 시간 이상을 쫓고 쫓긴 끝에 숯 굽는 사람은 몸을 던져 가까스로 이 동물을 붙잡을 수 있었다.

햇볕으로 끌고 나오자 이 동물은 마구 비명을 지르고 물어뜯으려 했다. 그런데 밝은 곳에 나와서 보니 놀랍게도 그들이 붙잡은 것은 '어린 여자아이'였다. 아이는 완전히 발가벗고 있었다. 대신 잔가지가 얽힌 금발이 길다란 갈

기처럼 늘어져서 얼굴과 어깨를 뒤덮고 있었다. 몸의 나머지 부분은 햇볕에 그을려서 구릿빛을 띠고 있었다.

생김새는 어린 소녀였지만 마치 숲 속 야생 동물처럼 마구 저항하면서 울고 깨물고 으르렁거렸다. 둘은 아이를 커다란 숯 바구니에 담아서 마을로 데려왔다.

이상한 동물을 잡았다는 소문은 금세 멀리까지 퍼졌다. 멀리서도 사람들이 위엘고에 숲의 이 도깨비 소녀를 보기 위해 말을 타고 오곤 했다.

아이에게 먹을 것과 물과 옷을 줘 보았지만 아이는 모두 마다하고 침울하게 앉아만 있었다. 그러다가 혼자 있을 때면 굶주린 짐승처럼 음식을 먹어 치웠다.

교구의 사제와 지역의 수렵 담당 관리도 이 숲 속 꼬마 요정을 보러 왔다. 이런 소식은 멀리 카레 마을까지 퍼져 갔다.

소문을 들은 릴리의 가슴이 일렁이며 타오르기 시작했다. 릴리와 장은 마차를 타고 전속력으로 달려갔다. 부부의 아이가 실종되었다는 소식은 오래전에 그 마을에도 전해졌다. 비탄에 잠겨 있던 부모가 도착했다는 소식에 온 마을 사람들이 들썩였다. 사람들은 희망과 절망이 뒤섞인 두려움으로 흥분했다.

누구 하나 말리는 사람 없이 릴리는 이 야생의 소녀가 갇혀 있는 방으로 안내되었다. 군중들은 모두 긴장감 속에 숨을 죽이고 간절하게 비는 마음이었다.

아이를 얼핏 보자마자 릴리는 앞으로 와락 달려갔다. "마리야! 마리야! 마리야! 어디 갔었니? 우리 아가야!"

아이의 대답을 듣자 엄마는 충격을 받고 말았다. 야생의 존재는 그녀를 피하더니 사납게 으르렁거리고 날카로운 소리를 내면서 한쪽 구석으로 물러났다. 릴리의 목소리와 타는 듯한 눈빛에 잔뜩 겁을 집어먹은 모습이었다.

"오, 하느님!" 사람들의 탄식 소리가 터져 나왔다.

"자리를 비켜 주세요! 제 아이와 단둘이 있게 해 주세요!"

슬픔에 휩싸인 엄마가 애원했다. 그리고 릴리는 혼자 바닥에 무릎을 꿇고 하느님께 기도했다. 자기를 노려보고 있는 아이의 정신을 되돌려 달라고 빌었다. 그런 다음 엄마는 낮은 소리로 자장가를 부르며 떨리는 손이 닿을 만큼 가까이 다가갔다. 그러고는 헝클어진 금발과 불그레한 팔다리를 쓰다듬어 주었다. 야생의 존재가 겨우 작은 신음 소리만을 낼 때 엄마는 아이를 부드럽게 감싸 안았다. 그리고 가슴에 꼭 껴안고 흐느꼈다. "마리야! 마리야! 내 사랑! 엄마를 몰라보겠니?"

어린 야수는 그녀의 품속에서 덜덜 떨었다. 베일이 벗겨지고 찢어져 나갔다. 아이는 흐느꼈다. "엄마! 엄마!" 그러고는 엄마의 가슴팍에 얼굴을 파묻었다.

러닝보드의 늑대

　20년 전쯤 나는 모하비 사막에서 목장을 하는 친구들과 함께 겨울을 보낸 적이 있다. 버너디노 산맥 봉우리들이 초승달처럼 이어지면서 둘러싸고 있는 웅장한 분지는 꽤 평탄했고 선인장과 메스키트, 그리스우드 같은 식물들이 늘 자라는 곳이었다. 여기저기에 조슈아 나무라고도 알려진 위엄 있는 커다란 유카 나무도 몇 그루씩 서 있었다.

　우리는 시장이 있는 읍내로 가는 길이었다. 좋은 차를 타고서 평평한 지대 사이의 구불구불한 길을 따라가고 있었다. 그러다 갑자기 200미터 전방에 커다란 회색 늑대 한 마리가 나타나 우리는 깜짝 놀랐다.

　운전을 하던 친구는 늑대가 가시 많은 덤불 속으로 사라지기 전에 가까이서 보고 싶다며 급히 가속 페달을 밟았다. 그런데 이 늑대는 덤불 속으로 뛰어들지 않았다. 길 한가운데를 냅다 달려가면서 고개를 돌려 우리를 보곤 했다.

차가 거의 시속 40킬로미터로 달리고 있었으니 늑대로서는 전속력으로 달린 셈이다. 시속 60킬로미터로 차의 속도를 올리니 800미터도 못 가서 늑대를 따라잡을 수 있었다. 그런데도 늑대는 멈추지 않고 차 앞에서 죽도록 달리는 것이었다.

내 친구는 늑대를 치지 않기 위해서 속도를 줄여야 했다. 늑대는 왜 길을 비키지 않을까? 작은 덤불이나 선인장 사이로 얼마든지 도망갈 수 있는데 늑대는 피하질 않았다! 계속해서 죽어라 달리면서 힐끔힐끔 우리를 돌아보는 것이었다.

이런 식으로 1킬로미터쯤 달리고 나니 늑대는 피곤한 기색을 보이기 시작했다. 혀는 길게 늘어졌고 결연하게 추켜올리고 있던 꼬리는 처지기 시작했으며 계속해서 헐떡거리며 숨을 몹시 가쁘게 몰아쉬었다.

이렇게 죽도록 달리면 400미터도 못 가서 차에 치일 판이었다. 늑대는 자동차 라디에이터 바로 앞에서 달리고 있었고 헐떡이는 소리가 엔진 소리보다도 크게 들렸다.

그러자 나는 친구에게 말했다. "이건 공정한 게임이 아니야. 바퀴와 휘발유가 살과 피하고 붙는 건 공평하지 못해. 차를 가지고 헐떡이며 달리는 동물과 시합을 한다는 건 말도 안 된다구. 속도를 줄여!" 그래서 우리는 시속 30킬로미터로 속도를 낮췄다. 기진맥진하며 헐떡이던 늑대는 겨우 차에 치이지 않을 수 있었다. 그래도 늑대는 길을 비키지 않았다.

나는 도무지 이해할 수가 없었다. 그래서 친구에게 이렇게 이야기했다. "옆으로 조금 비켜 가면 피해 갈 수 있을까?"

쉬운 일이 아니었다. 길이 몹시 좁은 데다가 깊이 패인 바큇자국이 두 줄만 나 있었기 때문이다. 길가에 있는 덤불이 차에 닿을락 말락 했다. 그나마 좀 평평한 지점을 골라서 바큇자국을 벗어난 다음 왼쪽으로 붙을 수 있었다.

늑대는 차 오른쪽으로 조금 처지기 시작했다. 그런데 놀랍게도 늑대가 갑자기 펄쩍 뛰어오르더니 우리 차 러닝보드(짐차 문 밑에 달린 발판)에 올라타는 것이었다.

좁은 러닝보드에 맞게 다리를 앞으로 쭉 뻗은 채 몸을 바싹 조이고 엎드렸다. 입 한쪽으로 축 늘어진 혀는 30센티미터는 되어 보였고 거품이 뚝뚝 떨어졌다. 가쁜 숨을 몰아쉬느라 갈빗대가 들썩들썩했고 머리를 아래로 떨군 채 몸을 덜덜 떨고 있었다.

내가 고개를 한쪽으로 숙여 보았더니 늑대의 머리는 나와 60센티미터도 떨어져 있지 않았다. 번쩍이는 노란 눈에는 분노나 적대감 같은 것은 깃들어 있지 않았다.

나는 늑대에게 이렇게 말했다. "해치지 않을게, 늑대 씨. 그냥

가까이서 보고 싶었어. 들이받으려고 한 게 아니야."

이렇게 말하니 늑대는 숙이고 있던 고개를 약간 들었다. 곤두섰던 갈기는 그제야 가라앉았고 호흡도 조금씩 되돌아왔다. 혀는 점점 짧아졌고 차가 천천히 미끄러져 가는 동안, 필사적으로 뛰느라 생겼던 증상들은 모두 서서히 사라져 갔다.

이제 늑대의 눈은 나와 30센티미터도 떨어져 있지 않았다. 나는 형제의 영혼을 들여다보는 것 같았다. 늑대도 아마 같은 느낌이었을 것이다. 전혀 두려워하는 기색 없이 편히 앉아 차를 떠날 생각이 없었으니까.

나는 늑대의 머리를 쓰다듬으려 했다. 그러자 친구가 소리쳤다. "미쳤구나! 손을 잘라 먹을지도 몰라!"

그 말이 틀린 줄 알긴 했지만 나는 자제해야 했다. 대신 나는 늑대에게 말을 걸어서 안심시키고 싶었고, 생각대로 된 것 같다.

20분 동안 우리는 늑대를 태운 채 10킬로미터쯤 달려 사막을 벗어났다. 이제 목장들 사이를 지나가고 있었다. 첫 번째 목장에 가까이 가자 늑대는 그곳을 유심히 살펴보더니 나를 보기도 했다. 그러고는 러닝보드에서 풀쩍 뛰어내려 목장 집으로 곧장 달려가서는 현관 매트 위에 앉았다. 늑대의 모습은 아주 편안해 보였다. 그랬다. 정말 완벽하게 편안해 보였다!

나는 그제서야 그 목장에서 길들인 늑대를(경찰견과 늑대와의 혼혈이었다.) 오랫동안 키워 왔다는 사실을 기억해 냈다. 모든

면에서 길들여져 있지만 버릇만은 늑대다웠고 모습도 영락없
이 늑대였다. 아마 자동차 러닝보드 위에 자주 타 보았던 모양
이다.

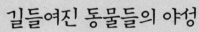길들여진 동물들의 야성

꼬리 흔들기 신호

개는 왜 꼬리를 흔들까? 그냥 하는 짓이 아니다. 이것은 아주 오래된 신호 중 하나다. 깃발을 이리저리 흔들어서 의미 있는 신호를 보내는 것과 같은 이치다. 우리가 꼭 알아야 할 것은 몸에 조금이라도 하얀 털이 있는 개는 꼬리 끝이 하얗다는 사실이다. 털 몇 올이라도 말이다. 우리는 이런저런 근거를 통해서 지금 개들의 아주 오래전 야생 조상들은 꼬리 끝이 흰색이었음을 안다. 개의 야생 조상은 눈 위에 작은 얼룩이 있는 작고 노란 동물이었다. 일종의 자칼(여우와 늑대의 중간형 야생 개—옮긴이)이었던 셈이다.

ENEMY APPROAC-
HING

FRIEND
COMING

자칼을 닮은 개의 조상이 낯선 동물 한 마리가 오는 것을 보고 있다고 상상해 보자. 야생 동물에게 낯선 존재는 언제나 적이다. 처음에는 수풀 속에 웅크리고 숨어서 가만히 지켜보는 것이 현명하다. 낯선 동물은 점점 가까이 다가온다. 웅크리고 있던 개는 그 동물이 자신과 같은 종이라는 것을 알아채게 된다. 그러니 먹이는 못 될 것이고 잘하면 친구가 될 수도 있다. 낯선 동물이 너무 가까이 다가와서 더 이상 숨어 있는 게 불가능하다면 어떻게 할까? 이럴 때는 숨지 말고 나가되, 대신 강한 인상을 심어 주는 것이 좋다. 굳이 싸우지 않고 사이좋게 지내려면 말이다. 그래서 숨어 있던 개는 네발을 쭉 뻗어 최대한 키를 높여서 위엄 있게 걸어 나간다. 자기를 알리는 분비샘을 활짝 열어서 냄새가 바람에 퍼지도록 하면서. 다가오던 개도 뒤꿈치를 들고 최대한 키가 커 보이도록 걷는다. 일종의 무장 중립 상태인 셈이다. 서로 비등해서 어느 쪽도 적대적인 움직임을 보이지 않는다. 잠시 멈춤. 그러다 이쪽은 저쪽에게 적대적이지 않으며 평화를 원한다는 뜻으로 하얀 꼬리 깃발을 들어 올려 좌우로 흔든다. 전쟁을 원치 않는 상대방도 똑같은 꼬리 흔들기 신호로 응답한다. 휴전을 선언하고 평화를 약속하면 둘은 친구가 된다.

이것은 야생 사회에서 오래전부터 해 오던 방식이다. 우리는 마을에 돌아다니는 개들을 보면서 지금도 모두 그렇게 하고 있다는 사실을 확인할 수 있다.

동물들의 제복

미국 군인들은 프랑스 전선에 나가면서 군복 색깔과 무늬를 주변 환경에 맞춰서 엎드려 있으면 눈에 띄지 않도록 했다. 동시에 각자 국적과 소속 부대를 알리는 휘장과 개인 인식표인 군번줄을 달아서 필요할 때 신원을 확인할 수 있게 했다. 이 두 가지 아이디어(몸을 숨겨 주는 군복과 누군지 구별해 주는 휘장)를 적용해 보면 야생 동물의 색깔을 대부분 설명할 수 있다. 야생 동물의 휘장은 낯선 이가 멀리서 봐도 가장 쉽게 눈에 띄는 부분에 달려 있다. 야생의 개들은 몸 색깔이 대부분 마른풀처럼 누런색이었다. 그것이 보호색 역할을 해서 풀숲에 웅크리고 있으면 눈에 띄지 않았다. 대신 휘장 역할을 하는 눈 위의 하얀 얼룩, 하얀 입 언저리, 하얀 꼬리 끝 털은 필요할 때 단번에 드러낼 수 있도록 높은 부분에 달려 있는 것이다.

그렇다면 개인 인식표는 무엇이고 어디 있단 말인가? 그것은 군인의 목에 걸려 있는 것처럼 눈에 잘 띄는 것이 아니다. 기억해야 할 것은 가장 발달한 감각이 인간에게는 시각이지만 개에게는 후각이라는 점이다. 개는 눈이 '이러이러하다'고 말하면 '그럴 수도 있다' 정도이지

만 코가 '그래, 그렇다'고 하면 단연 확신을 가진다. 냄새 하면 개다. 인간도 한때는 후각이 예민했지만 도시와 아파트에 살면서 감각이 사라진 것이다.

개와 야생의 모든 네발짐승에게 후각의 세계는 아주 넓다. 그들의 행동을 이해하기 위해서는 언제나 그들의 뛰어난 후각을 잊어서는 안 된다. 사람들은 시각으로 서로를 구분하지만 개들은 전적으로 냄새에 의존한다.

이 엄청난 사실과 관련하여 자연은 냄새 식별과 냄새 전달에 관한 엄청난 체계를 만들어 놓았다. 그것이 바로 냄새 휘장과 냄새 전화다.

개의 무선전화

개 종족에게 중요한 냄새 샘은 먼저 꼬리 밑동의 윗부분에 있는 꼬리샘이다. 이 꼬리샘은 일종의 개인 인식표 역할을 한다. 개나 늑대는 중립을 지키면서 자신을 알리고 싶을 때 꼬리 끝을 낮추고 밑동을 들어올린다. 그러면 냄새 샘 근처에 있는 털이 열리면서 냄새가 나온다. 이 냄새는 물론 기분에 따라 양과 강도가 조절된다. 낯선 개의 정체를 알아보고 싶은 개는 이 냄새를 자세히 따져 본다.

다음으로 중요한 냄새 샘은 몸 깊숙이 들어 있다. 여기서 나온 분비물은 콩팥을 거쳐 나오는 오줌과 섞여 나온다.

어떤 사람이든 우리 눈에 다른 사람과 확실히 구분되듯이 동물의 샘도 어떤 경우든 똑같은 냄새를 풍기지 않는다. 종류는 같지만 개체마다 모두 다른 것이다. 그뿐인가. 사람 개인의 상태나 기분을 눈으로 보아 알 수 있듯이 이 분비물의 냄새도 그 동물의 상태에 따라 달라진다. 그래서 늑대는 다른 늑대의 분비물이 묻어 있는 돌이나 나무를 발견하면 그 늑대가 친구인지 적인지, 암컷인지 수컷인지, 아픈지 건강한지, 굶주렸는지 배가 부른지, 기분이 좋은지 쫓기고 있는지를 정확히 구분해 낸다. 냄새의 강도를 보면 그것이 조금 전에 분비된 것인지 아니면 며칠 전에 묻혀 놓은 것인지도 정확히 알아낼 수 있다. 게다가 발자국에 묻은 냄새를 맡으면 그 늑대가 어디서 왔다가 어디로 갔는지도 알 수 있다.

이렇게 놀라운 무선전화가 제 몫을 단단히 하기 위해서는 정기적으로 설치되어야 할 뿐만 아니라 잘 알려질 필요도 있다. 평원을 수없이 관찰해 본 결과 나는 늑대가 사는 모든 서식지가 일종의 냄새 게시판 또는 냄새 전화국들이 서로 연결된 시스템 속에 있다는 사실을 알 수 있었다. 몇 킬로미터마다 하나씩 발견할 수 있는 높다란 바위나 오래된 들소의 해골, 울타리 기둥은 공인된 냄새 게시판 역할을 한다. 먹이를 찾아다니거나 어디론가 여행을 하는 늑대는 언제나 자기 영역 주변에 있는

친구일까? 적일까?

그런 게시판을 찾아가 본다. 그러고는 냄새를 잠깐만 맡아 보면 우리가 눈으로 봐서 얻는 것보다 훨씬 많은 정보를 얻어내는 것이다. 늑대는 방금 들렀다 간 존재가 어떤 늑대인지, 잘 아는 친구인지 적인지, 암컷인지 수컷인지 등을 금방 알아낸다. 좀 전에 왔다 간 늑대가 남긴 냄새에 먹이가 많다는 메시지가 담겨 있다면 뒤에 오는 배고픈 늑대는 아주 귀한 정보를 얻어내는 셈이다.

이런 냄새 게시판에 도착하는 늑대의 행동은 한동안 뜸하다가 자기가 속한 모임에 나가 보는 사람의 경우와 비슷하다. 게시판에 도착한 늑대는 남겨진 기록들을 훑어본 다음 자신의 기록을 남긴다. 그런 다음 전에 들른 이들의 기록을 공들여서 살펴보고는 친구나 아는 이를 구분하여 도착 시간 등을 확인하는 것이다.

평원으로 나온 늑대는 그런 식으로 냄새 게시판에 들러서 훑어본 뒤 자기가 남길 기록을 올린 다음(암컷의 경우 땅에 기록을 남긴다) 자세히 살펴본다. 그러다 종종 적이 남긴 메시지를 발견하면 으르렁거리며 동시에 등의 털이 곤두선 채 뒷발로 마구 바닥을 긁어낸다. 어떤 때에는 먹이가 어디 있다는 정보도 알아낸다. 가끔은 사귈 수컷을 찾는 암컷의 구애 신청도 있다. 그러면 수컷은 갑자기 열정에 사로잡혀 다른 시시한 관심거리는 다 잊어버리기도 한다.

그렇다면 우리의 친구인 개는? 우리는 개들의 생활과 습성에서 이런 열정과 본능을 낱낱이 읽을 수 있다! 도시에 사는 개들이 전봇대에 보이는 관심은 늑대의 습성과 같은 것이다. 개의 경우에는 한가한 편이어서 이런 습성이 지나치게 발달된 면이 있다.

이 점을 명심하라. 어떤 동물도 우연히 어떤 습성을 갖게 된 경우는 없다. 모든 습성에는 이유가 있다. 아주 오래전부터 지켜 온 충분한 이유가 있는 것이다.

개에게 남은 야생의 습성들

옛날 옛적 야생 개는 시간이 되면 적당한 곳을 찾아 잠을 잤다. 담요는 자기 털이었다. 잠자리는 눈비를 피할 수 있는 마른 곳이었다. 잠들기에 앞서 세 번 굴러서 풀을 부드럽게 다지거나 돌멩이와 나뭇가지를 골라냈다. 이런 야생의 개의 도시 사촌은 오늘날에도 똑같은 행동을 하고 있다. 땅바닥에서 자는 불독이든, 들에서 자는 마스티프든, 비단 쿠션에서 자는 중국산 차우차우든 마찬가지다. 이들은 모두 잘 시간이 되면 세 번을 구른 다음에야 누워서 곯아떨어진다. 야생 개의 경우 텁수룩한 꼬리를 이용하여 마지막으로 몸을 감쌌다. 유일하게 얇은 부분인 코와 네발을 한데 모아 놓고 포근한 꼬리털로 덮었다.

차우차우와 마스티프는 지금도 그렇게 하고 있다. 꼬리가 그렇게 필요한지, 털이 너무 빈약해서인지도 모르지만 여전히 자기 종족의 습성을 유지하고 있는 것이다. 테리어의 경우 꼬리털로 코를 덮지 않는 이유는 꼬리가 잘려 나간 듯 너무 뭉툭하기 때문이다.

모든 습성에는 나름의 긴 역사와 이유가 있다. 그런데 그중에는 지금껏 모든 자연학자들을 어리둥절하게 만든 개의 습성이 두세 가지 있다.

개는 왜 달을 보면 정신없이 짖을까? 내게는 그렇게 보이지 않을 때가 종종 있다. 개는 물론 달밤에 짖으며 울음소리를 낸다. 하지만 달 때문일까? 늑대도 마찬가지다. 나는 그것이 사냥하기 좋은 밤이기 때문이라고 생각한다. 늑대나 개가 그들 나름의 사냥 노래를 부르는 것이다.

또 개는 왜 음악을 들으면 울음소리를 낼까? 싫어서 그러는 것은 분명 아니다. 싫다면 다른 곳으로 가 버리면 그만이다. 하지만 절대 그러지 않는다. 오히려 함께 어울리려고 한다. 우리가 아는 한 개는 음악 소리를 즐기며 자신도 협연의 일부를 맡으려고 최선을 다한다.

잘 먹이고 잘 키운 개가, 벨벳 쿠션에 고급 향수까지 뿌려 가며 키운 귀여운 차우차우가 썩은 고기만 발견하면 아무리 지독한 것이라도 꼭 몸에 묻혀 뒹구는 이유는 (정말 수수께끼 중의 수

수께끼다) 무엇일까? 구역질 날 정도로 지독하게 썩은 생선 냄새를 다른 무엇보다 좋아하니 말이다.

아무리 때리고 훈련시키고 온갖 방법을 써 봐도 소용없다. 말도 못 할 악취를 뒤집어쓰는 것보다 개들이 더 좋아하는 일은 없다. 이런 냄새가 우리 코에도 강하게 느껴지면 예민한 개의 코에는 어떨 것인가? 개에게 그것은 진탕 마시고 취하는 일종의 주신제 같은 것이다. 중국인의 아편 향연처럼 흠뻑 취해 버리는 것이다. 개들이 보이는 반응은 물론 우리와는 완전히 다르다. 너무 달라서 이를 두고 '광란의 향'이라고 부른 사람도 있다. 그래서 이를 흉내 내어 지렁이를 병에 담아 한 달 정도 썩혀 악취를 풍기게 한 다음, 늑대처럼 후각이 발달한 동물의 미끼로 써서 제법 성공을 거두기도 하는 것이다. 이런 광적인 집착에 대해 알려진 유일한 설명은 이 냄새가 성적 충동을 엄청나게 자극한다는 정도다.

동물들의 법

진화는 이제 창조의 과정으로 받아들여진다. 우리의 모든 것은 발전의 산물이며 그런 발전은 지금도 계속되고 있다. 우리 문명의 기원을 찾아보려 한다면 어쩔 수 없이 인류 이전의 단계까지 거슬러 올라가야만 한다. 모세의 십계명은 우리 문명의 요약판으로 볼 수 있다. 십계명 중에서 절대적 존재에 대한 인간의 행동을 규제하는 네 가지 계명은 다른 동물의 세계에서는 찾아볼 수 없다. 대신 인간의 행동을 규제하는 나머지 여섯 가지 계명은 동물 세계에서도 찾아볼 수 있다. 그 기원이 인류보다 더 오래된 것이기 때문이다. 이들 법은 권위에 대한 복종, 재산권, 결혼의 거룩함, 생명과 진실의 신성함을 강조하고 있다. 여섯 번째는 나머지를 종합한 것이다.

인간과 자주 접촉한 동물들의 도덕성은 언제나 황폐해져 버린다. 길들여진 동물 가운데는 야생 시절의 훌륭한 행동을 상당 부분 잊어버린 경우가 많다. 하지만 재산권 법은 아주 뚜렷이 유지되고 있다.

동물들의 재산법

동물의 재산권은 짝짓기와 새끼에 대한 경우를 제외하면 크게 먹이와 영역과 집에 대한 것으로 나눌 수 있다. 야생 동물의 경우 수많은 세부 조항이 있으나 길들여진 동물은 상당 부분 흥미를 잃었다.

개의 소유 본능을 알고 싶다면 배고프지 않을 때 뼈다귀를 하나 줘 보라. 나는 여러 번 그렇게 해 본 적이 있는데, 그중에서도 주목할 만한 것은 미시간의 페토스키에서 본 커다란 에스

키모 썰매개 다섯 마리의 경우였다. 이 개들은 4분의 3은 늑대나 마찬가지여서 야생의 본능을 많이 간직하고 있으면서도 충분히 길들여져 있어서 좋은 관찰 대상이었다. 그중 우두머리는 크고 힘센 건달 같은 녀석이었다. 가장 작은 개는 언제나 그 녀석 가까이 가지 않으려고 조심했다. 작은 개가 야영지 가까이에 혼자 있을 때 나는 먹이를 충분히 준 다음, 살점이 많이 붙어 있는 크고 먹음직스런 뼈다귀를 하나 던져 주었다. 녀석은 개과 야생 동물들이 하는 방식 그대로 행동했다. 고맙다는 말 한 마디 없이 물고 가서는 비가 내리는데도 숨기겠다고 100미터는 떨어진 습지까지 달려가는 것이었다. 그러고는 구덩이를 파고 뼈다귀를 밀어 넣은 다음 파낸 흙은 코로 밀어서 덮었다. 다질 때에도 발로 하지 않고 코를 이용했다. 그리고 다리를 들어 냄새 분비물로 표시를 했다. 이것이 바로 재산권 표시이자 자기 소유권의 증명이었다. 이 근처에 오는 모든 야생 동물은 이 표시를 알게 된다. 또 대부분의 개는 아주 굶주렸거나 흉악한 경우가 아니라면 그것을 존중한다.

이윽고 커다란 건달 개가 어슬렁거리며 왔다. 녀석의 예민한 코가 근처에 먹이가 있다는 사실을 알려준 것이다. 녀석은 이쪽저쪽 냄새를 맡더니 숨어서 근심스럽게 지켜보고 있는 작은 개의 먹이 저장고로 점점 다가왔다. 마침내 건달은 먹이 저장고에서 3미터도 안 되는 곳까지 와서 뼈다귀를 곧 찾아낼 판이었다. 그 순간 작은 개가 펄쩍 뛰어나왔다. 몇 걸음 만에 저장고 위에 선 개는 털을 곤두세우고 이빨을 드러냈다. 평소에는 이 덩치 큰 건달을 정말 끔찍이도 무서워하던 작은 개가 건달을 똑바로 쳐다보며 이렇게 또박또박 말하는 것이었다. "이건 내 뼈다귀야. 내가 숨겨 둔 것이고 내 표시가 있어. 나를 죽이지 않고는 이걸 가져가지 못할 거야."

몸을 곧추세우고 서 있던 큰 개는 몹시 굵은 으르렁 소리를 냈다. 깔보듯 뒷발로 흙바닥을 긁더니 그르렁 소리로 이렇게 말하는 것 같았다. "흥, 누가 다 썩어 빠진 네 뼈다귀를 어떻게 한다던?" 그런 다음 멀리 떨어진 나무 곁으로 물러가더니 냄새 표시를 하고 사라져 버렸다.

이 사건을 본 사람치고 작은 개뿐만 아니라 건달도 법의 존재를 잘 인정하지 않는다고 할 사람은 없으리라. 작은 개가 평소에는 몹시 두려워하던 덩치 큰 개에게 맞서서 엄포를 놓을 정도로 저항할 수 있는 확신을 심어 준 것이 바로 이 법도다.

양의 조상

북미에서 기르는 양은 아시아 야생 큰뿔양의 후손이라고들 한다. 이 큰뿔양은 야생 양이면 다 그렇듯이 험한 환경을 위해서는 거칠고 긴 겉털이, 추위를 이기기 위해서는 곱고 구불구불한 속털이 발달되어 있었다. 육종과 선택을 거듭한 끝에 인간은 겉털을 다 포기해 버리고 보통 양털이라고 하는 속털만 엄청나게 발전시켰다. 양의 종류에 따라 예전의 겉털이 다시 나타나는 경우도 간혹 있다. 양들의 선조 격인 야생 양은 주로 평평한 고원 지대를 돌아다녔지만 늑대 등의 위협이 있을 때는 바위 위로 달아나기도 했다. 바위가 많은 곳에 가면 사촌 격인 염소를 만날 수 있었다. 이들은 언제나 그 위에서 살고 있기 때문이다.

 짝짓기 철이 되어 수컷 양들끼리 싸울 때면 둘은 평평한 지대에서 15미터 이상 물러섰다가 서로 머리를 맞부딪쳐서 힘겨루기를 했다. 그래서 큰뿔양의 거대한 뿔과 목은 그에 맞춰서 진화해 온 것이다. 하지만 염소의 경우 뒤로 물러났다가 맞부딪칠 만한 공간이 모자랐다. 그래서 염소 수컷들은 절벽 위의 좁은 선반 같은 길에서 힘겨루기를 했다. 그리고 뿔과 뿔을 맞댄 채 씨름을 하여 서로를 절벽 아래의 나락으로 떨어뜨리려고 안간힘을 썼다. 그러기 위해서 구부러진 뿔과 함께 균형을 잡고 한 발로 돌기까지 하는 놀라운 기술이 발달하게 된 것이다. 양과 염소는 오늘날까지도 이런 오래전의 방식을 유지하고 있다.

소 떼의 사회법

북미의 뿔 달린 소들은 한때 유럽의 숲과 평원을 돌아다니던 야생 들소의 후손이다. 색깔은 조금씩 달랐지만 가장 일반적인 모습은 아마 전체적으로 짙은 갈색에 머리와 다리 색깔은 그보다 짙고, 배와 이마의 얼룩은 하얀색이었을 것이다. 아니면 대평원에 사는 뿔이 긴 소를 닮기도 했다. 이 들소 떼들을 이끈 것은 늙은 암소였으나 우두머리 노릇은 커다란 황소가 했다. 암소들은 송아지가 어미를 따라다닐 정도가 될 때까지 2, 3일씩 숨기도 했다. 이 소들의 적은 주로 늑대였다. 무리 중 한 마리가 공격을 당하면 나머지는 이를 막기 위해 몰려들었다. 그러나 누구라도 심각한 부상을 입으면 무리는 그 소를 공격해서 죽여 버렸다. 그런 불구자를 데리고 다니면 무리를 따라다니는 맹수들의 미끼가 될 수 있기 때문이다. 매정하게 들릴지도 모르겠지만 사회의 첫째 임무는 그 사회 자체를 지키는 것이다. 즉, 무리의 첫째 목적은 무리 전체의 안전인 것이다.

이런 것들은 모두 지금도 외양간 앞에서 가끔 목격할 수 있는 습성이다. 개나 늑대만큼 새끼 둔 암소를 놀래키는 동물도 없다. 또 같은 혈족의 피 냄새만큼 황소를 화나게 만드는 것은 없다.

고양이의 습성

우리가 집에서 기르는 동물 중 고양이만큼 덜 변한 동물도 없다. 고양이의 습성은 도덕적인 문제만 빼면 사실상 나일 강 상류에 살던 야생 조상과 별 다를 바가 없다. 쓸쓸한 일이지만 야생 동물은 가축이 되면 언제나 도덕적 타락을 겪기 마련이다.

인간의 개입 때문에 일어난 또 하나의 불행은 동물의 원래 색깔이 훼손되어 버린다는 점이다. 가축들에게서 볼 수 있는 균형이 맞지 않는 얼룩무늬는 원래 자연에서는 볼 수 없던 것이었다. 야생 동물의 색깔은 거의 대칭을 이루며 자기 주변의 동물에 맞추어 발달했다. 고양이한테서는 원래 색깔의 흔적을 쉽게 찾아볼 수 있는데, 종종 원래 털색과는 정반대인 경우도 있다. 원래는 색깔이 전체적으로 누런 회색이었으며 몸에 작고 검은 얼룩들이 있었고 얼굴에는 호랑이 줄무늬, 꼬리에는 검은 줄무늬가 있었던 것이다.

얼마 전에 친구 하나가 나에게 이런 말을 한 적이 있다. "우리 집 주변 숲에 완전히 들고양이가 되어 버린 집고양이가 있지. 이 암컷은 직접 사냥을 해다가 나무 구멍에서 새끼들을 먹여 기른다네."

그래서 내가 "그러면 내가 그 고양이 색깔을 한번 맞춰 보지." 하고 말했다. 그러곤 고양이 조상의 모습을 묘사했더니 친구는 똑같다고 맞장구를 쳤다.

고양이의 재미있는 특성 가운데 설명이 필요한 것이 하나 있다. 고양이는 언제나 꼬리 끝을 꼬고 있다. 고양이가 새나 쥐를 잡기 위해 조심스럽게 기어가는 모습을 보면 얼마나 꼼짝 않고 가만히 있을 수 있느냐에 성공이 달려 있는 것 같다.

고양이의 몸 색깔을 보면 땅과 잘 섞이고 동작도 완전히 리듬을 이루고 있다. 그런데 꼬리 끝만은 늘 조금씩 비틀고 있어서 그러다 보면 분명히 사냥감을 놓치고 말 것이라는 생각이 들게 한다.

하지만 이 꼬리가 실은 고양이를 돕고 있다. 암코양이는 아주 유연하게 풀숲을 헤치고 나아가면서 자기 몸을 숨길 만한 것은 모두 이용한다. 사냥감의 눈을 피하기 위해 동작의 리듬을 조절한다. 고양이는 색깔 때문에 눈에 잘 띄지 않는다. 털 많은 덩어리로밖에 보이지 않는 것이다.

다른 고양이가 이 털 무더기에 끌려 다가오거나 앞에 있는 먹이를 발견하고 몰래 접근할 수도 있다. 하지만 처음 고양이의 사냥을 망쳐 놓기 전에 만국 공통인 고양이의 꼬리 끝은 특유의 비트는 신호를 보낸다. "저리 가라. 나도 당신 같은 고양이다." 그러니 고양이의 몸에 가려서 보이지 않는 이 꼬리 비틀기는 색깔이 만국 공통인 신호 깃발 역할을 하는 것이다. 증거는 고양이가 언제나 그렇게 하고 있다는 데서 찾아볼 수 있다. 다

른 뚜렷한 목적은 없다.

말은 왜 잘 놀랄까

북미 말의 조상은 흔히 계통이 둘이라고 한다. 하나는 발목에 털이 많고 갈기가 뻣뻣하며 털이 많은 아시아 말로 밤색에 흰색이 섞인 종류이다. 이 말은 주된 적인 늑대와 대결한 싸움꾼으로 수컷의 경우 개과 동물에게서나 볼 수 있는 커다란 이빨이 있었다.

다른 하나는 털과 발이 매끈매끈하고 갈기가 텁수룩하며 아주 빠른 말이다. 암갈색 털에 등뼈를 따라 짙은 줄무늬가 있었으며 앞다리에는 빗장무늬가 있던 이 말은 북아프리카나 서남아시아가 원산지였다. 이 말의 가장 큰 적은 사자여서 살아남기 위해서는 발이 무척 빨라야 했다. 그리고 숨어서 웅크리고 있는 적이 조금만 감지되어도 흠칫 놀라며 경계를 해야 했다.

우리는 오늘날에도 북미 말들에게서 이 두 가지 특성을 관찰할 수 있다. 잘 놀라고 잘 달리는 빠른 말과 잘 맞서 싸우는 느린 말이 그 둘이다. 이 두 특성은 오래전부터 이들의 조상이 가지고 있던 특징이었다.

다 자란 경주마는 분명 다리로 달리는 동물 중에서 가장 빠르다. 속도는 경주마 조상의 안전을 보장해 주는 주요한 특성이었다. 그리고 이렇게 빠른 속도를 활용하기에 가장 적합한 장소는 고지대의 건조한 평원이었다. 한쪽 발에 발가락이 너덧 개씩 있는 것보다는 큰 발가락이 하나만 있는 것이 빨리 달리기에 유리했다. 이런 이유 때문에 말은 조상들이 가지고 있던 여러 발가락을 하나씩 버리기 시작하여 마침내 발가락을 하나만 가지게 된 것이다.

대신 그러다 보니 결점도 생겨나게 마련이었다. 말은 습지나 무른 땅에서는 달리기 어렵게 되었다. 발가락이 네 개였던 말의 조상은 개나 뿔 달린 소처럼 습지가 편했다. 하지만 발가락이 하나로 줄어든 말에게는 이런 지형이 치명적인 덫이나 마찬가지다. 그래서 오늘날 우리는 소가 저지대 축축한 땅을 아주 좋아하는 반면 말은 무서워하는 모습을 볼 수 있는 것이다. 나는 서부에서 소와 말을 함께 몰고 다니면서 이런 모습을 수없이 관찰할 수 있었다. 비탈진 강둑 같은 곳에서 길이 갈라지면서 길 하나는 밑으로, 다른 하나는 꽤 오르막으로 가다가 다시 만나는 경우가 있다고 하자. 말은 아무리 나이가 들고 훈련을 잘 받았다 하더라도 굳이 높은 길을 선택하고 소는 축축하고 낮은 길로 간다. 크게 차이가 나거나 위험한 것은 없지만 둘 다 자기네 조상들이 야생에서 자유롭게 뛰어다닐 때 심어진 본능에 따라 행동하는 것이다.

새들의 과거

들짐승들의 세계를 떠나 날짐승의 세계로 들어가 봐도 흥미로운 야생의 습성을 많아 찾아볼 수 있다. 오리나 거위, 칠면조, 닭, 비둘기, 뿔닭 등은 모두 농장에 갇혀 살고 있지만 야생 동물의 후손이라는 사실을 우리에게 알려 주고 있다. 이들은 끊임없이 잊혀진 조상의 습성과 모습을 되찾으려고 한다. 깃털 하나, 꽥꽥 울음소리 하나, 다리나 부리의 독특한 버릇 하나하나가 그 옛날 습성을 이야기해 주지 않는 게 없다.

어린 시절 암탉이 알을 낳는 모습을 구경하려다가 닭이 우리를 봐 버리면 실패라는 것쯤은 다 한번쯤 겪어 잘 알고 있다. 완전히 숨어서 보지 않으면 암탉이 알 낳는 모습을 볼 수 없다. 인간의 개입 때문에 눈처럼 새하얀 색이 된 오리는 자기네 암컷 조상이 하던 그대로 마른 풀 속에 보금자리를 만들고 죽은 듯이 가만히 앉아서 자신이 보호색으로 위장되어 있다고 착각한다. 야생 양비둘기의 후손인 비둘기는 절대 나무에 둥지를 틀지 않는다. 대신 조상처럼 험한 바위 절벽의 선반이나 구멍을 닮은 곳에 보금자리를 트는 것이다.

비둘기가 매를 잽싸게 피하는 모습을 본 일이 있는가? 그리고 갑자기 뚝 떨어져 몸을 뒤집고는 적의 공격에 맞서는 모습을 본 적이 있는가? 어린 비둘기들이 어른들의 시범을 보며 이런 기술을 배우는 과정을 목격한 적은? 그렇다면 아마 인간이 이런 야생의 곡예술을 가장 잘 부리는 비둘기를 골라서 키웠다는 사실을 알 수 있을 것이다.

길들인 동물 중에서 가장 야생적인 것

그렇지만 야생의 습성을 간직하고 있는 길들인 동물 가운데 가장 복잡하고 흥미진진한 존재는 머리털이 길고 다리가 둘인 동물이다. 싸움에 유리한 이빨이나 발톱이 없는 이 동물은 여러 굴이 착착 포개어진 곳에 산다.

이 동물의 10만 년 전 가족을 한번 살펴보자.

해가 뜨자마자 이 가족의 어미는 언덕 저 위에 있는 높다란 동굴에서 내려온다. 어미는 새끼를 가슴에 보듬어 안고 있다. 어미 뒤로는 낑낑대는 새끼가 둘 더 있다. 다섯 살짜리와 열 살짜리다. 둘 다 배가 고파 찡찡대며 "먹이, 먹이" 하고 외친다. 새끼 중 하나가 절벽 선반에서 생가죽 하나를 가지고 내려왔다. 인간이 죽인 야생마의 가죽으로 이제는 바구니로 쓰는 것이었다. 어린것은 이 생가죽 가장자리를 씹기 시작한다. 어미는 새끼가 들고 있는 가죽을 빼앗아서 귀싸대기를 갈기고는 버럭 소리를 지른다. 어미는 한동안 생가죽과 세 아이를 쳐다본다. 아이들의 아비는 굴을 떠난 지 벌써 몇 달은 되었다. 아마 죽었는지도 모른다. 동굴에는 먹이라고는 없고 모두 너무 배가 고프다. 사냥감은 많았지만 너무 크고 힘이 세서 몽둥이나 창으로 잡을 수가 없다. 야생 열매나 새알을 구할 수 있는 계절도 아니다. 그래도 어미는 자신이나 동료들이 지금까지 수도 없이 해온 대로 하는 수밖에 없다. '어머니 바다'가 주는 선물로 먹고사는 것이다.

그녀는 생가죽 바구니를 들고 아이들에게 말한다. "따라와. 엄마가 발 디디는 곳만 디뎌야 한다." 그러고는 바위투성이 산을 내려가기 시작한다. 벌거벗은 어미 뒤로 벌거벗은 새끼들이 졸졸 따라간다.

이들이 사는 동굴은 바위로 된 일종의 계단이 이어진 곳이다. 계절에 따라 발을 딛기가 위험한 지점이 계속된다. 대신 맹수들이 쫓아오기 힘든 곳이어서 좋다.

다 내려가면 절벽에서 굴러 떨어진 돌들이 길게 이어져 있다. 이곳을 다 지나가면 평평한 바위들이 서로 이어진 잘 알려진 길이 있다. "엄마가 발 디디는 대로 와라." 엄마가 일러준 대로 아이들은 졸졸 따라간다. "배고파요, 배고파요." 하며 찡찡대기는 해도 엄마가 발 딛는 그대로 돌계단 한가운데를 조심스럽게 내딛는다.

이제 커다란 야생 동물들이 보이기 시작한다. 텁수룩한 말 무리들이 멀리 평원에 보인다. 뿔 가지가 쭉쭉 뻗은 순록과 전나무 숲에서 가지를 꺾고 있는 털 많은 코끼리 가족, 바위 틈을 파고 있는 커다란 동굴 늑대가 보인다. 이런 동물들은 그리 무서워할 것 없이 피하기만 하면 된다. 이들은 동굴에 사는 인간들을 건드리지 않았던 것이다. 하지만 숲 가장자리에 나타난 회색 털빛의 늑대 한 쌍은 잘 살펴야 했다. 엄마는 든든한 몽둥이를 집어 들었고 열 살짜리도 엄마를 따라했다. 다섯 살짜리는 커다란 돌멩이를 집었다. 이들은 한동안 웅크린 채 소리를 들었다. 그러다 엄마는 늑대 우는 소리가 멀리서 들리자 몽둥이와 바구니와 어린것들을 챙겨 다시 길을 떠났다. 위험하지만 앞에 놓인 전나무 숲을 지나가야만 했다.

날은 어두컴컴하고 안개가 자욱했다. 숲 속에는 커다란 사냥감들이 우두머리를 따라 줄줄이 지나가면서 낸 길이 사방으로 보였다.

우두머리를 따라 높은 길을 가라

"엄마를 따라해. 엄마가 발 디디는 대로 따라 디디라니까." 엄마는 다시 말했다. 컴컴한 숲 속에 들어가니 수풀 속에 넘어져 있는 커다란 나무들의 줄기가 좋은 디딤판 역할을 했다. 엄마는 이렇게 쓰러진 나무들을 잘 활용하면서 길을 갔다. 나무줄기는 발을 디디기에 좋아서 간편한 통로 역할을 할 뿐만 아니라 다른 동굴인들이 코뿔소나 순록을 잡기 위해 파 놓은 함정에 빠지는 일도 방지해 주었다.

이 가족은 곧 사냥길 중 하나를 따라갈 수 있었다. 엄마는 함정이나 맹수가 있는지 잘 살펴야 했다. 이들은 한 발짝씩 떨어져서 한 줄로 구불구불한 길을 갔다. 그러다 열 살짜리가 발에 박힌 가시를 뽑는 사이에 일행은 커다란 나무를 돌아섰다. 아이는 지름길로 질러가려고 했다. 엄마는 호되게 으르렁거리며 아이의 머리를 쥐어박았다. "다시 돌아가서 엄마가 온 대로 와." 그러자 아이는 다시 돌아가서 일행이 온 길을 따라왔다. 아이는 몰랐다. 엄마가 경험으로 터득한 것들을 한번도 말로 표현해 주지 않았기 때문이다. "숲에는 구불구불한 길이 가득하다. 잘못하면 죽거나 길을 잃는다. 어른이 가는 대로 따라오지 않는 아이는 반드시 이상한 길로 빠져서 길을 잃고 만다. 숲에서 밤에 한두 시간만 헤매면 죽은 거나 마찬가지다. 그러니까 나무 한 그루라도 따로 돌아서 오지 마라. 한 줄로 쫓아와라. 엄마가 발 디디는 대로만 걸어라."

갈라진 틈은 밟지 마라

그렇게 3킬로미터나 되는 컴컴한 숲길을 지나갔다. 이제는 탁 트인 바닷가로 나왔다. 썰물 때가 되면서 바닷물에 깎이고 해초 때문에 미끌미끌한 누런 바위들이 쭉 뻗어 있다. 그 뒤로는 검은 암초가 길게 드러나 있다. 엄마가 배고픈 아이들을 데리고 여기까지 온 목적이 바로 이것 때문이다.

"엄마가 발 딛는 대로만 걸어라." 엄마는 다시 위험한 길을 가면서 단단히 일렀다. 한번만 잘못 디디면 팔다리 어딘가가 부러질 테고 그 당시 그것은 곧 죽음이었다. 인간을 먹는 적들이 너무 많았던 것이다. 오직 재빠른 자만이 살아남았다.

엄마는 둥글고 넓적한 바위 한가운데만 골라 발을 디디면서 아이들을 데리고 미끌미끌한 바닷가 바윗길을 갔다. 그러다 깨진 얼음이 바닷물과 섞이는 곳을 만나게 되었다. "엄마가 딛는 곳만 디뎌라." 엄마는 아기와 바구니와 몽둥이를 들고 먼저 내디뎠다. 가능하면 작은 얼음 조각 한가운데만 골라 밟았고 깨진 곳은 피했다. 아이들도 민첩하게 사뿐사뿐 따라갔다. 마침내 검고 커다란 암초가 있는 곳까지 왔다. 조개들이 여기저기 눈에 띄었다. 곳곳에 있는 웅덩이에는 몽둥이로 잡을 수 있는 물고기도 보였다. 이런 잔치가 다 있나!

배불리 먹고 생가죽 바구니를 가득 채운 이들은 돌아가기 시작했다. 밀물이 몰려들어 삐걱거리는 얼음이 더 위험해졌지만 이미 요령을 터득했다. 깨진 곳은 피하면서 얼음 조각 한가운데만 디뎠다. 그리고 컴컴한 전나무숲에 도착했다. 해가 많이 기울었고 늑대들이 울고 있었다. 엄마는 제일 큰 아이가 지름

길로 가는 바람에 길을 잃을 뻔한 일을 기억해 내며 또 당부했다. "잘 따라와. 엄마가 밟는 데로만 와야 한다." 이들은 컴컴한 숲을 지났다. 그리고 절벽에 도착해서 안전하게 올라간 다음 잠이 들었다. 배가 고파지면 다시 먹었다.

다른 날에도 여러 번 더, 그리고 자세하게 엄마는 아이들에게 오래전부터 내려온 길 가는 법을 훈련시켰다. 갈라진 틈은 밟지 마라, 나무를 돌아서 오지 마라, 쓰러진 나무를 밟고 다녀라, 밤에는 동굴에만 있어라.

이렇게 순전히 상상으로 아주 오래전의 야생 시절을 한번 그려 보았다. 하지만 이는 분명히 수백만 년 동안, 그리고 오늘날에도 인류의 모든 아이들에게 가르치고 있는 일이다. 그토록 길었던 동굴 시절과 10만 년 전부터 내내 있어 온 일이다.

이 모든 것들의 증거

그렇다면 무슨 증거라도 있을까? 증거는 우리 자신에게 있다. 학교를 마치고 집으로 가는 아이들을 살펴보자. 길가에 있는 수도관 위를 따라 걷는 것을 얼마나 좋아하는지 보라. 야트막한 담벼락 위에서 중심을 잡고 걸어가는 것을 얼마나 좋아하는지, 함께 길을 가다가 기둥이나 나무가 나타나면 어떻게 하는지 보라. 한 줄로 서서 같은 쪽으로만 돌아서 간다. 도로에 깔린 돌판의 이음새를 얼마나 조심스럽게 피해 가는지 보라. 언제나 돌판의 한가운데를, 아니면 적어도 가장자리는 피해서 밟고 지나간다.

아이들은 누구나 이렇게 한다. 왜일까? 누구도 그런 걸 가르쳐 주지 않았다. 아이들끼리 가르쳐 주는 것도 아니다. 아주 오래전부터 필요에 따라 각인되어 있던 내적 본능이 전해져 내려오는 것이다. 이 말이 틀렸다면 더 나은 설명을 들려주시길.

우리는 왜 어둠을 무서워할까?

오래전부터 우리의 마음과 조상들의 기억 속에 기록되어 있는 이야기가 또 있다. 우리는 왜 불을 좋아하는 걸까? 또 우리는 왜 어둠을 무서워할까?

아주 오래전 무시무시한 시절에 인간은 한낱 약한 동물에 지나지 않았다. 인간에게 맹수는 너무 버거운 존재였다. 조금만 외딴 곳에는 엄청나게 사납고 강한 수많은 맹수들 때문에 인간은 감히 발을 붙이지도 못했다.

그 시대에 우리 조상들이 나무에 잘 올라가지 못했다면 우리는 아마 오늘 이 자리에 없을지도 모르겠다. 그들은 밤새 나무 위에 줄줄이 앉아 벌벌 떨곤 했다. 아래에서는 맹수들이 눈을 번뜩이며 하나라도 떨어져서 먹이가 되어 주기를 기다리고 있었다. 아니면 우리 조상들은 동굴에 들어가서 밤을 보내기도 했다. 그래도 추위와 두려움으로 밤새 떨었던 것은 마찬가지였다.

위대한 신비

그러다 변화가 일어났다. 엄청난 변화였다. "인간이 불을 발견한 것이다." 물론 우연한 일이었다. 아마도 천둥 번개가 친 다음이었을 것이다. 아주 희한한 것이 나타났다. 숲을 삼켜 버리는 무시무시한 존재였다. 어둠 속에서도 빛나면서 숲에서 제일 무서운 맹수도 쫓아 버렸고 멀리서도 단연 눈에 띄었다. 또 인간을 해치기도 했다. 하지만 짐승으로부터 지켜 주었으며 잘 보살피기만 하면 따뜻하고 편안한 존재였다. 한마디로 대단한 신비였다. 이 존재가 사라지거나 인간을 떠나지 않도록 하기 위해 부족 중에 가장 현명한 어른이 돌봐야 했다. 이 위대한 신비를 지키는 사람은 인류 최초의 성직자이기도 했다.

이제 이 유익한 힘 덕분에 인간은 밤에 두려움 없이 땅에 앉아 있을 수 있게 되었다. 어둠과 맹수를 물리칠 수 있게 되면서부터 사냥에만 매달려 살지 않게 되었다. 그러다 보니 동료들과 어울릴 수 있었다. 그러자 말과 놀이와 사회 관습이 놀랍도록 빨리 발달하기 시작했다. 이는 분명 문명의 탄생이었다. 종교도 마찬가지였다. 불이라는 신비로운 존재를 안식을 주는 대상이자 수호자로서 숭배하게 된 것이다. 그러다 한참 뒤에는 하늘에 있는 태양이 불과 똑같은 일을 훨씬 큰 규모로 하고 있다는 생각을 하게 된다. 위대한 신비가 둘일 수는 없었다. 그러니 이 두 존재의 뒤에는 하나의 근원이 있다는 생각을 하기 시작했다. 하나의 '위대한 신비', 하나의 위대하고 지극히 높은 힘이 있었던 것이다.

모세의 떨기나무 불꽃, 아주 오래전부터 사람들이 제단에 피운 불꽃, 그리스와 로마 여신의 제단에 피운 성스러운 불꽃, 불을 숭배한 페르시아의 배화교, 우리 시대에도 제단에 촛불을 밝히는 일 등은 모두 이런 태곳적 이야기의 유적이자 증거이다.

맹수를 제압하다

다른 증거가 또 있다. 밤에 숲 속의 빈터에서 우리는 모닥불을 피운다. 그러면 놀랍게도 컴컴하고 무서운 숲은 어느새 집처럼 아늑한 곳으로 변한다. 이때 우리는 불이 맹수를 물리치는 유일한 수단이던 머나먼 과거의 전율과 공포를 다시 맛보지 않는가? 아, '맹수'라는 단어가 풍기는 두려움이여. '동물'이라는 단어는 동화적이고 흥미로운 말이다. 대신 '맹수'는 두렵던 과거를 떠올리게 한다. 끔찍하고 오싹한 피 냄새를 풍긴다.

종교와 마찬가지로 우리의 미신도 거슬러 올라가 보면 저 무시무시한 태곳적까지 닿아 있다.

　우리는 밤에 외딴 길을 혼자 가다가 뒤따라오는 발자국 소리를 듣거나 어둠 속에서 움직이는 뭔가를 봤다고 생각하곤 한다. 덤불 속에서 반짝이는 눈을 보거나 희미하고 나지막한 소리를 듣고서 심장이 멎는 것 같거나 머리털이 곤두서기도 한다. 그렇다고 겁쟁이라고 말할 수는 없다. 그것은 단지 어둠 속의 그런 소리나 발자국, 그런 눈빛이나 형체가 우리 안에 각인되어 있는 태곳적 기억과 연결된 선을 건드렸기 때문이다. 그리고 오래전의 무시무시한 흥분이 되살아났기 때문이다. 밤에 보이는 눈빛이나 가까이서 들리는 발자국 소리에 민감한 것은 상상 때문이 아니라 우리 뒤에 따라오던 섬뜩한 맹수를 알아차리기 위한 장치 때문이다. 심장이 몇 번 고동치는 사이에 뛰어들어서 우리를 먹이로 낚아채 가던 그 맹수들의 눈빛과 소리 말이다.

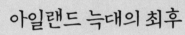
아일랜드 늑대의 최후

이 늑대들이 북아일랜드를 떠돌아다니며 약탈을 하던 때는 1650년부터 1658년 사이의 암울한 시대였다. 그 이야기가 얼마나 끔찍했는지 알고 싶다면 타이론의 핏빛 기록을 찾아 보시기를. 대신 무용담을 듣고 싶다면 내 이야기를 들어 보시라.

1

북아일랜드에 마지막 남은 늑대 두 마리가 살았던 곳은 볼린데리 골짜기였다. 이들은 덩치가 아주 큰 한 쌍으로서 양이 있는 목장을 모조리 습격했다. 소 떼가 있는 곳은 다 찾아다니며 피해를 입혔다. 이곳은 좋은 소가 많은 지역이라 늑대들의 습격을 많이 받았다.

　늑대들의 머리에는 당시로서는 엄청난 현상금이 걸려 있었다. 1파운드면 1년 동안 고되게 일한 대가로 받는 임금에 해당했다. 노상 강도를 잡았을 경우에도 잘 쳐주면 2파운드를 받았다. 당대의 유명한 무법자인 브레넌 오샤는 3파운드라는 엄청난 현상금이 걸리자 곧 붙잡히고 말았다. 그런데 볼리골리의 커다란 늑대 두 마리에 걸린 현상금은 각각 5파운드였다. 농부 한 사람이 10년은 편히 살 수 있는 큰돈이었다.

　그러니 씩씩한 사나이라면 이 늑대들을 쫓아다니게 마련이었다. 그러다 보니 애꿎게도 수많은 사냥개와 귀한 말만 희생되고 말았다. 이 볼리골리 짝패는 힘이 센 만큼 꾀도 아주 많았다. 사냥개와 말을 동원한 사냥꾼들은 이들을 찾을 수 없었다. 쇠스랑과 화승총과 사나운 개들을 대기하고 밤새 지킨 농부들은 이 섬뜩한 파괴자들을 구경도 할 수 없었다. 보호받지 못한 가축들만 죽어 나갔고, 습격은 언제나 지키는 사람들이 가장 한눈을 팔 때에만 일어났다.

　볼리골리는 이들이 즐겨 습격하는 곳이었다. 그런데 지난 한 달 동안 잡아먹힌 가축이 하나도 없었다. 그러다 습지 너머로 개치고는 너무 큰 발자국 한 쌍이 발견되었다. 목청 깊이 울려 나오는 길고 음악적인 울음소리와 멀리서 대답하는 소리가 들려왔다. 마을에서 지혜롭다는 사람들은 모두 침울하게 말했다.

"이제 잘 살펴야 해. 볼리골리 가축이 얼마나 다칠지 모르니 대비를 해야 해."

2

이곳으로 늑대 사냥꾼 로리 캐라를 보낸 사람은 덕망 높기로 유명한 피츠윌리엄 경이었다. 피츠윌리엄은 지배를 받던 아일랜드 사람들이 미워하던 영국인이었지만 다른 영국인들과는 달리 언제나 농민들을 도우려고 했다. 사냥꾼 로리의 창 자루에는 20개의 V자 표시가 새겨져 있었다. 늑대를 한 마리 잡을 때마다 표시해 둔 것이었다. 커다랗고 험상궂은 아일랜드 사냥개의 도움을 받아서 말이다.

그는 절박한 상황에서 많은 개를 잃었고 동료 사냥꾼 하나가 심하게 다치기도 했다. 하지만 강철 같은 근육을 가진 용감하고 건장한 젊은이 로리는 다친 적이 없었다. 그는 늑대 때문에 떨고 있는 이 골짜기 마을의 마지막 희망이었다. 피츠윌리엄 경은 그를 보내며 이렇게 약속했다. "이 골치 아픈 짐승을 없애주기만 하면 현상금의 두 배를 주겠네. 필요한 게 있으면 무엇이든 말하게."

사냥꾼의 날카로운 회색 눈은 더 예리해졌다. 날렵한 입술을 모으며 그는 이렇게 대답했다. "어중이떠중이들은 필요 없습니

다. 저는 게임을 좋아합니다. 혼자서 한번에 한 놈씩 상대하기로 하지요."

그리하여 1658년의 겨울 밤, 볼리골리 사람들은 그를 작은 술집으로 초대했다. 농부와 양치기들이 모두 모였다.

사람들은 술잔을 돌려 가며 이 건장한 젊은이를 존경스런 눈으로 쳐다보았다. 로리는 난로 옆에 앉아서 사람들에게 늑대에게 어떤 피해를 입었는지, 돌로 지은 큰 가축 우리의 위치, 그리고 농가마다 있는 양 우리에 대해 물어보았다.

술잔이 여기저기 돌더니 혀들이 풀리기 시작했다. 농부 캐빈은 작년 겨울에 당한 일에 대해 이야기했다. 소를 열두 마리나 잃었다는 것이다. 양치기 아르마는 자기 양 떼를 몽땅 잃었다고 했다. 싸우고 있는 오소리 두 마리를 맨손으로 잡아서 유명해진 사냥터지기 포일은 술이 얼큰하게 오르자 벌떡 일어나서 고래고래 소리를 질렀다. "그놈들을 내 손으로 때려잡을 수 있게만 해 주면 양을 열두 마리 주지! 창도 필요 없고 몽둥이도 필요 없어!"

사람들은 시끄럽게 허풍을 떨며 늑대를 한번 멋지게 잡아 보자며 서로를 북돋웠다. 한구석에는 어린 소년 하나가 용감한 늑대 사냥꾼을 뚫어져라 쳐다보며 말없이 앉아 있었다. 소년은 그가 자기 쪽을 보는 것 같으면 소심하게 고개를 떨구곤 했다.

그러는 사이 양을 많이 키우는 둘리 스타크가 방금 들은 소식을 갖고 나타났다.

그는 자기 양들을 직접 지은 높다란 돌 우리에 가두어 두었다. 어떤 늑대도 그런 담장을 뛰어넘지는 못할 것이고 문도 튼튼한 걸로 달아서 잘 잠가 놓았다. 그런데 그는 오는 길에 뒤쪽의 나무가 우거진 언덕에서 길고 부드러운 울음소리를 들었다. 개 소리는 절대 아니었다. 조랑말은 귀를 쫑긋 세우고 놀라더니 코를 킁킁거리며 마구 달렸다.

탁자와 난로 주변에 앉아 떠들썩하게 호기를 부리던 사람들은 순간 말을 멈췄고 침묵이 내려앉았다. 모두들 사냥꾼 로리를 쳐다보았다.

로리는 술을 한 모금도 입에 대지 않고 있었다. 그러던 그는 이제야 자기 잔을 비워 버렸다. 그는 투지에 불타는 얼굴로 이렇게 말했다.

"하느님이 저를 위해 만들어 주신 기회입니다. 커다란 늑대 두 마리가 있습니다. 그리고 우리로 들어가는 커다란 문이 두 개 있습니다. 이 말은 저 혼자서는 할 수 없다는 뜻입니다. 누가 제 짝이 돼 주시겠습니까? 제가 윗문을 지키는 동안 아랫문을 지킬 분 계십니까? 한 분만 있으면 됩니다. 늑대들은 눈과 코가 아주 예민하니까요. 여럿이 몰려가면 절대 나타나지 않을 겁니다. 누가 가시겠습니까?"

이제 방 안은 조용하다 못해 침울했다. 신부가 와서 "오늘 밤

나와 함께 지옥에 갈 청년이 필요하오."라고 말하더라도 그 정
도로 묵묵부답은 아니었으리라.

"저기 포일 씨." 로리가 말했다. "맨손으로 오소리를 잡았다
는 분. 늑대를 잡아 보신 적은 없나요?"

"오늘 밤은 몸이 별로 좋지 않소." 포일은 말했다. "게다가 오
늘은 아무리 늦어도 소등 종이 울릴 때까지는 집에 가겠다고
가족들에게 철석같이 맹세했거든."

로리는 히죽 웃으면서 콧방귀를 뀌었다.

"그렇다면 저 혼자 가야겠군요. 대신 성공은 장담 못 합니다.
용감한 소년이라도 하나 있으면 둘 다 부자가 되어서 돌아올
텐데요."

그러자 아이같이 작은 목소리가 들렸다.

"제가 가도 돼요, 로리?" 그러곤 열네 살 난 소년 패드릭 올라
클란이 일어났다. 양치기 캔트리 올라클란의 아들이었다. 모인
사람들의 눈이 휘둥그레지면서 소년을 쳐다봤다. 침묵을 깨고
웅성거리는 소리들이 들렸다. 로리가 말했다. "그럼, 담력만 있
다면. 보아하니 충분할 것 같은걸. 덩치도 배짱만큼 크면 좋겠
지만. 하지만 너보다 더 용감한 싸움꾼이 없으니 너를 데리고
가마. 이제 공격이 시작되면 우리가 이기는 거야."

그러자 사람들의 혀가 풀려났다. 어떤 이들은 소년을 말리기
도 했다. 로리는 그들을 비웃었다. 그리고 자신의 큼직한 사냥

개 두 마리를 가리키며 말했다. "앞에는 이놈들이 나설 거요."

덩치나 무게로 볼 때 개들은 늑대와 맞설 만했으나 이빨만은 그렇지 못했다. 뒤에서 창만 들고 있으면 언제든 두려워하지 않고 늑대를 쫓아가서 싸울 준비가 되어 있었지만 턱은 그만큼 튼튼하지 못했던 것이다.

개들은 알았다는 듯이 일어났으나 목소리에는 낮은 넋두리가 섞여 있었다. 로리도 일어나서 양가죽 외투를 걸치고 다리에 찬 칼집에 든 까만 양날 단도를 꺼내 들었다. 그리고 20개의 V자 모양이 새겨져 있는 창을 의미심장하게 들어 보였다.

어린 패드릭은 힘을 받은 듯 벌떡 일어섰다. 숨결이 빨라지고 눈이 번뜩이는 소년은 이 유명한 사냥꾼 곁에 나란히 섰다. 자신이 그토록 우러러보던 영웅과 같이 일할 수 있다는 자부심에 가슴이 벅찼다.

소년도 창과 단도로 무장을 하고 양가죽 외투를 입었다. 겨울 찬바람이 쌩쌩 불고 있었다.

어린 패드릭은 안내를 맡기로 했다. 돌 우리의 위치를 잘 알았던 것이다. 아버지와 함께 자기네 양을 그 우리에 여러 번 몰아넣은 적이 있었다. 두 사람은 깜깜한 밤에 밖으로 나왔다. 술집에 떠들썩하게 남은 사람들은 기도와 칭찬을 담은 작별 인사를 했다.

하지만 용감한 두 사람이 어둠 속으로 사라지자, 옥신각신하

던 사람들은 차라리 잊어버리고 싶다는 듯 싸구려 위스키를 한 차례 더 들이키는 것으로 위안을 삼았다.

거의 한 시간을 가니 엄청나게 큰 우리 같은 크고 검은 물체가 어렴풋이 보이기 시작했다. 이 큰 우리엔 양이 천 마리는 있는 듯했고 크고 튼튼한 문이 두 개 달려 있었다. 우리 속에 안전하게 갇혀 있는 많은 양들의 낮은 울음소리, 숨 쉬는 소리, 발소리가 복잡하게 들려왔다.

하지만 겁을 집어먹은 발자국 소리나 늑대가 급습한 흔적은 전혀 없었다. 아주 예민한 개라 할지라도 바람 속에 적의 기미 하나 찾아낼 수 없을 정도였다.

둘이 가까이 다가서기 전에 늑대 킬러는 이렇게 말했다. "자, 담력 좋은 친구. 여기 대문이 두 개 있어. 늑대들은 이렇게 큰 우리를 공격할 때면 언제든지 양쪽에서 공격을 하지. 대문이 아주 튼튼해서 늑대가 들어가지는 못할 거야. 하지만 그건 게임이 아니지. 우리는 대문을 조금씩 열어 두자구. 윗문은 내가 훌륭한 개 브란과 함께 지킬 거야. 아랫문은 더 훌륭한 개 루아스와 함께 네가 지킬 수 있겠지."

"늑대들은 아마 자정부터 동틀 녘 사이에 올 거야. 늘 하던 대로라면 대문마다 하나씩 올 테지. 그림자처럼 조용히 올 거야. 고양이도 늑대만큼 몰래 움직이지는 못해. 너는 늑대가 오는 소리를 듣지 못해. 개라야 들을 수 있지. 개는 처음 한번은 늑대를 쓰러뜨리고 한동안은 붙들고 있을 수 있어. 하지만 오래는 못 가. 네가 할 일은 그때부터야. 창을 늑대 목에다 꽂아 넣어서 땅에 꼼짝없이 박아 버려야 해. 아니면 늑대는 풀고 일어나서 개도 죽이고 너까지 죽일 수도 있어."

로리는 이어서 힘주어 강조했다. "어두우니까 창을 꽂아 넣을 때 단 한번에 성공할 수 있도록 주의해야 돼. 개들이 반짝이는 놋쇠가 달린 목걸이를 차고 있는 게 바로 이럴 때를 위해서야. 어둡더라도 정확하게 해낼 수 있어."

"자, 멋진 사나이. 기분이 어때?" 로리는 계속 말했다. "용기가 달아났나? 돌아가고 싶어, 남아서 싸우고 싶어?"

사냥꾼은 아이의 어깨에 손을 얹었다. 아이는 조금도 떨지 않았다. 사냥꾼은 또 큼지막하고 억센 두 손으로 아이의 얼굴을 붙잡고는 어둠 속이지만 뚫어지게 쳐다보며 말했다. "어때. 결정을 후회하진 않아?"

로리는 소년을 볼 수는 없었지만 밝은 눈빛과 결연한 의지를 느낄 수 있었다. 또 소년에게서 사냥꾼으로서의 열정 못지않게 영웅을 섬기는 강한 정신을 느낄 수 있었다.

어린 패드릭은 말이 없었다. 그가 할 수 있는 말이란(그것도 힘들게 끄집어내야 했다) 이 한 마디뿐이었다. "말씀하신 대로…… 할게요. 끝까지 따라 갈게요.…… 죽는 한이 있어도."

우람한 사냥꾼은 허리 숙여 소년의 이마에 입을 맞췄다. 그리고 소년을 대문으로 데리고 갔다. 문을 조금 열고 소년의 등을 다독거려 주고는 놋쇠 목걸이를 단 크고 붉은 사냥개에게 보초를 서도록 했다. 그런 다음 자기가 맡은 곳으로 갔다. 늠름한 모습은 어둠 속으로 조용히 사라져 갔다.

칠흑같이 어둡고 으스스한 밤이었다. 바람 속에 이따금 휙 하는 소리와 작은 숲에서 마른 낙엽 구르는 소리가 났다. 가끔 놀라는 양이 있으면 허둥지둥 높다란 우리 주변을 돌아보곤 했다. 패드릭은 조금만 이상한 소리가 나도 등이 오싹해졌다. 하지만 그는 로리가 한 말을 기억했다. "개를 잘 살펴봐. 개는 절대 실수하지 않는다."

그래서 소년은 수상한 소리가 날 때마다 사냥개를 돌아보면서 안심할 수 있었다.

캄캄한 밤이 깊어 갈수록 추위가 점점 지독해지면서 소년은 거의 마비 상태가 되었다. 그때였다. 아무런 소리도, 변화도 없는 듯한데 커다란 개가 사자처럼 으르렁거리더니 열린 문 가까이에서 어른거리는 희미한 회색 형체 쪽으로 튀어나갔다.

순간 패드릭은 정신이 번쩍 들었다. 벌떡 일어나서 창을 치켜들었다. 어둠 속에서 크고 용감한 개가 커다란 늑대에게 달려드는 모습이 보였다. 둘이 무시무시하게 그르렁거리며 격렬하게 뒤엉켜 싸우는 동안 그는 온 힘을 모았다. 그러고는 사냥개의 놋쇠 목걸이 밑에서 몸부림치고 있

는 넓고 허연 목에다 묵직한 창을 꽂아 넣었다. 이 커다란 짐승은 한동안 버둥거렸다. 몸을 비틀어 가며 딱딱한 창에 이빨 자국을 냈다. 하지만 워낙 정확하게 꽂아 넣은 상태였다. 힘 좋은 개는 이 짐승을 꼭 붙들고 있었다. 거친 숨소리와 무시무시한 꿈틀거림이 끝나기 전에 외침이 들려왔다.

"애, 패드릭, 잘 잡고 있어! 겁먹지 말고. 내가 갈게." 로리는 커다란 사냥개 브란과 함께 달려왔다. 그리고 또 한 마리의 늑대의 머리도 함께.

"대단해! 용감하구나! 정말 잘 꿰뚫었군!" 패드릭은 추위와 흥분 때문에 온몸을 덜덜 떨며 로리의 우람한 팔뚝에 얼굴을 파묻었다. 그러고는 어린아이처럼 엉엉 울었다. 싸움에서 오는 엄청난 압박감 속에서도 그는 영웅처럼 씩씩했지만 모든 것이 끝난 지금 울보처럼 엉엉 울고 있었다.

3

당당하게 주막으로 돌아오는 두 사람의 모습을 누군들 오롯이 그려 낼 수 있을까? 큼직하고 무시무시한 늑대 머리를 하나씩 들고 주막 문을 박차고 들어갈 때의 벅찬 기분을 어찌 다 표현할 수 있겠는가?

포상금은 대단했다. 로리는 모든 것을 소년과 똑같이 나눴다. 그리하여 이 늑대 이야기와 장소를 아는 볼리골리 사람들은 지금도 패드릭 소년이 살았던 농장을 자랑스레 가르쳐 준다. 소년이 그날 밤 늑대 사냥으로 받은 상금을 절름발이 아버지에게 갖다 준 뒤로 아버지와 소년은 풍요롭고 평화롭게 살았다. 그리고 나중에 소년의 아이들까지 모두 행복했다.

린컨과 밤의 부름

1

버너디노 산기슭에 있는 우리 목장에는 개가 두 마리 있었다. 크기와 색깔이 마스티프와 비슷한 얼룩무늬 감시견 브랜더, 그리고 놀랍도록 용감하고 영리한 경찰견 린컨이었다. 린컨은 브랜더보다 덩치도 작고 싸움도 덜 좋아했지만, 어떤 일에 결정이 필요할 때면 우두머리 노릇을 하는 성격을 타고난 개였다.

밤이 되어 자유로워지면 개들은 모두 까마득한 옛날의 기질과 본성으로 되돌아간다는 것은 잘 알려진 사실이다. 아주 오래전에 인간에게 붙잡혀서 길들여지기 전의 조상들처럼 사냥하는 동물로 변하는 것이다. 게다가 이렇게 밤에 먹이를 찾아 헤맬 때 짝을 지어서 다니기를 좋아한다는 것도 알려져 있다. 그러니 우리 브랜더와 린컨이 거의 밤마다 사냥감을 찾아다닌 것은 당연한 일이었다.

밤 사냥을 하러 다니며 둘이 무슨 짓을 했는지에 대해서 우리는 아는 바가 거의 없었다. 우리 목장 사람들은 이웃 목장의 양이나 송아지가 이들의 공격을 받을지도 모른다고 걱정했다. 밤 사냥을 즐기는 개는 먹이나 놀잇감이 될 만한 대상 앞에서는 결코 멈추는 법이 없기 때문이다. 우리 양과 송아지가 멀쩡할 뿐더러 이 개들이 충실하게 지켜 주고 있다는 사실만으로는 장담할 수 없었다. 개들은 모두 주인의 가축에 대해서는 함부로 하지 않기 때문이다. 이는 밤 사냥을 하는 개의 가장 잘 알려진 특징이었다.

땅거미가 질 때면 목장 동쪽에 있는 산등성이에서 종종 코요테들이 캥캥거리며 합창하는 소리가 들려오곤 했다. 이 괴상한 울음소리가 들리면 개들은 언제나 소리 나는 쪽으로 뛰쳐나가곤 했다. 무슨 도전이라고 생각했는지도 모른다.

물론 코요테가 개하고 싸우려고 기다리고 있을 리는 없었다. 승산이 없는 게 뻔하니까. 그러니 산 위에서 캥캥거리는 소리는 개를 꼬여서 괜히 한번 쫓아오게 하려는 일종의 장난스런 결투 신청이었을 것이다. 코요테가 잘하는 것이 있다면 달리기니까. 보통 개는 달리기 시합에서 코요테의 상대가 되지 못했다.

우리 개들은 코요테가 놀리는 소리를 들을 때마다 거의 매번 쫓아 나갔지만 대개 몇 분 후면 녹초가 되어 돌아와서 우리가 잠자리에 들 때까지 벽난로 앞에 뻗어 있곤 했다. 그러다 둘은 약속이나 한 듯 함께 일어나서 조용히 빠져나가 멀리까지 밤 산책을 나가는 것이었다.

가끔은 다른 소리가 들려오기도 했다. 길고 깊고 부드럽게 우는 소리. 노래하듯, 누군가를 부르듯 들려오는 이 소리의 주 인공은 늑대였다. 개들은 이 소리에도 반응하곤 했다. 하지만 이 결투 신청에 대해서는(이걸 결투 신청이라 할 수 있다면) 좀처럼 받아들이려 하지 않았다. 목장 일을 하는 사람이면, 그리고 개라면 다 알고 있듯이, 혼자서 다 자란 늑대와 대적할 수 있는 개는 없기 때문이다. 그랬다. 개 입장에서는 2대 1로 싸운다고 해도 내키지 않는 일이었던 것이다. 이런 결투 신청을 받아들여 용감하게 뛰쳐나간 개들도 있었다. 그러나 그들은 다시 돌아오지 못했다.

목장에서 일어나는 일은 대체로 이런 것들이었다. 이런 '대화'가 계속 오가는 가운데 여름과 가을이 흘러갔다.

2

크리스마스가 다가왔다가 기본적인 축제만 치르고 물러갔다. 눈을 하얗게 비추던 달은 이지러지고 있었다. 바야흐로 늑대들이 짝을 지을 때가 온 것이다. 눈 속에 난 흔적을 보면 어떻게 쫓아가서 유혹하고 사랑을 나누었는지를 다 알 수 있었다. 대신 낮 동안은 숨어 있는 것이 늑대의 습성이었기 때문에 이들을 직접 볼 수는 없었다. 하지만 이들이 부르는 온갖 소리들은 틀림없이 신호였다. 우리로서는 제대로 이해할 수가 없는.

우리 개들은 이 문제에 관해서는 우리보다 훨씬 더 해박했다. 산에서 늑대들이 부르는 소리의 변주는 우리의 충실한 두 견공에게 매번 다른 효과를 가져왔다.

1월의 어느 늦은 밤, 멀리 있는 산에서 길고 부드럽게 우는 소리가 들려왔다. 꽤 높은 소리였고 보통 때처럼 걸걸거리며 짖는 소리로 끝나지 않았다. 우리 개들은 잽싸게 일어나더니 화를 내며 짖지 않고 약간만 멍멍거릴 뿐이었다. 둘은 언덕 쪽으로 서둘러 달려갔다.

30분 정도 지나자 문밖 어둠의 세계에서 부드러운 고음의 울음소리가 다시 들려왔다. 개들은 다시 벌떡 일어났다. 문을 열어 주니 언덕 쪽으로 쏜살같이 달려가면서 조금 전처럼 멍멍거렸다.

개들은 한 30분쯤 지나서 다시 돌아왔다. 눈치를 보아하니 둘을 야생으로 불러낸 외침의 주인공을 만나 보지도 못한 것 같았다.

다음 날 나는 어젯밤 소리가 났던 곳으로 가 보았다. 눈 위에는 전날 밤 무슨 일이 일어났는지 정확하게 기록되어 있었다. 작은 늑대 한 마리가 언덕에 혼자 앉아 있었던 것이다. 개들은 이 늑대의 외로운 울음에 답했던 것이다. 두 마리 개와 늑대는 함께 뛰어놀았다. 싸움의 흔적은 전혀 찾아볼 수 없었다.

3

일주일이 흐르는 동안 같은 일은 일어나지 않았다. 그러다 달빛 잔잔한 어느 밤, 우리가 잘 준비를 할 때였다. 뒷산 언덕에서 그 부드러운 울음소리가 희미하게 들려왔다.

개들은 벌떡 일어나더니 열린 문틈으로 쫓아 나갔다. 문밖 5미터도 안 되는 달빛 가득한 눈밭에서 린컨이 브랜더를 사납게 돌아보는 모습이 뚜렷이 보였다. 몸집이 작은 린컨은 싸울 듯이 으르렁거리며 오랜 친구에게 달려들었다. 브랜더는 놀라서 흠칫하면서도 그르렁대며 물러서지 않았다. 그러고는 린컨을 지나쳐서 먼저 언덕으로 쫓아가려고 했다. 그러자 덩치가 작은 린컨은 다시 펄쩍 뛰어서 앞을 가로막았다. 이빨을 드러내며 분명하고 단호하게 브랜더에게 "돌아가라."고 명령했다.

멀리서 부드러운 늑대 울음소리가 또 들렸다. 브랜더는 그냥 무시하고 지나가려고 했다. 하지만 린컨이 놔 주지 않아 두 개는 결국 한판 붙게 되었다.

린컨이 깔리고 말았다. 브랜더가 훨씬 컸기 때문이다. 그러나 깔렸다고 해서 꼼짝 못하는 건 아니었다. 린컨은 늑대처럼 날렵하게 앞발로 후려치기를 계속했다. 브랜더는 다리와 옆구리 여러 군데에 상처를 입으면서 약간 주춤했다. 그렇다고 물러선 것은 아니었지만 앞으로 나아가지도 않았다. 그러자 린컨은 슬그머니 뒤로 물러나더니 어둠 속에서 부르는 소리가 나는 언덕 쪽으로 잽싸게 뛰어갔다.

린컨이 언제 돌아왔는지 우리는 알 수 없었다. 어쨌든 아침에 보니 집에 와 있었고 브랜더와는 휴전을 하기로 한 모양이었다.

둘은 하루 종일 늘 하던 대로 지냈다. 땅거미가 내려앉기 시작할 무렵 개들은 우리에게는 들리지 않는 어떤 소리를 들은 듯했다. 둘은 함께 나갔다. 전날 밤의 광경이 다시 펼쳐졌지만 어제보다는 덜 싸웠다.

린컨은 자기보다 덩치가 큰 브랜더에게 같이 갈 수 없다고 분명하게 엄포를 놓았다. 몸 성히 있고 싶으면 집에 가만히 있으라고 말하는 것 같았다.

이유야 어쨌든 브랜더는 집에 남아 있게 되었고 린컨은 전처럼 혼자 사라졌다.

다음 날 밤에는 완전히 다른 광경이 연출됐다. 해가 지자 나는 개들에게 커다란 뼈다귀를 하나씩 주었다. 브랜더는 지체 없이 자기 몫을 해치우기 시작했다. 그런데 린컨은 제 뼈다귀를 입에 물더니 부르는 소리가 나는 언덕으로 곧장 달려갔다. 우리는 린컨이 탁 트인 눈밭을 뛰어가는 모습을 한동안 지켜볼 수 있었다. 하지만 날이 어두워지고 덤불에 가려서 더 이상 보이지 않았다.

2월 동안은 늑대 울음소리가 들리지 않았다. 그래도 린컨은 좋은 먹이가 생기면 한두 번씩 뛰쳐나갔다. 먹이를 들고 나가는 경우는 운반하기 좋은 덩어리일 때였다. 먹다 남은 음식 찌꺼기를 그릇에 담아 주면 브랜더처럼 잽싸게 해치워 버렸다.

그러다 3월에는 새로운 장면이 펼쳐졌다. 거센 눈보라가 몇 번이나 불어닥치면서 온 천지가 눈에 파묻혔다. 평원에서 바람이 몰려오지 않는 이상 자취를 따라가서 확인하기가 아주 쉬워졌다. 린컨의 발자국을 따라가 보니 골짜기를 지나 언덕으로 이어져 있지 않고 덤불과 바위투성이 협곡이 띄엄띄엄 있는 먼 곳까지 이어져 있었다. 이곳은 이따금 부는 바람에 모든 자취가 사라지는 곳이었다.

더 이상 따라갈 수 없었지만 브랜더가 잘 안다는 듯 자신 있게 나섰다. 처음에는 좋았다. 그러나 녀석은 전과 마찬가지로 린컨으로부터 "거기 서." 하는 엄한 저지를 당하고 말았다. 강한 어조로 이렇게 못 박아 말하는 것 같았다. "집에 가서 네 볼일이나 봐. 안 그러면 내가⋯⋯."

할 수 없이 추적은 그렇게 끝났고 우리는 모두 집으로 돌아왔다.

4

어느 날 아침 브랜더는 한밤중에 먼 곳까지 걸어갔다가 집으로 돌아왔다. 혼자였다. 린컨은 다음 날도 그다음 날도 나타나지 않았다. 나흘이 지나자 린컨은 어디가 아픈 듯 축 늘어져서 어슬렁어슬렁 나타났다. 뒷다리 일부가 마비되어 있었고 옆구리는 수척해졌으며 눈은 충혈되어 있었다. 입은 헤벌어져서 침을 질질 흘리고 있었다.

린컨이 돌아왔다는 소리에 우리는 달려 나갔다. 모두가 기꺼이 도와 주려고 했다. 처음 우리는 린컨이 자기보다 훨씬 센 동물과 싸운 줄 알았다. 그런데 덜덜 떨고 있는 몸에는 상처가 없었다.

그러자 누가 말했다. "덫에 걸려 있었나 봐." 하지만 발을 살펴봐도 아무런 자국이 없었다.

늑대를 많이 잡아 본 늙은 일꾼은 이렇게 말했다. "독약을 먹은 게 틀림없어. 미끼를 물었다가 늦기 전에 뱉어 낸 거야. 그래서 나흘 동안이나 어디 쓰러져 있다가 온 거야."

우리가 다 아는 것처럼 목장 일을 하는 사람들은 짐승 시체를 발견하면 독을 발라서 미끼로 쓰는 것이 관행이었다. 늑대를 잡기 위해서였지만 개가 당하지 말란 법은 없었다.

그랬다. 그 말이 맞는 것 같았다. 우리는 불쌍한 린컨에게 물을 갖다 주었다. 물을 얼마나 들이키던지!

그런 다음 고깃국을 주었더니 국물을 조금 쩝쩝거리고는 고기는 쳐다보지도 않았다.

린컨은 하루 종일 개집에 누워 있었다. 이따금 신음 소리를 내면서 브랜더가 같이 놀자고 해도 거들떠보지 않았다.

저녁때가 되자 좀 나아지는 것 같았다. 국물을 좀 더 마시더니 작은 고기 몇 점을 먹기도 했다. 사지가 떨리는 증상도 덜해졌다. 허나 해가 떨어질 무렵에도 린컨은 여전히 아픈 개였다.

그날 저녁 7시쯤이었다. 땅거미가 저녁놀을 덮을 무렵 저 멀리 언덕에서 길게 부르는 소리가 들려왔다. 늑대의 길고 외로운 울음이었다. 브랜더는 갑자기 으르렁거리며 뒷발로 땅바닥을 긁었다.

그 순간 린컨이 갑자기 개집에서 뛰어나왔다. 절뚝거리면서 입에는 무슨 덩어리 하나를 물고 있었다. 나는 이 기묘한 광경

린컨은 싸울 듯이 으르렁거리며 오랜 친구에게 달려들었다.

을 지켜보기 위해 뛰어나왔다. 브랜더는 뻣뻣한 자세로 걸으면서 위협하는 시늉을 하며 부르는 소리가 들리는 언덕으로 향했다. 린컨은 아픈 몸으로 절뚝거리며 따라갔다. 입에는 저녁으로 준 뼈다귀를 물고 있었다. 부드러운 늑대 소리가 다시 들렸다. 브랜더는 가슴을 쭉 펴고 으쓱하며 걸어갔다. 그러자 아픈 린컨은 온 힘을 다해 비틀비틀 달려가더니 브랜더 앞에 머리를 들이대며 막아섰다. 그러면서 뼈다귀를 떨어뜨리고는 있는 힘을 다 모아서 으름장을 놓았다. 다리가 덜덜 떨리고 있는데도 기는 하나도 죽지 않았다. 목덜미 털이 곤두섰고 이빨이 번뜩였다.

브랜더는 단숨에 린컨을 쓰러뜨릴 수도 있었다. 그런데 나는 이 용감한 아픈 개를 보고 불쑥 동정심을 느꼈다. 나는 채찍을 들고 달려가 브랜더의 머리를 때렸다. "넌 저리 가!" 브랜더는 돌아서서 슬금슬금 자기 집으로 들어갔다. 확실히 하기 위해 목에 쇠사슬을 채웠다. "자, 이제 여기 있어!"

그러는 사이 불쌍한 린컨은 뼈다귀를 다시 물어 들었다. 그러면서 슬슬 달리더니 저 멀리 산속 덤불 속으로 사라져 버렸다.

나는 따라가서 수수께끼의 나머지 부분을 밝혀내고 싶었다. 그러나 어쩐지 떳떳하지 못하다는 생각이 들었다. 개의 삶에도 우리가 끼어들기에 조심스러운 부분이 있을 거라고 생각했다. 그래서 그냥 내버려 두었다. 대신 돌아올 때를 생각해서 린컨의 집에 먹이와 물을 갖다 놓았다. 그리고 브랜더가 제대로 묶여 있는지 확인했다.

5

린컨이 언제 돌아왔는지는 모른다. 다음 날 아침 나가 보니 자기 집에 있었다.

그날 온종일 우리는 아픈 린컨을 위해 할 수 있는 모든 걸 다해 주었다. 밤이 되니 상태가 훨씬 좋아졌다. 그리고 그날은 아무 소리도 들려오지 않았다. 린컨은 조용히 잠자리에 들었다.

나는 한 이틀 정도 브랜더를 묶어 놓았다. 사흘째 되던 날, 린컨의 야생 친구가 부르는 소리가 들렸다. 녀석은 자기가 먹을 저녁을 챙겨 들고 뛰어나갔다.

우리는 개와 야생 늑대 사이에 활짝 피어난 우정을 아주 관심 있게 지켜보고 있었다. 나이 많은 일꾼들은 이와 비슷한 이야기 한두 가지를 들려주었다. 그러자 우리는 린컨의 친구를 한번 보고 싶다는 욕심이 커져 갔다.

결국 우리는 교대로 망을 보기로 했다. 그런데 야생 동물들의 무선통신이 소문을 낸 것 같았다. 린컨의 친구는 누가 망을 보고 있으면 절대 나타나지 않았던 것이다. 게다가 브랜더마저 우리를 도와 주지 않았다.

봄이 그 눈부신 아름다움을 서서히 드러내기 시작했다. 린컨의 건강도 회복됐다. 이제는 거의 밤마다 자기 먹이를 들고 날랐다. 어떤 때에는 멀리서 들려오는 부드러운 울음소리에 화답하여 가는가 하면 아무 신호도 들리지 않는데도 나가기도 했다.

우리는 린컨이 맺은 듯한 계약을 어느 정도 존중해 주게 되었다. 그래서 더 캐내려고 하지 않았다. 한두 번은 브랜더가 따라가려고도 하고 소리에 화답하여 먼저 가려고 하기도 했다. 그럴 때마다 린컨은 화를 냈다. 린컨이 인간들의 도덕적 지지를 받고 있다는 사실을 깨달은 브랜더는 집으로 돌아와야 했다.

여름이 되어서도 우리는 그 소리를 여러 번 들었다. 6월에는 린컨이 언덕이 아니라 바위 협곡으로 가는 모습을 여러 번 볼 수 있었다. 우리가 한번 자취를 따라갔던 곳이었다.

한 해 가운데 낮이 제일 긴 6월이 되어서야 우리는 그토록 절실했던 빛의 도움을 받을 수 있었다. 커다란 소 정강이 뼈였다. 녀석은 협곡 입구 부근의 작은 덤불로 사라졌다. 우리는 늘 그랬듯이 한 시간 정도 지나면 린컨이 돌아올 거라고 생각했다.

예상대로 린컨은 돌아왔다. 그러나 평소와는 달랐다.

목동 하나가 풍차에 기름을 치러 올라갔을 때였다. 그는 갑자기 소리를 질렀다. "이런 세상에! 저것 좀 보쇼!"

나는 급히 달려가서 그가 가리키는 곳을 쳐다봤다.

"늑대 한 무리요!" 그가 소리쳤다.

이 소리를 들은 사람들은 모두 말이나 총을 가지러 달려갔다. 나도 망원경을 챙겨 들고 말에 올라탔다.

정말이었다! 늑대 한 무리가 오고 있었다. 코요테치고는 너무 회백색이었고 한 마리는 나머지보다 훨씬 컸다.

모두들 몹시 들떴다. 모두 보이지 않는 곳으로 숨어서 총을 들고 기다리고 있었다. 풍차 위의 목동은 늑대 무리의 움직임을 작은 소리로 들려주었다. 우리가 볼 수 없는 모습을 그는 볼 수 있었으니까.

엄청나게 큰 늑대가 앞장섰고 바로 뒤에 무리들이 따라오고 있었다. 숫자는 알 수 없었다. 덤불에 가려 있다가 트인 곳으로 나오는 모습을 보니 커다란 우두머리와 그 뒤를 따르는 세 마리뿐이었다.

"제가 말할 때까지 쏘지 말아요!" 내가 이야기했다. 우리는 모두 총구를 들고 각자 위치에 숨어 있었다.

무리는 천천히 걸어 나왔다. 사정거리에 들어선 늑대 무리를 다시 보니 그 커다란 우두머리는 다름 아닌 우리 린컨이었다. 린컨은 나머지 작은 세 마리에 비해서 아주 커 보였다. 이제 보니 그 셋은 아직 반도 못 자란 아기 늑대들이었다. 아기가 맞냐고? 그랬다. 눈 위의 하얀 얼룩과 눈처럼 하얀 가슴, 그리고 복슬복슬한 꼬리를 보니 확실했다. 새끼 늑대들이었다. 그런데 가까이 올수록 낙엽 색깔 같은 다갈색 주둥이와 귀, 앞다리의 검은 줄무늬, 그리고 다정한 모습을 보니 영락없이 린컨을 빼닮은 새끼들이었다.

우리는 모두 총을 내려놓았다. 너무 기쁘고 놀란 우리는 벌떡 일어섰다.

"린컨, 린컨, 린컨! 이리 오너라, 이 녀석아!"

새끼들이 놀라 웅크리며 벌벌 떨고 있었다. 그러자 린컨이 다가가서 감싸 주며 보호해 주었다. 우리는 조심스럽게 다가가 다정하게 불러서 린컨이 새끼들을 데리고 자기 집으로 들어가도록 유인했다. 우리의 의문은 슬슬 풀리기 시작했다.

그 후 새끼 늑대들은 점점 훌륭하게 자라났다. 야생의 아름다움은 우리 눈을 즐겁게 해 주었다.

그런데 새끼들의 어미는 어디 있을까? 우리는 어미 늑대를 보지 못했고 그 늑대가 누구인지 알 수 없었다.

늘대들의 법

얀 파이로는 덴마크계의 점잖고 학구적인 젊은이였다. 그는 아주 섬세한 데다가 동물에 대한 연민이 대단했다. 연민뿐만 아니라 동물에 대한 지식 또한 상당했으며 텔레파시에 가까운 이해력을 갖고 있었다. 나는 얀이 풀을 뜯고 있는 야생 사슴에게 조용히 다가가는 것을 보았다. 다른 사람이 그랬다면 사슴이 놀라 달아났을 것이다.

한번은 동물원에서 사육사가 표범을 억지로 우리 속에 밀어 넣으려고 하는 모습을 본 적이 있다. 표범이 끝까지 완강히 버티자 사육사는 결국 실패하고 말았다. 얀은 사육사의 거친 행동이 매우 거슬렸다. 사육사가 포기하자 얀이 말했다.

"제가 하는 걸 보세요."

그는 표범에게 한동안 부드럽게 말을 걸었다. 그러고는 작은 막대기 하나를 가져오더니 말했다. "이제 우리를 여세요." 그러나 사육사는 얀이 이렇게 말할 때까지 거절했다. "제가 책임지지요. 위험하지 않아요."

사육사는 쇠창살문을 열었다. 얀은 우리 안으로 들어가서는 작게 노래하듯 웅얼거렸다. 중간중간에 이런 소리가 들렸다. "자, 나비야. 이리 온, 우리 아기! 겁내지 마. 우린 친구야. 친구라구."

표범이 이 말을 알아들었는지는 모르겠다. 하지만 표범은 무언가 친근한 기운을 받아들였다. 곤두선 털이 가라앉았고 그르렁거림도 멈췄다. 이제 눈빛도 번뜩이지 않았다. 안테나처럼 뻗쳐 있던 길고 하얀 콧수염도 한결 누그러졌다. 화가 나 있던 표정은 이제 다 풀어졌다. 얀은 부드럽게 말을 걸면서 막대기를 뻗어 표범의 머리를 살살 긁어 주었다. 그러자 이 점박이 야수는 조금씩 조금씩 고개를 숙이더니 얀 쪽으로 몸을 숙이는 것이었다. 그리고 고양이가 그르르거리듯 낮고 깊은 소리가 들렸다. 소리는 점점 커졌다. 얀은 계속해서 노래를 부르며 주술을 걸었다. 그렇게 점점 다가서더니 손으로 표범의 머리를 쓰다듬기 시작했다.

이 사나운 짐승은 자신을 완전히 내맡겼다. 얀은 조심스럽게 표범을 곁에 있는 우리로 데려갔다.

자, 지금까지 여러분께 청년 얀을 간단히 소개해 드렸다.

나는 서부로 가는 긴 여행에 얀을 데리고 갔다. 그는 총을 가져오지 않았다. 얀은 사냥을 하거나 동물을 죽이거나 심지어 덫을 놓는 일까지 모두 내키지 않아 했다. 그가 바라는 것은 숲속 야생 동물의 생활에 대해 배울 수 있도록 그들과 가까이서 접촉하는 것뿐이었다. 그러다 운 좋게도 다른 사람 같으면 절대로 볼 수 없는 일이 일어났다.

우리는 캘거리에서 50킬로미터 정도 떨어진 레드디어 강을 따라 이동하고 있었다. 어느 날 저녁 그는 야영지로 돌아오다가 무언가 마구 달려가는 모습을 보았다. 코요테들이 질주하는 것 같았다. 얀은 가만히 서 있었다. 그들은 전속력으로 달리고 있었다. 자세히 보니 붉은여우 한 마리를 쫓고 있는 코요테 두 마리였다. 여우는 몹시 지쳐 있었다. 얀은 꼼짝없이 서서 웅얼웅얼 주술 노래를 부르기 시작했다. 작고 부드러운 바람의 흥얼거림 같은 이 소리에는 따스하고 다정하고 친근한 기운이 솟아났다.

코요테들은 여우를 거의 다 따라잡았다. 곧 낚아채서 잡아먹기 직전이었다. 그런데 바람에 실려 온 묘한 메시지를 들은 절망적인 여우는 그 소리에 움직임을 맞추더니 얀을 향해 곧장 달려와서 그의 뒤로 몸을 감췄다. 쫓아온 코요테들은 흠칫 물

러섰다. 얀은 계속해서 주술 노래를 흥얼거렸다. 여우는 덜덜 떨면서 가까이 기어 왔다. 두 코요테는 15미터 떨어진 곳에 쪼그려 앉았다. 잔뜩 움추린 여우는 노래하는 얀의 다리로 기어와서 머리를 비볐다. 그러다 얀이 야영지로 가자 여우는 바짝 붙어서 따라왔다. 코요테들도 상당한 거리를 두고 따라오다가 캠프가 눈에 띄자 모두 가까운 산으로 총총 사라져 버렸다. 여우는 한동안 머뭇거리다가 다른 방향으로 슬그머니 가 버렸다.

이런 이야기를 하는 것은 얀이 대단히 민감하게 야생 동물을 다룰 줄 안다는 사실을 강조하려는 것이다. 그는 하프를 타서 맹수를 얌전하게 만드는 오르페우스의 주술을 구사하는 능력을 지닌 것 같았다.

우리는 여행하는 동안 야생 동물에 관한 재미있는 일들을 많이 겪었다. 얀은 그때마다 특유의 능력을 보여 주었다. 그중에서도 늑대들과 겪은 모험은 그 의미심장함을 알 만한 사람들에게는 대단히 흥미로운 것이었다.

우리 여행은 강을 타고 브리티시컬럼비아를 빠져나와서 해안을 따라 저비스 만으로 가는 것이었다. 조수의 영향을 받는 낮은 숲 지대에는 우리가 지나온 울퉁불퉁한 산악 지대보다 늑대가 많아서 늑대 소리를 가끔이 아니라 매일 밤 들을 수 있었다.

얀은 늘 하던 대로 늦은 저녁이면 혼자 조용한 곳으로 나갔다. 대개 숲 속의 야트막한 언덕이었다. 이곳에서 그는 우리 중

누군가의 표현대로 늑대들을 "벗 삼았다." 그는 동물의 울음소리를 놀랍도록 정확하게 기억했다. 그래서 수컷과 암컷과 새끼들이 부르는 소리들을 구분할 수 있었다. 사냥할 때 내는 소리나 길게 빼는 웅얼거림도 구별할 수 있었다. 이 웅얼거림은 새들이 내는 노랫소리와 비슷한 역할을 하는 것이었다. 기쁨과 즐거움의 표현으로 다른 늑대들이 화답하기도 했지만 그 누구보다 자신을 위한 소리였다.

그는 늑대들에게도 주술 노래를 불러 주면서 동물 생활과 인간 심리에 대해 많은 공부를 했다. 무엇보다 중요한 점은 그가 늑대들은 난폭한 야수가 아닌 야생의 형제라고 생각했다는 사실이다.

그는 숲 속에 자리를 잡고 앉아 속삭이곤 했다. "이제 그 늙은 암늑대가 오늘 밤에 나타날 건지 한번 알아보죠." 그는 두 손을 확성기처럼 만들어 낮고 부드럽고 음악적인 웅얼거림을 냈다. 그에게는 아주 익숙한 음조였지만 나로서는 아직 딱히 이름 붙이기 곤란한 소리였다.

아무 대답도 들리지 않자 그는 음조를 바꾸었다. 끝을 한 음 낮추거나 쭉 끌어올리는 식이었다. 대답이 들려오는 걸 보니 효과가 있었다. 이런 신호를 한두 번 섞어 보내니 낮고 짧은 늑대 울음이 들려오기 시작했다.

늑대가 위험하다는 것은 그에게는 통하지 않는 이야기였다.

밤에 돌아다니는 그의 반짝이는 눈빛과 완벽한 교감을 보면서 나는 이렇게 생각하곤 했다. '틀림없어. 그는 전생에 분명히 늑대였어. 우리와 헤어지기 전에 늑대에 대해 많이 가르쳐 줄 거야.'

우리는 좀처럼 늑대를 보지 못했다. 그러던 어느 날 밤 이런 '대화'가 있은 뒤 숲에서 컴컴한 형체 하나가 다가오는 것이 보였다. 우리 쪽으로 슬슬 걸어오고 있었다.

얀이 속삭였다. "거기 있어." 그리고 일어나서 낮게 늑대 울음을 한두 번 내더니 늑대가 있는 쪽으로 천천히 걸어갔다. 늑대는 고개를 숙인 채 가만히 서 있었다. 대신 꼬리 밑동이 들려 있었고 나머지 꼬리는 둥그런 곡선을 그리며 처져 있었다. 나중에 들으니 꼬리에 있는 분비샘으로 일종의 사향을 내보내는 것이라고 했다. 그것은 "형제여, 나는 누구누구다. 그대는 누구인가?" 하고 말하는 것과 같다.

얀은 가만히 서서 주술 노래를 계속했다. 어린 늑대의 울음소리와 비슷한 소리였다.

다가온 늑대는 아무 소리도 내지 않다가 얀 바로 앞에 있는 하얀 돌이 있는 곳까지 걸어왔다. 그러고는 익숙한 자세로 오줌을 갈긴 다음 가만히 숲 속으로 사라졌다.

"자기 영역 표시를 한 거예요. 오줌이 일종의 사향 표시 역할을 하지요. 안타깝게도 우린 이 표시를 읽을 수 없어요. 인간은 숲을 떠난 지가 너무 오래되어서 감각이 무뎌졌어요. 대신에 숲에 사는 늑대들은 그것이 누구 것인지 대번에 알지요. 숲에는 이런 돌들이 가득해요."

모닥불로 되돌아오는 얀의 눈은 초록빛으로 반짝였다.

이 일이 있고 하루 이틀이 지나 얀은 기슭을 따라다니며 썰물에 드러난 진흙 속의 자국을 조사했다. 그러다가 만 건너편에 바위 하나가 수상하게 튀어나와 있는 것을 보았다. 움직이는 것 같아 가까이 가 보니 멋진 물범 한 마리였다. 늦은 오후 햇볕에 일광욕을 즐기며 갈퀴로 몸을 긁고 있었다.

얀은 물범을 처음 보았다. 너무 열중하다 보니 다른 존재가 있다는 사실을 눈치채지 못했다. 다른 동물이 다가오고 있었다. 물범이 있는 쪽 더 높은 덤불에 가려서 보이지 않는 곳에 다 자란 늑대 한 마리가 있었던 것이다. 늑대는 이 물범의 냄새를 맡고 쫓아온 것이 분명했다. 고양이처럼 몰래 기어서 눈치채지 못하고 있는 물범의 바로 위까지 왔다.

얀은 숨을 멈추고 온 신경을 집중해서 이 긴장된 순간을 지켜보았다. 그는 자신이 무슨 늑대라도 되는 듯 이빨을 드러내며 뛰어들 준비를 했다.

늑대는 아무것도 모르고 있는 물범에게 조금씩 다가섰다. 5미터, 4미터, 3미터, 그러다 풀쩍 뛰어서 공중을 가르더니 물범이 미처 몸을 틀기도 전에 덮쳤다. 그러고는 바위에 찍어 누르고는 목을 뜯어 버렸다. 물범의 새빨간 피가 솟구쳤다.

늑대는 쓰러져 있는 물범 위에 한 발을 얹고 서서 더 움직이는지 확인했다. 죽은 것이 확실했다.

그러자 늑대는 이상한 의식을 거행했다. 사향 같은 오줌을 물범 위에 뿌려서 일종의 '주인 표시'를 했다. 늑대 세계에다 '이건 내가 잡은 것'이라고 알리는 일이었다. 그러고는 물범 고기를 단 한 점도 입에 대지 않은 채 젖은 바위에서 마른 모래땅으로 끌고 갔다. 그런 다음 고기를 모래와 덤불 사이에 파묻기 시작했다. 그리고 다시 자신의 '주인 표시'를 하고는 숲속으로 사라졌다.

얀은 달려서 야영지로 돌아왔다. 자신이 본 광경에 너무나 흥분해 있었다. 우리는 카누를 타고 그곳에 갔다. 우리는 늑대가 숨겨둔 물범 시신을 끌어내서 카누에 싣고 다시 건너와서 망을 보고 있는 얀에게 맡겼다.

"떳떳치 못한 일이에요." 얀이 말했다. "뭐라고 해도 이건 늑대가 죽인 겁니다. 숲의 모든 법에 따라 이건 명명백백히 늑대의 것이에요. 나중에 돌려줘야 합니다. 하지만 그곳에 숨겨 두고 한 입도 먹지 않은 이유가 궁금하군요."

우리는 한 30분 정도 망을 보았다. 해가 떨어질 무렵 멀리서 늑대 우는 소리가 들려왔다. 깽깽대는 소리가 점점 가까워졌다. 수풀이 갈라지면서 그 커다란 늑대가 떡 나타났다.

"보세요! 보세요! 그 늑대가 왔잖아요!" 얀이 헐떡였다. "그런데 혼자가 아니에요." 함께 온 늑대가 여남은 마리는 되어 보였다.

그 늑대는 자랑스럽게 자신의 은닉 장소로 동료들을 데리고 온 것 같았다. 그런데, 그런데, 잡아 놓은 고기가 사라져 버린 것이다! 그는 두리번거리며 어디론가 이어져 있는 발자국이 있는지 뒤져 보았다. 그런데 아무것도 없었다. 나머지 늑대들은 뒤로 빙 둘러서더니 불만스럽게 낑낑댔다. 그들도 발자국을 찾기 시작했다. 그러면 그 잔칫거리가 사라져 버린 이유를 알 수 있을 터였다.

그런데 길이 끊어져 버렸다. 조수가 차오르면서 우리가 디딘 발자국이 모두 물에 잠겨 버렸기 때문이다.

그러자 어쩔 줄 몰라 하던 큰 늑대의 얼굴이 사색이 되어 갔다. 늑대는 꼬리를 다리 사이로 내리고 웅크렸다. 고개가 푹 처지고 다리는 점점 내려앉았다. 무리는 갑자기 떠들썩하게 마구 짖고 으르렁거리기 시작했다. 그러더니 우리가 미처 알아보기도 전에 온 무리가 그 늑대를 덮치더니 갈가리 찢어 버리고 말았다.

순간 우리는 번쩍하며 사건의 전모를 이해할 수 있었다. 그는 동료들을 모두 잔치에 초대했던 것이다. 그런데 숨겨 둔 고기가 사라져 버렸다. 게다가 고기가 있었다는 증거도 전혀 없

그들은 불문법상 최고형인 사형을 선고했다.

었다. 졸지에 그는 허위 유포 및 반역의 죄를 저지른 것이었다. 그리고 불문법상 최고형인 사형에 처해진 것이다. 그는 용감하고도 결백했으나 달리 해명할 도리가 없었다.

얀은 이런 사실을 깨닫자 땅바닥에 주저앉아 회한의 눈물을 흘렸다. "오 하느님! 제가 그를 배신했어요! 저 때문에 그가 거짓말쟁이에다 협잡꾼이 되어 버렸어요! 돌이킬 수만 있다면! 오 하느님, 저를 용서해 주세요! 제가 결백한 늑대를 죽였습니다! 같은 피를 나눈 형제를 살해하고 말았습니다."

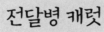
전달병 캐럿

사람들은 그 개를 캐럿이라고 불렀다. 당근처럼 붉은 털이 머리와 가슴과 배를 뒤덮고 있었기 때문이다. 벤더 집안의 식구로 태어났으니 성은 물론 벤더였다. 캐럿에게 만일 중간 이름이 있었다면 틀림없이 담력을 뜻하는 '그릿'이 되었을 것이다.

　에어데일은 사람에게 충성심이 강하고 사냥개로서 적합하며 참아 줄 수 있을 정도로 가끔 새끼를 낳기도 한다. 캐럿은 자기 애정을 주인의 아들인 여섯 살 난 시 벤더 3세에게 모두 바쳤다. 키 큰 아버지 시 벤더 2세로서는 나무랄 수 없는 일이었다.

　최연장자인 할아버지 시 벤더는 금광 경기가 한창일 때 서부로 몰려든 혈기 왕성한 악당들을 따라 그레이트디바이드 분수령을 건너온 사람이었다. 그의 아들 시는 커다란 몸집과 탄력 있는 근육, 차분한 용기, 그리고 개척자 정신을 아버지에게 물려받았다.

그래서 그는 하이 시에라에서 자기처럼 혈통 좋고 활기 넘치는 아내와 여섯 살짜리 아들, 그리고 털이 꺼칠하고 용감무쌍한 개 캐럿을 두고 살 수 있었다.

시 벤더의 땅은 언젠가는 키가 큰 나무가 많은 마을로 이어지는 큰 도로가 될 게 뻔한 길목에 자리 잡고 있었다. 벤더 집안의 계획은 말에게 풀을 먹일 땅은 넉넉히 마련해 두고 집에서 먹을 채소와 달걀과 우유를 만드는 것이었다. 그러는 사이 적당한 기회를 잡기 위해서는 일단 길가에 집을 지어야 했다.

산에는 사냥감이 아주 많았다. 아버지 시는 언제나 믿음직스러운 반자동 연발총을 갖고 다녔다. 그래서 사슴 고기를 원하는 대로 구할 수 있었다.

하지만 이 모든 것도 집 주변의 숲에 여러 종류의 다람쥐들이 가득하다는 사실에 비하면 중요한 일이 아니었다. 이들은 작은 활을 가진 어린 시와 흙을 잘 파고 몸이 빠른 캐럿의 훌륭한 사냥감이었다. 둘은 틈만 나면 재빠르게 달아나는 금빛 다람쥐를 잡으러 다녔다. 실제로 잡은 다람쥐는 얼마 되지 않았지만 시와 캐럿이 바란 것은 사냥이 아니라 놀이였다. 특히 화창한 날이면 숲에서는 신바람 나는 대단한 놀이판이 벌어졌다.

둘 사이에는 영혼의 동반자 같은 유대가 워낙 확고해서 거의 눈에 띄지도 않는 고갯짓이나 몸짓, 잘 들리지도 않는 휘파람이나 울음소리만으로도 삶의 유일한 관심사에 대한 정보들을 주고받았다. 어린 시는 여러 번 고개를 힘차게 끄덕여서 이런 신호를 보냈다.

"캐럿, 저기 나무 그루터기 위에 큼지막하고 통통한 다람쥐가 있어. 녀석이 우리를 놀리는 노래를 부르고 있다구."

그러면 캐럿은 암호 해독 책 없이도 시가 보낸 신호를 알아듣고는 일어나서 왼쪽 귀를 오른쪽보다 1센티미터 이상은 쫑긋 세우고는 짧은 꼬리를 세 번 흔들었다. 그것은 이런 뜻이었다.

"응, 나도 들었어. 집 밖으로 나가자마자 녀석을 덮치자."

언제나 몰래 빠져나가야 했던 것은 아니었지만 반드시 그래야만 할 때도 있었다. 이 이야기가 일어난 아침에는 반드시 몰래 빠져나가야만 했다. 전투가 벌어질 곳은 아직 어린 작물이 자라는 밭이라 절대로 뛰어놀아서는 안 되는 곳이었다. 그리고 어린 시는 장난으로 샘에다가 죽은 쥐를 던져 놓았다가 집 밖으로 나가지 못하는 벌을 받는 중이었던 것이다.

하지만 부끄럼을 모르는 시와 캐럿은 엄마와 멀리서 나무를 하고 있는 아빠의 눈에 띄지 않게 몰래 집을 빠져나올 수 있었다.

캐럿의 감각은 예민했다. 두 공범이 금지된 밭에서 다시 만나 보니 과연 다람쥐가 나무 밑동 위에서 "찍 찍

찍" 짧은 소리를 내고 있었다. 저 멀리 있는 나무에서는 열두 마리는 되는 딱따구리가 무언가를 공격하는 듯한 시끄러운 소리를 내고 있었다.

딱따구리의 울음소리는 어떤 동물이 아주 곤경에 빠졌다는 소식을 알리고 있었다. 붉은 머리 개와 모자를 쓴 아이는 그리로 달려갔다. 가 보니 볼 만한 것이 별로 없었다. 딱따구리 여러 마리가 어린 소나무 위의 두툼한 부분 주위에서 난리를 피우며 오가고 있었다. 재미있게 생긴 이 두툼한 부분을 계속 보고 있으려니까 그것이 가까운 그루터기 위에 내려앉았다.

어린 시는 흰색과 검은색 줄무늬가 있는 기다란 꼬리를 얼핏 보았다. 아이는 전에도 이런 꼬리를 본 적이 있었다. 아버지 시가 한번은 이런 꼬리가 달린 동물을 데려와서 숲에 사는 너구리고양이 또는 호랑이꼬리고양이라고 불렀던 게 생각났다. 다람쥐나 새는 뭉툭한 화살로도 잘 잡을 수 있었다. 그런데 너구리고양이는 큰 사냥감이었다. 어린 시는 용감하게도 활을 쏘아댔으나 거듭거듭 실패했다. 너구리고양이는 아무리 맞아도 끄떡도 하지 않았다. 캐럿은 떠들썩하게 난리를 피우며 당장 내려오지 않으면 나무 위로 올라가 버리겠다며 위협했다. 그러고는 자기 말이 장난이 아니라는 것을 보여주기 위해 몇 번씩이나 나무줄기를 1, 2미터씩 타고 올라갔다.

어린 시는 주일학교에 가 본 적이 없었다. 그래서 말이 워낙 거칠어 여기에 옮겨 놓기는 좀 그렇다. 주로 아빠에게 배운 말이었다. 엄마가 가끔 "얘가! 그런 말은 네 작은 입에 담기엔 너무 엄청난 말이야." 하고 일러 주어도 유일한 모델인 아빠를 흉내 내지 못하게 할 수는 없었다.

그러니 시가 한 말을 여기에 옮기지 않는 게 좋겠다. 그런다고 해서 크게 달라질 것은 없다. 아이가 하는 말을 들은 상대라고는 말을 알아듣지 못하는 너구리고양이와 그 말에 무조건 진심으로 동의하는 개, 이렇게 둘뿐이었으니 말이다.

사냥에 성공할 기미는 전혀 보이지 않고 난리는 한동안 계속되었다. 그러다 열정적이면서도 현실적인 캐럿이 어린 시가 무딘 화살을 계속 쏘아 대는 모습을 지켜보다가 낮게 짖는 소리를 냈다. "이봐, 꼬마야." 하는 소리였다. 그러고는 고개를 한쪽으로 들었는데, 이것은 "좋은 생각이 있어."라는 뜻이 분명했다. 그러면서 오두막 쪽을 애타게 쳐다보았다. 어린 시가 다시 활을 쏘기 위해 잠시 멈춰 서 있는 동안 캐럿은 다시 한 번 짖는 소리를 내더니 오두막 쪽으로 달려갔다. '왈 왈' 짖는 소리가 다시 났다. 어린 시는 엄청나게 거친 말을 몇 마디 내뱉고 다시 활을 쏘았다. 그러다 캐럿의 끈질김에 감명을 받아서 무슨 일인지 알아보러 갔다. 처음에 아이는 아빠 시가 법과 질서를 어긴데 대한 벌을 주려고 오는 줄 알았다. 그런데 아니었다. 아빠는 아직도 멀리서 나무를 하고 있었다. 개가 오두막 문을 발로 긁

고 있길래 보니 엄마가 없었다.

　어린 시는 오두막 문을 열었다. 그러자 캐럿은 시에게 자기 생각을 털어놓았다. 벽에는 사슴뿔이 걸려 있고 그 위에는 총이 놓여 있었다. 캐럿은 그 아래에서 뒷다리로 일어서면서 '왈 왈 왈' 하고 다시 짖었다. '작은 활'은 작은 사냥감에게만 통하는 것이니 큰 사냥감에게는 총이 필요하다는 뜻이었다.

　총은 어린 시가 기억하는 한 밤이건 낮이건 그 자리에 걸려 있었다. 가끔 아빠가 고기를 구하러 나갈 때를 빼고는. 그리고 탄창에는 더도 말고 덜도 말고 총알이 정확하게 여섯 발 들어 있다는 이야기를 아빠가 하던 기억이 났다.

　"사나이가 여섯 발 가지고도 필요한 고기를 못 구하면 굶어야 돼."

　어린 시는 이 귀한 총에 손을 대는 일이 엄하게 금지되어 있었다. 아이는 이 법을 너무 잘 알고 있었다. 하지만 위급한 때에는 모든 법 조항이 아무 소용이 없는 것이다. 평화를 위한 법이 있는 동시에 전쟁을 위한 법도 있었다. 지금은 너무 위급한 비상사태가 닥친 것이며 캐럿은 극단적인 처방을 하는 쪽에 표를 던졌다. 시는 우선 사람들이 있는지 주위를 가만히 둘러봤다. 엄마 아빠 모두 보이지 않는 곳에 가 있었다. 딱따구리들은 아까보다 더 야단을 피우기 시작했다. 사냥감이 움직이려고 하며 달아날지도 모른다는 뜻이었다. 그걸로 결정이 났다. 시는 높은 의자를 총 아래로 가져다 놓고 조심스럽게 올라간 다음 사슴뿔에 걸려 있는 총을 집어 들었다. 그리고 의자에서 내려와 문 쪽으로 달려갔다. 그런데 시는 엄마와 꽝 부딪치고 말았다.

"요 맹랑한 녀석, 그 총을 들고 어디로 가는 거야?"

엄마는 총을 붙잡고는 아이 머리를 쥐어박으려고 했다. 시는 하도 많이 겪어 봐서 터득한 대로 교묘하게 피해 빠져나왔다. 시는 안전한 곳까지 달아났고 캐럿은 어리둥절한 표정이었다. 시가 말했다.

"저기 숲에 커다란 너구리고양이가 있어요. 나는 그게 잡고 싶어요."

"총은 안 돼. 엄마가 전에 말했지? 네가 그 총을 만지려면 앞으로 10년은 더 커야 돼."

시와 강아지는 어쩔 수 없이 말을 들어야 했다. 대신 너구리고양이에게 소리를 지르며 욕을 했다. 아빠가 집에 있었다면 좋았을 텐데.

엄마는 총을 가지고 오두막 안으로 들어갔다. '쟤가 또 뭔 일을 저지를지 알 수가 없다니까.'라고 생각하며 총알 여섯 개를 끄집어냈다. 그리고 필요할 때 아빠 눈에 잘 띄도록 높고 안전한 선반 위로 한 줄로 세워 두었다. 빈 총을 있던 자리에 걸어 둔 엄마는 저녁에 먹을 허클베리를 따러 들통을 들고 나갔다.

아빠 시는 계속해서 나무를 하고 있었다. 그러다 잠시 쉬려고 일손을 놓고 있었는데 가까운 숲에 무언가가 휙 지나가는 것을 보았다. 허옇고 털 많은 동물의 형체였다. 사냥꾼의 본능에 따라 그는 잠시 꼼짝 않고 서 있었다. 그러다 사슴뿔이 얼핏 눈에 들어왔다. 그 정도면 충분했다. 그는 조용히 오두막으로 향했다. 그리고 믿음직한 총을 집어 들고서 사냥에 나섰다.

수사슴은 사라졌지만 지나간 흔적은 뚜렷했다. 400미터 정도를 조심스럽게 따라가 보았다. 허연 형체가 다시 눈에 띄었으나 사슴은 나무 뒤에 있었다. 그는 바람의 방향을 잊지 않으면서 사슴이 더 잘 보이는 곳으로 살며시 다가갔다. 그런데 소나무다람쥐 한 마리가 이 사냥꾼을 멀리서 발견하고 특유의 긴 울음을 우는 바람에 사슴이 눈치를 채고는 휙 가 버렸다.

시 벤더는 재빨리 따라갔다. 크고 살이 오른 수사슴을 잡으면 한마디로 횡재였다. 그는 더 열심히 쫓아갔다. 자취를 보니 사슴은 이제 천천히 걷고 있었다. 이제 곧 숲 속의 빈터에서 이 수사슴을 제대로 볼 수 있을 것이다. 그러면 짧게 휘파람을 불어서 사슴을 잠시 멈칫하게 만든 다음 예리한 한 방으로 사슴을 간단히 잡을 수 있을 터였다.

그는 계속 따라가 보았다. 그런데 빈터의 바로 이쪽 편에서 사슴이 미친 듯 날뛴 흔적이 나타났다. 커다란 발굽 자국 사이의 거리가 아주 긴 것이 달아난 흔적 같아서 그는 어리둥절했다. 그러다 시는 사슴의 자취 말고 다른 흔적을 발견했다. 퓨마의 발자국이었다. 덤불 속에서 뛰어나와서 사슴을 덮쳤다가 놓친 흔적이었다.

처음에는 사냥감을 제대로 쫓아가기는 틀렸다는 생각이 들었다. 그러다 대신 퓨마 가죽을 얻을 수도 있다는 생각을 하게 되었다.

다시 조심스럽게 따라갔다. 사슴이 달아난 자국은 계속 이어져 있었는데 쫓아간 퓨마의 흔적은 없었다. 꽤 겁을 먹었는지 다친 데는 없었던 사슴이 1, 2킬로미터는 빨리 달리다가 다시 걷기 시작한 것 같았다. 이상하게도(흔적을 보면 알 수 있다) 수사슴은 작은 언덕쯤 왔을 때 돌아서서 쫓아오던 적이 어찌 되었는지를 살폈다. 희망적인 신호라고 생각한 시는 서둘러서 계속 쫓아갔다. 대신 아주 조심스럽게, 이따금 소리를 가만히 들어 보면서 갔다. 시는 1.5킬로미터를 더 쫓아갔다. 그러자 소나무 다람쥐가 야단을 치듯 우는 소리와 산 어치가 큰 소리로 우는 소리가 들리기 시작했다. "저기 뭐가 오고 있다."는 뜻이었다.

그러다 땅이 질퍽한 곳에서 수사슴의 발자국과 퓨마의 흔적이 뚜렷이 보였다. 퓨마는 한 마리가 아니라 두 마리였다. 큰 것과 작은 것이었는데 틀림없이 한 쌍이었다. 사슴의 발자국에는 아직 놀란 흔적이 보이지 않았다. 그만큼 더 위험해져 간다는 뜻이었다.

소나무 숲을 벗어나서도 자국은 계속 이어져 있었다. 어치와 다람쥐는 한동안 잠잠했다. 지형이 더 험하기는 해도 트여 있을 수도 있었다. 철쭉과의 떨기나무들이 깎아지른 바위와 비탈 틈틈이 가시 돋친 가지를 펼치고 있었다. 시는 그대로 따라가지 않고 쉽게 돌아가는 길을 찾아 언덕의 갓길을 타고 올라갔다. 그러다 사슴이 사뿐사뿐 뛰어 내려가면서 사라지는 모습을 내려다볼 수 있었다. 동시에 누런 형체가 번뜩 지나가는 모습도 보였다. 꼬리가 긴 이 짐승은 사슴과 같은 장소에서 사라졌다. 어치의 울음소리가 다시 커졌다.

이제 따라잡을 수 있는 기회가 온 것이다. 퓨마는 분명 사슴을 쓰러뜨렸을 것이었다. 시 벤더는 조용히 가장자리까지 다가갔다. 언덕은 거의 3미터 아래 협곡으로 이어졌다. 협곡의 아래쪽 끝은 작은 나무 몇 그루에 가려 보이지 않았고 살아 있는 것은 눈에 띄지 않았다. 시는 사뿐히 바닥에 뛰어내렸다. 그 순간 그토록 찾던 것이 눈에 들어왔다. 사슴은 쓰러져 있었고 이 떨고 있는 형체를 꽉 붙든 채 뜨거운 피를 핥고 있는 두 마리 퓨마가 10미터 앞에 보였다.

퓨마들도 동시에 시를 보았다. 퓨마들은 피를 보았고, 굶주렸으며, 자기가 잡은 사슴 때문에 한껏 사나워져 있었다. 귀를 뒤로 젖히고 얼굴에 주름을 잔뜩 짓고는 으르렁거리며 그를 향해 돌아섰다. 시는 조용히 총의 격발장치를 잡아당기고는 사격에 유리한 자리로 조금 움직여 결투를 신청하듯 자세를 잡았다. 그러자 퓨마들은 무서울 것이 없다는 듯 도전을 받아들이고는 몸을 곧게 세워서 위협하듯 그에게 다가섰다. 믿음직스런 총으로 먼저 좀 더 큰 퓨마의 양미간을 겨누었다. 그리고 시는 죽음을 부르는 방아쇠를 힘껏 당겼다. 그런데 그의 튼튼한 손에는 아무런 진동도 느껴지지 않았다. 총의 공이는 빈 소리를 내며 척 부딪칠 뿐이었다.

세상에! 총알이 없다니! 퓨마들이 다가오고 있지 않나! 시는 다음 총알을 쏘기 위해 격발장치를 다시 젖혔다. 공이 부딪치는 소리가 다시 났다. 장치를 젖혀서 방아쇠를 당기고 또 당겨도 허사였다. 그는 이제야 총이 완전히 비어 있다는 사실을 알게 되었다. 그리고 피에 굶주린 두 퓨마에게 꼼짝없이 갇히고 말았다. 도저히 살아날 가망이 보이지 않았다. 그는 칼을 집어들고 빈 총을 몽둥이 삼아 움켜쥐었다. 죽을 수밖에 없다는 사실을 알았지만 혼자 죽지는 않겠다는 생각이었다.

퓨마는 서로 떨어진 채 조금씩 다가왔다. 어차피 한 녀석은 뒤에서 공격할 것이다. 하지만 시는 바위 벽에 등을 바짝 붙이고 서서 총을 붙잡았다. 혹시 사람 목소리를 들으면 물러설지도 모른다는 희망에 소리도 질러 보았다. 그러나 유일한 대답은 다가오는 죽음이 으르르 위협하는 소리뿐이었다. 그러다 푸른어치의 비명소리가 울려 퍼졌고 한 무리의 사냥개가 힘차게

짖는 소리가 숲에서 들려왔다. 곧 작은 협곡 속으로 미친 듯 짖으며 풀쩍풀쩍 뛰어서 달려오는 붉은 머리 개 한 마리가 보였다.

"왈, 왈, 왈." 녀석은 퓨마가 무슨 다람쥐라도 된다는 듯 미친 듯이 달려들었다. 퓨마는 물론 겁 없고 사나운 맹수이긴 하지만 때때로 성난 개가 사납게 짖는 것 같은 갑작스런 소란이 일어나면 당황하기도 한다.

퓨마들은 겁이 나서가 아니라 좀 더 잘 살피기 위해서 뒤로 물러났다. 그러고는 가볍게 뛰어서 작은 나무 위로 올라갔다. 그러는 사이 무서운 줄 모르는 캐럿은 퓨마들이 있는 나무에 다가가서 계속 정신없이 짖어 댔다. 작고 겁 없는 이빨로 있는 힘을 다해 짖으면서 둘 다 내려오면 끝장이라는 듯 몰아붙였다.

한동안 조용해지는 듯했다. 아까는 사냥개 한 무리가 짖는 것 같은 소리가 들렸는데 지금 보니 붉은 똥개 한 마리뿐이었다. 순간 두 괴물이 뛰어 내려와 단번에 개를 찢어 죽이고 사냥꾼마저 끝장낼 것 같았다. 하지만 캐럿은 미치광이처럼 날뛰었지만 영리하기도 했다. 캐럿은 이 불운한 사냥꾼에게 달려가서 반갑게 인사를 하고는 풀쩍 뛰어올랐다. 그런데 이게 뭘까? 이 강아지의 복슬복슬한 목에는 작은 주머니 하나가 달려 있었다. 그는 놀라서 떨리는 손으로 그것을 칼로 찢어 열어 보았다. 거기에는 '없어졌던 총알 여섯 개'가 들어 있었다. 그는 그것들을 잽싸게 총에 밀어 넣었다.

"펑, 펑." 두 마리 커다랗고 무시무시한 황갈색 퓨마가 털썩 떨어졌다. 시뻘건 피를 콸콸 쏟으며 묵직한 발톱으로 땅을 움켜쥐고 가까이 있는 통나무를 긁었다. 그렇게 몸을 떨더니 이내 잠잠해졌다.

캐럿은 신이 나서 어쩔 줄을 몰랐다. 그리고 피에 흥건히 젖은 채 움직이지 않는 퓨마의 시체 쪽으로 당당하게 걸어가더니 통나무 위에 앉았다. 그 사이 시는 수사슴의 다리를 잘라 냈다. 그런 다음 둘은 집으로 돌아왔다. 이런 말까지 해도 될까? 둘이 막 협곡을 벗어나는데, 이 건장한 사나이가 갑자기 약한 모습을 보이기 시작했다. 손과 무릎이 덜덜덜 떨리고 눈이 점점 흐려졌다. 그러자 강아지 캐럿이 다가가서 그의 손에 코를 디밀고는 에어데일만 아는 말을 몇 마디 했다. 아빠 시는 알 수 없었지만 어린 시가 있었다면 훌륭하게 통역해 주었을 것이다.

하지만 이런 심약한 모습은 갑자기 물밀 듯 밀려왔다가 빠져나갔다. 아빠 시는 다시 집으로 발걸음을 옮겼다. 푸른어치가 다시 소리를 질렀고 붉은 다람쥐는 찍찍거렸다. 캐럿은 한동안 같이 걸어가다가 이렇게 말하는 듯했다. "이제 난 없어도 되겠지요." 그러고는 오두막으로 서둘러 돌아갔다. 목에 걸린 빈 주머니가 반가운 소식을 전해 줄 곳으로.

무슨 기적 같았다. 지혜와 힘을 가진 천사가 도와준 것 같았다. 한편 아빠 시는 집에 도착하기 전에 어떻게 된 일인지 짐작을 해 보았다. 아내가 총이 없어진 것과 선반에 총알 여섯 발이 그대로 남아 있는 것을 보았다. 세상에나! 남편이 빈 총을 들고 사냥을 나가면서도 모르고 있다니. 그러나 전령을 보내면 좋겠다는 생각이 번뜩 떠올랐다. 남편이 간 길을 정확하게 빨리 따라잡을 수 있는 유일한 존재인 캐럿을. 그리고 캐럿은 잠시도 한눈을 팔지 않고 현장까지 달려온 것이다.

소식을 모두 전해 들은 여인의 눈에는 눈물이 줄줄 흘렀다. 기쁨과 두려움과 감사의 눈물이었다.

그런데 캐럿을 영웅으로 만들려는 노력은 수포로 돌아갔다. 캐럿은 따분한 표정이었고 그저 자기가 할 수 있는 대로 또박또박 억센 에어데일 말을 할 뿐이었다.

"아, 잊어버려요. 두 분 때문에 그 일을 한 건 아니에요. 총을 훔쳤다고 꼬마를 때릴까 봐 그런 것뿐이라구요."

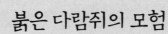

붉은 다람쥐의 모험

"찍 찌직 찍." 녀석은 미루나무 위 안전한 곳에 앉아 계속 소리를 질렀다. 그날 하루만 해도 개에게 골백번도 더 덤벼 보라고 놀려 댄 것이다. 개는 나무 위를 매섭게 노려봤다. 하지만 한번 짖어 줄 가치도 없다고 생각했는지 다른 데로 가서 누워 버렸다.

이 미루나무는 치커리(청설모 비슷한 붉은 다람쥐—옮긴이)의 보금자리가 아니었다. 이 나무는 풀밭 한가운데에 덩그러니 서 있었다. 도토리 같은 맛있는 열매가 있는 것도 아니었다. 대신 양계장을 습격해서 옥수수라도 강탈해 올 때에는 편리한 중간 기지 역할을 톡톡히 했다. 지금 치커리가 이 나무 위에 있는 것은 오랜 적에게 쫓겨 올라갔기 때문이다. 녀석은 몇 번이나 과감하게 도전하는 듯한 자세를 잡기도 했다. 그러나 이제는 개가 자기를 무시하는 것에 만족해야 했다. 숲 속에 있는 집까지 가려면 위험하지만 땅 위로 달려가야 했기 때문이다.

가만히 앉아서 살핀 지가 한참이 지났다. 개는 아직도 잠을 자고 있다. 치커리는 개의 반대편으로 조용히 나무를 미끄러져 내려와 풀밭을 허둥지둥 달려갔다.

반도 못 갔을 때였다. 놀라운 것을 발견했다. '루술라'라고 하는 보기 드문 빨간 버섯이었다.

빨간 루술라는 단순한 먹이가 아니었다. 맛이 기막힐 뿐만 아니라 아주 매력적인 자극제이기도 했다. 붉은 다람쥐에게 루술라의 매콤달콤한 과육은 인간으로 치면 브랜디에 담근 복숭아와 같았다. 즉, 누구나 좋아하는 것인 동시에 일부는 광적으로 밝히기도 하는 것이었다.

치커리는 이 빨간 루술라를 지독히도 좋아했다. 녀석은 이 멋지고 커다란 별미를 그냥 지나칠 수가 없었다. 나이 지긋한 술고래가 좋아하는 공짜 술을 마다할 수 없는 것과 마찬가지였다. 녀석은 빨간 루술라의 뿌리를 꺾어서 집어 들었다. 입에 버섯 줄기를 물고는 폴짝폴짝 뛰어서 숲 속 집으로 향했다. 그런데 우산 같은 버섯의 지붕 때문에 시야가 가려졌다. 그래서 전속력으로 달리다가 나무 둥치에 꽝 부딪치고 말았다. 다친 데는 없었지만 물고 있던 횡재가 엉망이 되고 말았다.

"아, 미치겠군. 미치겠어!" 녀석은 침을 튀기며 나무 둥치에게 욕을 퍼부었다. 무슨 살아 있는 못된 적이라도 된다는 듯. 어디로 갈 때는 낮게 드리우는 커다랗고 붉은 꼬리가 이제 머리 위로 불쑥 솟아서 녀석이 떠들 때마다 까딱까딱 움직였다. 그런데 이 소리와 꼬리는 별로 좋지 않은 조합이었다. 시끄러운 소리는 개를 깨워 버렸고 꼬리는 그 소리가 어디서 나는지 똑똑히 알려 준 것이다. 잔뜩 화가 나 있던 치커리가 위험을 알아차리고 죽어라 내빼기 시작했을 때에 적은 이미 스무 걸음도 안 되는 거리에 와 있었다. 개는 흐뭇하게 짖어 대며 열심히 쫓아갔다. 이제는 확실히 자기 차례가 왔다는 뜻이었다.

똑바로 달려갔더라면 치커리는 금방 잡히고 말았을 것이다. 그 사실을 치커리보다 잘 아는 이는 없었다. 잘 아는 나무들이 있는 데까지 반도 못 가서 따라잡힐 게 뻔했다. 하지만 치커리는 그런 공격에 대비한 훈련을 받았다. 녀석은 옆으로 비켜서 약간 뒤로 방향을 틀었다. 그 순간 개의 허연 이빨이 공중에 쩍 부딪치는 소리가 났다. 그러면서 아주 특이하게 지그재그로 쫓고 쫓기는 추격전이 시작됐다. 이쪽에서 저쪽으로, 앞으로 뒤로, 둘은 숲이 아니라 작은 둑 쪽으로 달려갔다. 치커리는 안간힘을 써서 그곳으로 가려고 했다. 개는 그저 이 작고 똘똘한 적을 붙잡아서 끝장을 내겠다는 생각뿐이었다. 작은 둑에서 치커리가 바라는 것은 무엇일까? 녀석은 알고 있었다. 심장 고동이 한 번 더 뛰는 사이 그곳에 도착했다. 이 둑은 마멋이 사는 곳이었고 당연히 마멋의 굴이 있었다. 녀석은 번개처럼 굴속으로 뛰어들어서 살아남게 되었다.

다람쥐를 끝장내기 위해 그토록 애쓰던 커다란 개는 못난 머리를 구멍 속으로 닿는 곳까지 들이밀었다. 그러고는 발톱과 이빨로 구멍을 넓히려는 듯 긁으면서 무시무시한 주둥이를 굴 입구에 디밀었다. 그러면 치커리는! 대체 무얼 하고 있는 걸까? 안에서 벌벌 떨고 있었을까? 그럴 리가! 녀석은 이 게임을 잘 알고 있었다. 이 굴의 구조를 훤히 꿰고 있었던 것이다.

마멋은 굴을 팔 때 반드시 출입구를 두 군데 낸다. 먼저 만든 입구는 흙이 많이 긁혀서 헐린 곳이다. 그래서 잘 쓰지 않았으며 가끔은 닫혀 있기도 했다. 대개는 주변에 커다란 잡초가 자라 있곤 했다.

치커리의 해방구는 바로 이 뒷문이었다. 깊숙이 파 놓은 이 굴은 주인이 오래전에 버린 집이었다. 치커리는 유유히 굴을 지나 5미터는 떨어진 반대편 문으로 다시 올라와 찬란한 빛을 볼 수 있었다.

치커리는 잠시 쉬면서 한숨을 돌렸다. 그리고 조심스럽게 뒷문 밖으로 고개를 쏙 내밀었다. 개는 앞문에서 화를 내며 큰 소리로 짖는 대신 숨을 거칠게 몰아쉬면서 섬뜩한 소리를 내고 있었다. 그 꼴이 너무 재밌어서 치커리는 키들키들 좋아라 웃었다. 치커리에게 넘어간 덩치 크고 맹한 짐승은 땅을 파다 못해 거의 자기 몸을 밀어 넣을 판이었다. 다람쥐가 재미있어 하며 숨어서 지켜보는 동안 개는 조금씩 더 깊숙이 들어갔다. 그러다 결국 거칠게 흔들어 대는 꼬리 말고는 아무것도 안 보이자 다람쥐는 마침내 기회가 왔다고 생각했다.

녀석은 잡초 속으로 숨어서 몰래 빠져나가 작은 숲으로 내달았다. 높은 나무에 올라가서 내려다보니 똥개는 아직도 굴을 파 대며 으르렁거리고 있었다. 그러자 녀석은 풀밭 너머를 바라보며 큰 소리로 개를 놀려 댔다. "찍 찌직 찍, 치커리이이이이이이이이이. 여기 있지이……!"

개는 아무것도 모르고 계속해서 마멋의 요새를 공략하고 있었다. 그러자 다른 다람쥐 하나가 "리이……" 하고 그 소리에 대답했다. 나뭇가지를 이리저리 뛰어서 다가온 것은 치커리의 짝이었다. 둘은 코를 비비고 콧수염을 만지작거리며 반갑게 인사를 나눴다. 그리고 언제나 그러했듯 암컷의 예리한 코는 수컷이 그 귀한 빨간 루술라를 발견했다는 사실을 금세 알아챘다. 치커리가 숨을 내쉴 때마다 진한 향기가 풍겼던 것이다. 암컷은 군침이 돌았다. 그 또한 이 귀한 맛을 너무나 사랑했다. 암컷은 자기 몫을 가져왔는지 이리저리 살펴보았다. 그런데 치커리는 너무 열심히 개를 지켜보느라 아내가 그 귀한 음식 냄새를 애타게 맡고 있다는 사실을 미처 깨닫지 못했다. 아내는 자기가 킁킁거리며 찾는 모습에 남편이 별 관심을 보이지 않는 걸 알았다. 그러자 이런 소홀한 대접을 받은 것이 서운했다. 빨간 루술라의 향기를 애타게 맡으며 기대했던 아내는 자기 몫이 없다고 생각하고는 홱 토라져서 가 버렸다.

치커리는 쫓아가서 애무하며 아내를 즐겁게 해 주려 했다. 그런데 암컷은 더 멀리 뛰어가 버렸다. 아무리 다가가려 해도 단단히 화가 났다는 반응만 보였다.

결국 아내는 집으로 들어가 버렸다. 떡갈나무 높은 곳에 있는 조그만 구멍이었다. 그리고 안에 들어가자마자(문이 없으니 쾅 닫을 수는 없었다.) 돌아서서는 사납게 이빨을 보였다. 다람쥐 말로는 분명히 이런 소리였다. "저리 가. 너 따윈 필요 없어."

불쌍한 치커리 같으니! 막 죽을 고비를 넘기고 돌아왔는데 이제는 쓸데없는 부부싸움에 말려들다니.

너무 부당하다는 생각이 구름처럼 자욱하게 그를 덮었다. 치커리는 숲 개울가로 가서 시원한 물을 벌컥벌컥 마셔 댔다. 먹이를 찾아 보니 평범한 것들은 얼마든지 있었다. 늦여름이라 도토리, 씨앗, 과일 같은 것들이 넘쳐 났다. 하지만 그토록 찾던 먹이는 구할 수 없었다. 이 세상에 빨간 루술라는 다시 없는 것 같았다. 그는 한참을 헤매다가 높은 나무 전망대에 올라갔다. 그리고 싸움터를 다시 내다봤다. 개는 아직도 그 자리에 있었지만 분명 지쳐 있었다. 더 이상 땅을 파헤치지는 않고 가만히 앉아서 멍하니 구멍을 쳐다보고 있었던 것이다.

치커리는 참을 수가 없었다. 멀리 풀밭 너머로 길게 놀리는 소리를 질렀다. 똥개는 시선을 돌려 숲 쪽을 바라봤다. 그래도 구멍을 떠날 줄 몰랐다. 그 속에다 분명히 붉은 다람쥐를 가둬놓았다고 확신하고 있었던 것이다.

치커리는 지금쯤이면 틀림없이 아내의 화가 좀 가라앉았으리라 생각했다. 그래서 보금자리로 올라갔다. 아내는 남편의 발소리를 듣고 문간에 나와서 전처럼 사납게 으르렁거렸다. 그는 하는 수 없이 멀찌감치 달아나 양지바른 곳까지 가서 기지개를 켰다.

잠시 후 치커리는 즙이 많아 맛있는 초록빛 히코리 호두를 하나 구해 들고 집으로 올라갔다. 그는 화해의 선물을 들고 문간에 고개를 들이밀었다. 여전히 화가 난 아내가 씩씩거리는 소리를 내는 바람에 깜짝 놀라 나무에서 떨어질 뻔한 치커리는 서둘러서 자리를 피했다.

이제 구멍 앞에 버티고 있는 똥개를 쳐다보는 일 말고는 할 일이 없어졌다. 해가 뉘엿뉘엿 지고 나서야 개는 농장 집으로 슬금슬금 돌아가기 시작했다.

그러자 치커리는 다시 버섯을 떠올렸다. 조심스럽게 숲 가장자리로 가서는 맨 끝에 있는 나무에 올라갔다. 농장의 개는 이제 부엌문 옆에 앉아 있었다. 치커리는 마지막으로 한 번 더 살

퍼본 다음 꼬리를 흔들흔들하며 나무 아래로 살짝 내려왔다. 그러곤 최대한 몸을 숨겨서 소중한 별미를 놓친 곳까지 쏜살같이 달려갔다.

버섯은 그 자리에 있었다. 부딪쳐서 문드러진 끝부분이 약간 마르긴 했어도 다행이었다. 치커리는 잽싸게 버섯을 입에 밀어 넣었다. 넓적하고 토실토실한 버섯 지붕 중에서 제일 빨갛고 큰 부분을 물고서 숲으로 뛰어갔다. 집이 있는 나무에 도착한 치커리는 곧장 올라갔다. 나무줄기를 타고 오르는 발소리가 요란했다. 자기가 돌아오는 소리를 아내가 알아챘으면 했던 것이다. 치커리는 구멍 속으로 선물을 먼저 내민 다음 고개를 밀어 넣었다.

화가 나서 쨍쨍거리던 소리는 이내 멎었다. 그는 아내 곁에 당당하게 다가갔다. 아내는 이 기막힌 화해의 선물을 받아들였다. 둘은 이 향기로운 별미로 한껏 흥을 냈다. 한동안은 우적우적 씹는 소리 말고는 아무 소리도 나지 않았다. 그러다 함께 껴안고 잠자리에 들면서 낮고 부드럽게 속삭이는 소리가 들려올 뿐이었다.

엄마 곰의 기쁨

나는 '늑대 암컷'이나 '암곰' 하는 식으로 부르는 것보다는 옛날 인디언들처럼 '여자 늑대'나 '여자 곰'이라고 부르는 것이 훨씬 좋다. 분명 인디언들은 살아 있는 모든 것들이 한 형제와 같다는 위대한 사상에 우리보다는 더 가까이 다가갔던 사람들이다.

나는 감히 곰들의 사랑 이야기를, 그 묵직한 애무에 대해, 산자락에서 벌어진 그 사랑에 대해 내 기억 속에 살아 있는 그대로 이야기했으면 한다. 그 울림이 투덜거림이었는지 성냄이나 위협이나 환희였는지는 나도 모른다. 내가 느낀 것은 다만 컴컴한 숲 속의 희미한 불빛 아래 있던 강렬함과 격정, 갈망, 동물적 본성, 그리고 두 개의 커다란 덩치뿐이었다. 또 그 털썩거림은 (아마도 사랑을 나누는 소리였을) 분명히 더 작은 동물 같았으면 땅속으로 꺼져 버리게 만들 정도로 거센 소리였다.

달빛이 오락가락하는 날 밤 우리는 숲에 있다가 커다란 곰의 흔적만을 발견하게 되었다. 그보다 작은 곰은 이제 홀로 더 낮은 곳으로 이동한다.

찍혀 있는 그 커다란 발자국을 보라. 뒤꿈치와 발가락은 잘 보이지만 발톱은 좀처럼 눈에 띄지 않는다. 발톱이 눈에 잘 띄지 않는 이유는 곰이 뼈개 놓은 통나무나 이리저리 긁어 놓은 큰 나무들을 보면 알 수 있다.

개미집에서부터 백합 화단까지 나 있는 육중한 발자국을 보라. 돼지우리에서 벌집까지, 쥐 보금자리에서 곡식들이 자라는 들판까지, 양 우리에서 사과나무까지, 연어 길목에서 허클베리 덤불까지, 덩굴식물에서 기어가는 벌레까지, 어물거리면서 오락가락하고 조심성 없는 곰 발자국이지만 언제나 목적은 하나다. 오로지 먹을 것, 먹을 것, 그것이 가장 큰 충동인 것이다!

그리고 달이 차오를수록 발자국은 커진다.

여자 곰은 잘 잊어버리고 쉽게 만족하며 활기에 가득 찬 존재, 혼자이면서 맹목적이며 욕심 많고 현실적인 존재가 되었다. 여자 곰은 혼자, 오로지 자기 혼자이기를 바랐다. 성경의 하갈도 가장 중요한 일이 일어날 때는 혼자였던 것처럼.

아, 신성한 벌침이여. 오, 성스러운 고통이여. 지독한 아픔이 있어야만 얻을 수 있는 영광이여!

아, 오랫동안 잊혀져 있다가 서서히 되살아나는 복된 환희여!

아, 지금은 작디작지만 크게 자라날 꽃가루여!

아, 세 배나 신성한 귀한 기도여!

나는 밤중에 그녀가 바람의 특징을 분석하느라 코를 킁킁거리는 소리를 들어 보았다.

나는 그녀가 숲 곳곳에 표시를 해 두느라 둥그런 발가락 자국을 구불구불 오락가락 남겨 놓은 것을 본 적이 있다. 어떻게 해서인지는 모르지만 그녀가 표시해 둔 나무도 알 수 있을 것 같다.

아, 머리 커다란 여자 곰이여. 눈이 곧 내릴 거라고 누가 말해 주었지? 그대의 납을 금으로 바꾸어 줄 절정의 순간이 곧 다가오려는 것일까?

뿌리 뽑힌 커다란 소나무, 굴이 패인 둑, 수수한 잡목 덤불, 눈 위의 서리, 진귀함이 주는 후광, 얼어붙은 날숨. 이 모든 것들이 속삭이며 이야기를 들려준다.

아, 나는 보았다. 그리고 그 속삭임을 읽는 법을 조금은 배웠다.

글쓰기보다 오래된, 말하기보다도 오래된 말 없는 속삭임이여.

'놀라운 것'이 왔다. 놀라운 일이 일어났다. 이 놀라운 일에는 값을 지불할 필요도 없었다. 우리의 세계가 태양에서 비롯되는 것과 같은 이치였다.

그녀가 고른 환희 방은 수정처럼 맑은 하얀색이었고 그녀가 가졌던 납은 모두 금으로 변했다. 우리 눈으로 볼 수 있다면 뽑혀 버린 뿌리 주변이 빛으로 가득 찬 모습이었으리라. 야생 동물들은 보고 알아차린다. 말코손바닥사슴은 휙 돌아서 가 버리고 사냥 나온 늑대도 불타는 눈빛임에도 조용히 지나쳐 버린다. 새들은 깜짝 놀라서 입을 꼭 다물고 피해 버린다.

중세 암흑시대 화가들은 감히 이런 모습을 그리기도 했다. 이 놀라운 빛을.

하지만 거대한 나무뿌리는 이 소식을 감춘다. 소나무 위의 소식꾼들도 아직 줄에 묶여 있다. 아직은 기다려야 하는 것이다.

눈은 쌓이고 또 쌓인다. 추위에 눈이 또 쌓인다. 나무 두 그루면 숲을 다 가릴 수도 있다. 구름 하나가 태양을 다 가려 버릴 수 있듯이. 하지만 태양은 아직 은은한 광채를 내며 남아 있다. 낮의 존재들은 그것이 얼마나 가까운지, 얼마나 변함없고 끈기 있고 압도적인지 잘 안다.

그녀에게 새끼들보다 더한 기쁨은 없다.

쌓인 눈은 이제 바람에 움직이지 않는다. 나무들은 이제 혹독한 밤의 된서리를 맞아 잠잠하다.

박새는 머리를 까만 털로 장식하고 노래한다. "봄이 온다네."

기가 한풀 꺾인 눈은 짧고 하얀 생애를 슬퍼하며 운다.

이제 완연히 엄마가 되어 얼굴빛이 갈색이 된 그녀가 나타난다.

동굴 속에 있는 이 털무더기는 신성한 무언가를(둘이었다) 섬기듯 주위를 빙글빙글 돌더니 바람에 실려 오는 소리에 화답하듯 일어선다. 그러고는 깨어나라는 숲의 소리에 답하듯 돌아보며 쳐다본다. 하지만 조그만 목소리 때문에 다른 충동은 모두 잊고 만다. 이 목소리는 절대적이고 애정 어린 헌신을 요구하여 그것을 얻어 낸다. 그녀는 애타는 마음으로 그 부름에 따른다. 그녀는 자신의 모든 것을 다 바치려는 듯이 작은 것들 주변을 다시 돌며 살핀다. 기꺼이 이들의 노예가 되고자 하며 더 큰 희생을 갈망한다.

해가 여러 번 다시 뜨고 그늘 움푹한 곳에 쌓인 눈이 가시기 전까지 그녀는 감히 사랑하는 것들을 데리고 나올 엄두를 내지 못한다.

이 동글동글 토실토실한 두 형체만큼 애틋하고 귀엽고 연약해 보이는 것들이 또 있을까?

이 둘이 차갑거나 젖은 곳에 발을 내딛는 위험을 그녀가 어찌 볼 수 있을까?

자기 몸을 둘 사이에 두고 온갖 위험을 다 살피려는 그녀의 경계심은 또 얼마나 대단한가?

햇빛과 바람과 비를 막아 주기 위해 얼마나 안달인가?

길이 험해서 힘들어 보일 때, 가는 속도가 너무 빨라서 둘의 다리가 지쳤을 때, 그녀는 기꺼이 나무에 기대앉아 커다란 다리로 포근한 품을 만들어 주었다. 그러면 둘은 그녀의 다리 위에 기어 올라가 먹이를 먹으면서 몸을 따뜻하게 덥힐 수 있었다.

동물의 이런 신성한 사랑은 둘이 자랄수록 점점 더 강하고 커져 간다. 둘이 다른 먹이의 세계를 알게 될 때까지.

이는 아마도 곧 이지러질 것을 알리는 절정인지도 모른다. 하지만 둘이 너무 자라서 한쪽 팔 또는 그 포근한 무릎에 매달리기 어려울 때가 되어도 그녀는 이보다 더한 기쁨, 다른 기쁨을 알지 못한다. 둘을 안고 애타는 표정으로 애처롭다는 듯 낑낑거리며 기대앉아 있는 것, 한 손에 하나씩을 꼭 붙들고 다칠 정도로 세게 껴안는 것만 한 기쁨은 없다. 둘에게 필요한 것을, 자기 존재의 최선의 것을 주려는 열망 속에 고개는 뒤로 젖히고 가슴은 앞으로 내민 채 앉아서 코를 디밀며 파고드는 새끼들에게서 느끼는 기쁨만 한 것이 없다.

동물의 본능이라고?

짐승의 야성이라고?

그럴지도 모른다.

하지만 분명히 말하거니와 이것은 우리 인간 여성이 모성이라는 열정 속에서 갖게 되는 반은 이기적이고 반은 희생적인 감정과 똑같은 감정이다. 자기 몸에서 태어난 작은 것들을 소유하고 만지고 돌보는 기쁨인 것이다.

숲 속의 밤

쑥쑥 솟아 있는 검은 나무, 이따금 비치는 반짝이는 물, 저 멀리 물가에서 들리는 물 튀기는 소리, 검은 형체로만 보이는 참새들의 부드러운 재잘거림, 또 물 튀기는 소리, '찌르찌르' 지저귀는 소리, 머리 위로 핑 하고 지나가는 날갯짓 소리. 모두 아무런 설명 없이 지나가는 것들이다. 그리고 물가에서는 또 물 튀기는 소리가 들린다. 저 멀리 보이는 어둠 속에서 오리와 물새들이 쪼그리고 앉아 있다. 그리고 가까운 물가에서 그보다 더 크게 물 튀기는 소리가 들린다. 찌르찌르 서로 통하는 소리도 들린다. 퍼져 나가는 물이 이리저리 반짝이면서 가까이 보이는 검은 나무들의 줄기가 흔들린다. 물가의 물 튀기는 소리는 이제 더 가까워졌다.

그러다 이내 잠잠해진다. 밤길을 가는 사람은 무언가 수상한 낌새를 느낀다.

쥐 죽은 듯 고요한 침묵이다.

큰 소리로 '쿵쿵'거린다.

아, 정신 바짝 차려라 침입자여! 아, 보고 있는 사람이여, 인간답지 않게 침착하라! 두려움을 내뿜지 말고 잠잠히 있으라. 애쓰는 냄새를 풍기지 말고 꼼짝 말고 있으라. 손짓, 고갯짓으로 공기를 떨리게 하지도 말고 가만히 얼어붙어 있으라.

숲을 어슬렁거리고 있는 동물이 그대의 냄새를 맡을 수도 있다. 그럴 것이다. 그대가 발산하는 어떤 에너지에 감화되지 않는 한 그대를 알 수 없는 존재로 판단하여 적으로 대할 것이다.

첨벙, 첨벙! 팽팽한 긴장을 깨뜨리는 그 소리란! 하프 줄을 갑자기 퉁기는 듯, 한밤중에 피아노 건반 위로 책들이 우르르 쏟아지듯, 누워 있는 그물침대 끈을 갑자기 내려친 듯 놀라게 하는 그 소리란. 하마라도 물에 뛰어든 줄 알았을 것이다. 하지만 아니다. 그것은 단지 사향쥐일 뿐이었다. 토끼보다 훨씬 작은 사향쥐. 이 컴컴한 한밤중에 얼마나 크고 섬뜩하게 들리는지. 그러자 이제는 멍한 느낌만 가득하다.

숲에서 통하는 첫 번째 철칙을 알고 있는가? 무언가 의심스러울 때는 꼼짝 말고 가만히 있으라. 움직이지 않으면 그만큼 안전하다. 영리한 솜꼬리토끼가 숱한 위험을 헤쳐 나가는 모습을 본 일이 있는가? 이 토끼가 이런 놀이를 하는 모습은 본 적이 있을지도 모르겠다. 그건 바로 "꼼짝 마, 꼼짝 마" 하는 놀이다. 의심스러우면 가만히 엎드린다. 위험할 때에는 아무 소리도 내지 않는다. 이것이 덤불의 철칙이다. 이것이 길 가는 지혜다.

산사태로 바위 더미가 호수에 떨어지는 듯한 소리를 낸 주인공은 갓 석달 된 사향쥐였다. 아기고양이만 한 사향쥐 말이다.

기다려라. 꼼짝 말고 기다려라.

알 수 없는 날갯짓 소리가 휙 지나간다. 그리고 다시 멍한 침묵이 흐른다. 그래도 꼼짝 마라.

뱀처럼 기다란 그림자의 떨림이 다가온다. 그래도 가만히 있어라. 그대는 생각하는 힘은 강할지 몰라도 감각은 너무나 둔하다. 그대의 눈은 우윳빛이 도는 홍채가 아니다. 그러니 꼼짝 마라. 잠자코 가만히 기다려라.

그는 그대를 이미 헤아려 보았다. 그들은 그대를 이미 알고 있다. 그대는 그들에게 혐오스러운 존재이다. 그래도 그대는 같은 족속 중에서는 더 나은 존재인지도 모른다. 꼼짝없이 얼어붙어서 기다릴 줄 아는 걸 보니 말이다.

"그런데 저게 뭐야?"

기적이 아니다. 옛 시대에나 맛볼 수 있는 느낌이다. 눈이 깜깜해지고 마음을 다스리니 어떤 확신이 다가온다. 아, 대기의 신비여. 이 얼마나 신성한 것인가? 농익은 광채로 창공을 얼마나 샛노랗게 물들이는가. 당당하고 열정적인 모습으로 물을 거슬러 올라오는구나. 아, 눈을 편안하게 하는 희미한 빛이여! 아, 아름다운 빛이여! 아, 언덕 뒤에서 빛나고 있는 강력한 조짐의 빛이여! 저 모습을 보며 살아 있다는 것이 얼마나 행복한 일인가. 저기! 자, 이제 온다! 사람들은 저걸 '달'이라고 한다. 저 높은 밤의 영광은 달밖에 없다! 그것은 그렇게 떠올랐다. 이토록 아름다운 기적을 볼 수 있다니 얼마나 기쁜 일인가. 동쪽 나무들을 불태우듯 하며 잔가지들은 보이지도 않게 하는 광경을 보라.

쉿! 느낌이 오지 않나? 그대가 감지되고 있다는 것을 느끼지 못하는가? 이제 아주 가까이 왔다.

마음속의 시시한 소란들은 다 잊어버려라. 쓸데없고 지나친 긴장들은 다 끊어 버려라. 그리고 마음을 가라앉히게 해 달라고 빌어라. 자, 이제 그대는 모든 걸 잊어버렸다.

저 은혜롭고 밝은 존재는 이제 높이 떠 있다. 그녀가 올라갈수록 물 속에 있는 그녀의 쌍둥이 자매는 내려간다.

나무 밑동 주변은 깨진 유리 조각들이 반짝반짝 빛나는 듯하다.

붉은 버드나무의 기다란 가지가 얽혀서 '빛나는 존재'를 가당치 않게 감옥에 가둔 것 같다. 그녀는 그것도 태워서 모두 잊어버리게 만든다.

반짝거리는 빛줄기가 기어 온다. 진흙과 수정이 만나니 함께 반짝인다. 굳은 것이 빛나는 것을 만나니 함께 기는 듯하다.

하지만 기다려라. 꼼짝 말고 기다려라.

저 멀리 둑에서 쪼그리고 있던 것은? 아니, 그건 아무것도 아니다. 눈이 멀도록 밝은 달 한가운데 있던 나무줄기 위에서 긁고 있던 것은? 아니, 그건 조그만 '샤카 스캔더웨이', 바로 날다람쥐다. 인간들은 이 다람쥐를 죽여서 두개골을 박물관에 전시할 때 '스키우롭테루스'라고 부른다. 하지만 여기서는 샤카 스캔더웨이다.

쉿!

찌르르찌르르. 그들은 이렇게 말하고 있다.

그대는 가슴이 뛰는가? 그래야 한다. 그들은 그대에 대해 이야기하고 있는 것이다. 그대를 두고 어찌할까를 의논하고 있는 것이다. 그대가 하찮다는 데 그들은 동의했다. 그대를 쓸모없고 대수롭지 않은 존재로 본 것이다.

다른 소리들도 들린다. 모두 거리가 멀다. 각자의 삶을 살고 있는 다른 존재들이다. 오직 여기 가까이 온 것들만 조심을 하고 있다.

기다려라. 꼼짝 말고 기다려라.

찌르르 찌르 찌르.

가만히 있어라. 친근감을 보내 보아라.

커다란 금빛을 내는 활모양은 더 높이 솟아 있다.

그런데 이 황금빛은 왜 온 세상을 푸르게 만들어 버리는 걸까?

움직이는 푸른 물가에 있는 푸른 둑을 보라!

앉은부채의 저 푸르고 놀라운 활기를 보라!

쉿! 앉은부채를 가려 버리는 저 거무스름하고 큰 형체는 무엇인가? 크기도 해라! 거무튀튀하기도 해라! 푸른 기운도 있다. 하지만 잘 보아라! 저 컴컴하고 묵직한 형체가 이쪽으로 오고 있다. 그리고 빨간 불이 두 개 켜져 있다. 마치 다가오는 자동차 같다. 그렇다. 그대는 그 소리를 들어 본 적이 있다. 하지만 그게 그런 것인 줄은 모른다. 말해 봤자 헛소리로 들렸을 것이다.

이제는 그대도 안다. 어슬렁거리며 다가오는 저 불빛을. 그러다 가 버린다. 이제 하나가 나타나고 다시 둘이 된다. 다시 가 버린다.

그런데 잘 봐라. 이제 넷이다. 뭐라고! 이 빛들은 그러다 나뉜다. 부드럽고 묵직해 보이는 것이 두 덩어리다.

둘은 물가에서 잠시 쉰다. 둘은 푸른 기운을 띤 회색빛을 반짝이는 불빛들로 바꿔 버린다. 물을 튀기니 번개처럼, 희미한 반딧불이처럼 빛들이 튄다.

둘은 더 다가온다.

나무줄기에 바짝 붙어서 나무줄기처럼 울퉁불퉁하고 거친

그대는 기다린다. 꾹 참고 기다린다.

얼굴에서 모기를 쫓아내면 얼마나 좋겠는가. 모기가 많지는 않지만 피에 굶주려 있다. 그렇다고 움직여서는 안 된다. 손 한 번만 까딱해도 적대감을 보이는 일이다.

크고 컴컴하게 어슬렁거리는 이 둘은 빨간 불빛을 그대에게 들이댄다. 둘은 지금 가만히 보고 있는 것이다. 둘은 옆으로 비켜 서 있다. 무얼 하고 있을까? 둘은 신호를 보내고 있다. 얼굴은 검고 꼬리는 줄무늬다. 종족의 깃발과 같은 이 꼬리는 너구리들만이 갖고 있는 휘장이다.

둘은 신호를 보내고 있다. 당신은 누구요? 친구요, 적이요?

쉿, 잠깐. 그대는 자신도 모르는 사이에 대답을 한 것이다. '친구'라는 대답을 기운으로 발산한 것이다. 그것으로 충분하다.

기다려라. 둘이 불을 비춰 준다. 밋밋한 물을 반짝반짝 튀게 해 주는 것이다. 둘은 기슭을 따라 물을 튀기면서 서서히 사라진다. 또 둘은 개구리를 덮쳐서 찍어 누른다. (잠깐, 가만히 있어라. 꼼짝도 마라.) 큰 녀석이 개구리를 잡았다. 작은 녀석은 불평을 한다. 그러자 큰 녀석이 먹이를 떨어뜨린다. 작은 녀석은 먹이를 씻어서 먹는다. 작은 녀석은 뭐라고 중얼거리며 땅을 파더니 진흙 속에서 뭔가를 집어낸다. 조그만 장어다. 물에다 씻더니 입에 집어넣고 씹다가 기분 좋게 삼켜 버린다. 큰 녀석은 계속해서 지켜보고 있다. 그러다 청록빛 도는 진흙 속에서 가

재를 찰싹 때려잡는다. 작은 녀석은 또 달라고 한다. 그는 아무 말 없이 또 양보한다. 작은 녀석은 이상하다는 듯 킁킁거린다. 그러다가 그대 쪽으로 빨간 눈빛을 보낸다. 속으로 뭐라고 중얼거리면서. 무슨 뜻일까?

그의 말은 이런 뜻이다. "감히 이 여편네를 말릴 생각을 마쇼."

아하, 그대는 이제 둘의 비밀을 알고 만 것이다. 별로 아름답지는 못하지만 말이다.

하지만 그대여 기다려라. 꼼짝 말고 기다려라.

움직이는 이 두 큼직한 얼룩은 가 버렸다. 부드럽게 얽혀서 가라앉았다. 아주 조용히.

아, 달을 보고 기뻐하라. 그대는 한참이나 지나서 오늘 그것이 얼마나 밝게 빛났는지를 기억할 것이다. 그리고 아침이면 저 멀리 물가에 있는 자국을 볼 것이다. 별로 크지도 않은 맨손과 맨발이 낸 자국 여덟 개를.

쥐와 방울뱀의 혈투

쥐! 우리가 얼마나 미워하는 동물인가. 음흉하고 집요하고, 끌처럼 날카로운 이빨로 밤새 무엇이든 서걱 서걱 서걱 갈아 버리는 존재. 먹을 것이든 나무로 만든 것이든 쇠로 만든 것이든 가리지 않는 존재. 닥치는 대로 더럽히고 망가뜨리고, 납으로 만든 파이프까지 뚫어 버린다. 질병과 악취와 공포를 퍼뜨리면서 말이다.

아이들과 아이 엄마들은 또 얼마나 놀래키는지! 동물원에는 또 왜 그리도 많이 사는지! 코끼리들이 쥐를 얼마나 무서워하는가. 잠든 사이 죄 없는 커다란 발가락을 갈아 먹고 코끝에 병이라도 나면 지독하게 공격을 해 댄다. 쥐는 심지어 코끼리 콧속으로도 들어가서 이 거대한 짐승이 고통과 공포에 질리게 만

들기도 한다.

털은 또 얼마나 불결해 보이는가. 끝없이 탐욕스러운 식성은 또 얼마나 지독한가. 아무렇지도 않게 동족을 잡아먹는 건 또 어떻고!

쥐, 정말 우리가 싫어하는 동물이다!

그러면 쥐에게는 인간의 존경을 받을 만한 훌륭한 점이 전혀 없는 걸까?

분명히 있다. 우리 인간들이 다른 그 무엇보다 더 높이 사는 것이 하나 있다. 용기 하나는 쥐를 따라올 자가 없는 것이다.

여러분은 아마 밤길을 숨어 다니는 쥐들을 끔찍이 싫어할 것이다. 그러나 쥐의 장점에 대해서는 고개가 숙여질지도 모른다. 절대 물러설 줄 모르는 용기, 절대 기죽지 않는 담력, 당황하지도 않고 수없이 많은 적과 맞서는 이 작고 검은 영혼의 배짱에 말이다.

우리 오두막집에는 어디나 마찬가지로 쥐가 있었다. 나는 어린 마음에 덫사냥꾼이 되고 싶다는 열망을 키워 가던 소년이었다.

나는 나무통 덮개에다가 구멍을 하나 뚫고 길고 날카로운 철사를 끼운 다음, 미끼를 넣어 둔 나무통 위에 덮어서 못질을 했

다. 철사는 모두 뾰족한 부분이 안쪽을 향하도록 했다. 통 반대쪽에는 쇠창살 문을 만들었다. 대신 이 쇠창살 문을 아주 튼튼하게 만들어서 나무통의 약한 부분을 공격하지 못하게 했다.

아침에 아버지는 소리를 질러서 단잠을 자는 나를 깨웠다. "통 속에 든 저건 대체 뭐냐?"

나는 옷을 입고 흥분에 떨며 달려갔다. 굵은 이빨이 달린 철사가 계속해서 맹렬하게 삐걱거리는 모습을 보자 덫사냥꾼의 열정에 사로잡힌 나는 더욱 전율했다.

나는 짐승처럼 변해 버렸다. 통을 부수고 녀석을 도망가게 만든 다음 다시 붙잡아서 내 이빨로 물어뜯고 싶었다. 그 털을 가지고 장난을 치다가 다시 찢고 싶었다. 그때는 몰랐다. 나는 밍크가 토끼의 떨리는 몸통을 찢고 찌르다가 다시 찢고 희롱하는 이유를 당시에는 알 수 없었다.

그러면 지금은? 포로를 둔 이제는? 내 것, 바로 내 것이라는 뿌듯함이 있었다.

그랬다. 나는 그제야 방울뱀의 친구 필먼을 기억해 냈다. 나는 그를 알고 있었다. 이상한 사람이었다. 그는 약과 독을 팔았다. 그리고 항상 몽롱해 보였는데 그것은 마음이 항상 사막에 가 있었기 때문이다. 그는 거칠고 우락부락한 사람이었다. 그의 다 쓰러져 가는 집 뒤에는 형편없는 뒤뜰이 있었다. 나는 지금도 그 지저분한 냄새를 기억한다. 상자와 쓰레기, 뭔지 모를 오물, 위험 물질이 묻은 종이, 부츠와 굴 껍질 등이 여기저기 쌓여 있었다. 독말풀도 크고 무성하게 자라 있었다. 코끝을 찌르는 향과 아주 독특한 독성을 가진 이 식물에게는 사악하면서도 화려하고 찬란한 분위기가 있다. 그리고 바로 그 뒤에는 사각형에 판자를 두른 깊은 구덩이가 있었다. 필먼은 이곳에 그토록 아끼는 친구들을 데려다 놓았다. 커다란 방울뱀 네 마리였다. 그것은 어딘가 중심이 잘못 잡혀 있는 필먼의 뇌가 꼬여 있거나 고리가 풀려 있는 모습을 시각적으로 표현해 놓은 듯했다.

나는 필먼에게 자주 놀러 갔다.

나는 그에게 풀뱀이 작은 개구리 한 마리를 삼켰는데도 개구리가 끽끽거리는 소리가 계속해서 들리더라는 이야기를 한 적이 있다. 그는 열심히 내 이야기를 듣더니 눈이 빛나기 시작했다. 하지만 아무 말도 하지 않았다.

나는 그에게 죽은 새끼 스컹크를 가지고 갔다. 그는 스컹크의 사향주머니를 도려내 기념으로 보관했다. 그러면서도 아무 말이 없었다.

나는 딱새를 돌로 쳐 죽인 적이 있다. 그는 화가 나서 눈이 붉어졌으나 단 한 마디도 하지 않았다.

들종다리가 살아 있다는 것이 너무 좋아서 거센 바람에 자기 영혼을 내맡기듯 날아오르는 모습을 본 적이 있다고 그에게 말한 적이 있다. 그랬더니 그는 감동한 듯 표정이 변하더니 눈을 굴리며 짧게 말했다. "아, 하느님!"

나는 그가 다른 세상에 사는 독수리처럼 느껴졌다.

어린 나는 그의 뱀 구덩이 울타리 위로 자주 고개를 들이밀곤 했다. 그러곤 뱀들이 느물느물 기고 있는 모습을 신기하게 바라보면서 불결하게도 구덩이 울타리 판자에 입을 갖다 대곤 했다.

나는 그가 뱀에게 먹이를 산 채로 준다는 사실을 알고 있었다. 그래서 나는 내 포로가 들어 있는 나무통을 그의 뒤뜰로 굴려 갔다.

콧소리가 킁 나도록 슬쩍 웃는 걸 보니 그는 기분이 좋은 모양이었다. 그는 나무통 뚜껑을 열고는 다 떨어진 신발을 집어넣었다. 그러자 쥐는 신발 속에 들어가 숨었다. 그는 쥐가 고개를 내밀 때까지 막대기로 장난을 쳤다. 쥐가 꿈틀꿈틀 몸부림을 치자 구멍이 난 신발 앞쪽으로 꼬리가 삐져나왔다. 그는 집게로 꼬리를 집어내더니 쥐가 들어 있는 신발을 움켜쥐었다. 거꾸로 매달린 모양새였다.

튼튼한 이빨로 저항하며 전혀 기죽지 않는 작은 싸움꾼을 보며 필먼은 말했다. "이 녀석은 죽기 전에 내 사랑하는 뱀 하나쯤은 죽일 수도 있겠어." 그러면서 그는 창고에서 치과용 집게를 들고 나왔다. 그리고 신발을 꽉 죄어서 쥐가 꼼짝 못하게 만들었다. 필먼은 결국 집게로 쥐의 이빨을 뽑아내지는 못했지만 가시 같은 이빨을 있으나 마나 하게 갈아 버릴 수는 있었다.

그런 다음 우리는 구덩이로 갔다. 그날은 지독히도 더웠다. 방울뱀들은 스르르 소리를 내어 기면서 혀를 날름거리고 있었다. 배가 몹시 고픈 상태였다. 기다랗게 미끄러져 다니는 이 네 얼룩무늬들은 서로에게 곱지 않은 눈길을 보내면서 계속 움직였다.

뱀들은 필먼의 발소리를 알고 있었다. 납작하고 무시무시한 얼굴이 올라오면서 갈라진 혀들이 춤을 추었다. 눈은 섬뜩한 빛을 내고 있었다.

털썩하더니 이빨 잃은 쥐가 이들 가운데 떨어졌다. 마치 잘 무장한 코모두스 황제와 싸우라며 형편없는 무기만 들려 내던져진 검투사 같았다.

쥐는 싸움꾼의 본능을 발휘하여 순식간에 판자 한구석으로 뛰어올라서 적들을 노려보았다.

느릿느릿하던 네 마리 방울뱀은 뜨거운 여름 햇살에 피가 빨리 돌았다.

"먹이, 먹이" 하는 소리를 내듯 고개를 치켜든 뱀들은 쉭쉭 다가섰다. 더듬더듬 가까이 가면서 약간만 놀랄 일이 있어도 움찔하는 모습이었다. 쥐는 이쪽저쪽으

로 몰리다가 밝은 태양을 보며 눈을 깜빡이더니 물러섰다. 그러다 뱀 한 마리가 다가오는 것을 보고 갑자기 뛰어나가 문드러진 이빨의 잇몸을 드러내 보이며 결연하게 기합을 넣었다.

뱀은 움찔 뒤로 물러섰다.

그러자 나머지 뱀들이 쥐에게 다가섰다. 셋은 모두 서로 먼저 공격하라고 미루는 칼잡이처럼 서로 피하는 모습이었다. 뱀들은 각자 다른 방향에서 다가왔다. 메스꺼운 거품을 물고 있는 뾰족 튀어나온 송곳니의 무시무시한 얼굴들은 독기가 가득했다. 한번 물리면 혈관 속의 빨간 피를 퍼렇게 썩혀 버리는 독이었다.

이제 뱀들은 쥐를 둘러쌌다. 미끄러져 오는 모습과 한결같이 섬뜩한 눈빛은 한마디로 파멸 그 자체였다. 차갑고 정확하고 가차 없는 태도였다.

쥐는 가만히 있었다.

뱀들은 머리를 들이밀다가 자벌레처럼 머리와 꼬리가 닿도록 주춤하더니 잠수함의 잠망경처럼 고개를 쑥 뽑아 올렸다. 미끄러져 가는 내내 춤을 추는 혀는 주변 공기를 모두 맛보는 듯했다.

그렇게 자꾸자꾸 다가섰다.

그러면서 이빨은 다 문드러졌지만 꿈쩍도 않는 쥐를 이래저래 쳐다보았다.

🐾

기다란 모가지 넷이 다가서니 죽음이 네 갑절이나 바싹 다가선 것 같았다. 이제 거의 사정권 안에 들었다. 쥐는 풀쩍 뛰어들더니 기합을 넣었다. 뱀 하나가 흠칫 뒤로 물러나자 쥐는 그 틈을 타고 날아들었다. 곁에 있는 뱀이 쥐를 덮쳤지만 실패였다.

다른 한쪽 구석으로 간 쥐는 전처럼 맞섰다. 적들은 다시 오므라들었다 펴졌다를 반복하면서 점점 다가갔다. 뱀이 공격했으나 쥐는 또 피했다. 그리고 그렇게 사각의 링을 계속 돌았다.

하지만 끝은 있는 법. 이빨 없는 존재가 언제까지나 안전할 순 없었다. 이렇게 계속 쫓기다 보니 쥐는 서서히 힘이 빠졌다. 쥐가 움직이는 속도가 떨어지는 걸 감지한 뱀은 바로 공격했다. 뱀에게 물린 쥐는 독기운이 빠르게 상처 속으로 파고들었다. 죽음이 목을 조르듯 뱀의 독은 쥐를 꼼짝도 못 하게 만들었다.

쥐의 마지막 희망은 사라졌다. 그러면 그가 용기마저 잃어버렸을까? 얼토당토않은 소리다. 이제 쥐는 죽을 처지가 되었다. 하지만 종족 특유의 기가 솟아나기 시작했다. 맞다. 어차피 곧 죽을 운명이다. 하지만 아직 죽은 것은 아니었다. 이제 쥐가 할 수 있는 유일한 일은 죽는 것뿐이었으니 가장 영예롭게 죽어야 했다.

쥐는 이제 이 비늘지고 납작하게 쩍 갈라진 대가리들을 피하지 않았다. 맨 앞의 놈에게 먼저 달려들었다. 그리고 머리와 가늘어지는 목이 막 이어진 부분을 전력을 다해 물고 늘어졌다. 혐오스럽고 비늘진 밧줄 같은 뱀을 이빨이 달아난 아픈 아귀로 있는 힘껏 물고 흔들었다. 그러자 입을 쩍 벌리고 거품을 내뿜던 뱀의 머리가 축 처지더니 늘어졌다. 꼬리는 마지막 숨이 넘어가는지 스르르 풀려 버렸다.

그러자 쥐는 바로 다음 뱀에게 뛰어들었다. 두 번째 치명적인 공격을 받았으나 아무렇지도 않은 듯 뱀의 등을 필사적으로 깨물어 돌렸다. 뱀은 꿈틀거리며 계속 공격했지만 등이 부러지는 고통으로 몸이 뒤틀렸다. 그러자 쥐는 바로 다음 뱀에게 뛰어들었다. 그런데 쥐의 핏속에 파고든 독이 퍼지면서 쥐의 몸이 썩어 들어가기 시작했다. 빨간 피는 초록빛으로 굳었고 뒷다리는 부들부들 흔들렸다. 쥐는 피가 철철 흘러도 아랑곳하지 않고 이를 악물었다. 쥐는 발에 남은 마지막 힘에 의지해 방울뱀의 숨구멍을 찢어 버렸다. 그러곤 다시 힘없이 비틀거리면서도 불타는 눈으로 마비가 된 뒷다리를 질질 끌며 마지막 남은 뱀에게 다가갔다. 이제 쥐는 필사적인 최후의 기합을 넣더니 피투성이가 된 잇몸으로 마지막 남은 뱀의 목을 꽉 물었다. 뱀의 길고 가는 목을 악물어서 부러뜨린 쥐는 이윽고 쓰러지고 말았다. 모두 쓰러져 죽은 싸움터에서 쥐도 마지막으로 숨을 거두었다. 살아남은 것은 없었다.

필먼은 곰 가죽을 뒤집어쓴 말처럼 어이없게 푸드덕거렸다.

🐾

궁지에 빠진 돼지 같았다. 그는 이글거리는 눈빛으로 주먹을
움켜쥐었다.

"쥐가 내 방울뱀을 다 빼앗아 갔어!

"엉엉, 얼마나 아끼던 건데!"

"지독한 쥐 녀석!"

"내가 얼마나 아끼던 건데!"

"내 방울뱀을 다 뺏어갔어!"

사막의 요정

왜 그곳을 사막이라고 부를까? 사막은 보통 아무도 살지 않는, 식물조차 살지 않는 메마르고 무더운 땅을 두고 하는 말인데, 뜨거운 바람과 숨이 막히는 모래폭풍이 부는 곳인데, 황량하고 으스스한 죽음의 땅인데 말이다.

모하비 사막을 진짜 사막이라고 한다면 이보다 더 진실과 먼 이야기는 없으리라. 작은 나무들이 곳곳에 빽빽하게 자라는 드넓고 평평한 모래땅을 상상해 보라. 여기는 주로 산쑥이나 그리스우드 같은 키 작은 덤불나무가 자라며 이따금 선인장도 볼 수 있다. 야자수를 닮은 유카가 여기저기 작은 숲을 이루고 있

기도 하다. 포도를 닮은 유카 열매가 열리면 일대는 온통 초록 빛으로 물든다. 멀리 금빛으로 물든 화강암 봉우리들이 여기저기 솟아 있기도 하다. 파란 하늘을 배경으로 서 있는 봉우리 꼭대기에는 하얀 눈이 덮여 있다. 이 빛나는 눈 봉우리가 없었다면 산이 그렇게 장엄해 보이지도 않으리라. 이 눈은 올해에도 어김없이 인류에게 복스러운 물을 선사해 줄 것을 온 세상에 약속하고 있다.

그렇다. 이곳은 얼핏 보면 사막 같기도 하다. 최악의 상태일 때, 음산하고 메마른 겨울바람이 불 때는 사막처럼 보이기도 한다. 하지만 어디나 마찬가지이듯 이곳에도 봄은 찾아온다. 그리하여 인색한 비가 먼지를 잠재울 때, 그리스우드가 신통하게도 더 짙은 초록빛을 낼 때, 죽은 듯이 서 있던 산쑥 덤불이 살아 움직일 때, 그리고 식물의 파충류격인 선인장이 생기가 돌 때면 죽어 있던 모래땅은 말로 표현하기 어려운 꽃빛으로 화답을 한다. 다양하고 아름다우며 더없이 쾌활해 보이는 꽃들은 참으로 미묘하게도 봄소식을 전한다. 많지도 않고 무성하지도 않으면서 여기저기 옹기종기 피어 있는 모습을 보노라면 이 세상에서 그 발랄함에 견줄 것이라곤 7월의 산에 자라는 풀뿐인 듯하다. 그 어느 곳의 그 무엇도, 북극의 끝없이 황량한 여름 들판도 이곳에 핀 꽃들의 묘하고 귀여운 모습에는 감히 따라올 수 없을 듯하다.

하지만 이것은 다만 그림의 틀일 뿐이다. 우리의 관심을 진정으로 끌 만한 보석의 받침대 역할을 할 뿐이다. 사막은 이런 꽃보다 더 귀한 존재의 고향이기 때문이다. 여기저기 흩어져 있는 파란 꽃들이나 납작하게 기어다니는 로코위드 풀 사이에는 네발 달린 동물이 총총총 남긴 발자국이 미로처럼 끝없이 이어져 있다.

무해하고 아름다운 야생 동물들이 풍부하게 살고 있는 야생의 땅 가운데 이곳만 한 곳이 없다. 아프리카의 적도 부근에는 더 많은 동물들이 살고 있을지도 모른다. 하지만 아프리카는 여기서 멀다. 북아메리카에서는 북극에서 적도까지, 대서양에서 해 떨어지는 태평양까지 눈 밝고 털 부들부들한 동물이 풍부하고 다양하기로 거대한 모하비 사막에 견줄 만한 곳이 없다. 헤아릴 수 없이 많은 덤불에는 뿌리마다 주인의 취향에 따라 크고 작은 집들이 있다. 사막의 사냥꾼이면 다 알 만한 문패와 개성을 가진 집들이다.

숲처럼 바닥이 굳고 잎이 많은 지대는 한 시간 전에 지나간 쥐나 여우의 자취가 드러나지 않는다. 하지만 곱게 체 친 듯한 사막의 모래는 숨기는 것이 없다. 사막에서는 어디서나 동물들의 흔적을 볼 수 있다. 사슬처럼 길게 이어진 발자국, 사냥의 흔적, 그리고 이 작은 동물들이 다니는 길과 이들이 숱하게 드나드는 문으로 이어진 흔적들이다. 이런 자국들은 큰 것에서부터 아주 작은 것에 이르기까지 구불구불 이어져 구멍이나 식사를 하는 장소까지 닿아 있어서 그들이 살고, 사랑하고, 비통한 최후를 맞는 삶의 모든 이야기들을 들려준다.

여기에 발자국을 남기는 동물들에는 솜꼬리토끼, 산토끼, 땅다람쥐, 줄무늬다람쥐, 들쥐, 뒤쥐, 캥거루쥐, 흰발생쥐, 그리고 태양의 순한 아들인 도마뱀이 있다. 또 이들로 배를 채우는 코요테, 오소리, 사막여우, 매, 큰까마귀, 부엉이가 있는가 하면 전갈, 이구아나, 그리고 무시무시한 방울뱀도 있다.

이런 발자국들 중에서 드물지만 가장 흥미로운 것은 구부정한 두 발이 붙어 있는 듯하며 꼬리가 넓게 퍼지는 흔적이다. 두 발이 나란한 자국을 내며 꼬리가 길쭉한 이 동물은 사막의 캥거루쥐다.

산 계곡에 송어가 있고 알프스 산지에 샤무아 양이 있는 것처럼, 선인장에 꽃이 있고 짠 바닷물에 바다제비가 있는 것처럼, 멀리 북미 남서부의 메마르고 아지랑이 피는 사막에는 캥거루쥐가 산다. 캥거루쥐는 날아다니는 사막의 모래처럼 빠르다. 금빛, 은빛, 흙빛으로 빛나는 캥거루쥐는 드넓은 곳을 달리는 기쁨에 가득 차 있다. 먹이도 만족스럽고 건조한 기후도 그만이다. 뜨거운 모래 말고는 무엇도 필요치 않다. 딱딱하고 마른 식물이 음식이고, 탁 트인 평평한 땅이 놀이터요 세상이다. 집이자 침실이자 요새는 사막의 품속 깊이 있는 굴이다.

250만 평방킬로미터나 되는 뜨겁고 건조한 서부는 이들 종족의 서식지다. 그리고 그중에서도 가장 뜨겁고 건조한 이 거대한 모하비 사막은 뜨거운 흙 속에 사는 캥거루쥐에게 가장 적합한 땅이다.

수십 걸음이나 되는 저 기다란 흙더미를 보라. 흙더미의 둥그런 꼭대기 주변에 메스키트 한 그루와 그리스우드 덤불 여남은 그루가 이리저리 흩어져 있다. 여기가 디포네 집 지붕이다. 이 주변에는 두 발이 나란히 찍힌 자취가 구불구불 나 있으며 입구에 이르는 통로도 여럿이다. 출입구도 열 개가 넘는다. 열려 있는 곳도 있고 막 쌓아올린 모래로 막힌 곳도 있다. 대신 모두 미로처럼 얽혀 있는 굴에 이어져 있다. 제대로 살펴보기 위해 조금 들춰 보았더니 굴은 디포 가족이 여러 해 동안 여러 세대에 걸쳐서 만든 작품이었다. 모두 합하면 20미터나 되는 이 길고 복잡한 지하통로는 열 개의 입구에서 출발하여 이쪽저쪽으로 구부러지다가 1미터 아래의 평평한 공간으로 이어졌다. 이 안에는 방 일곱 개와 창고가 열두 개나 있었고, 작은 화장실도 세 개 있었다.

굴속에 있는 많은 방 중에서 아기를 키우는 방은 단 하나였다. 가장 낮은 층에 있는 이 방은 가장 포근한 흙으로 둘러싸여 있고, 열과 추위, 무거운 발걸음이나 위험한 접근에서 가장 멀리 떨어져 있었다. 방은 둥그런 모양으로 폭과 높이가 한 뼘 정

도 되며, 안에는 식물을 부드럽게 씹어 만든 섬유질로 지은 움푹한 침대 같은 것이 있었다. 그 속에는 멀리 있는 목장에서 가져온 깃털로(칠면조와 뿔닭 등의) 안감을 대어 놓았다. 자연의 선물인 홍방울새의 새빨간 깃털도 한몫을 했다. 외부의 침략에 대비해서 바깥으로 탈출하는 통로도 세 군데 있었다. 다른 안전 장치도 많았다. 깜깜한 샛길, 함정으로 통하는 길모퉁이, 엉뚱한 진입로, 통로를 막아 버릴 수 있는 모래더미가 여럿 있었다. 마지막으로 이 육아실 밖에는 가족들을 위한 작은 화장실이 따로 있었다. 이 조심스러운 방이 더럽혀지면 안 되기 때문이다.

열두 개의 작은 먹이 창고는 비바람이 몰아치는 날이나 몹시 추운 날에(높은 곳이라 겨울도 빨리 찾아왔다) 바깥에 나가지 않아도 되도록 어느 정도 채워져 있었다. 굴속에는 오락과 운동에 필요한 큰 방도 두 개 있었다. 겨울에 쓰는 홀 하나와 집을 보호해 주는 메스키트 뿌리 밑에 널찍한 방이 하나 있어서 캥거루쥐 여남은 마리가 모여서 어떤 놀이라도 할 수 있었다. 이 조그만 사막 종족의 놀이터에는 위쪽으로 통풍구 비슷한 구멍이 나 있고 한쪽에는 먹이가 쌓여 있었다. 다른 쪽에는 화장실이 있고 화재 비상구도 여섯 개나 있었다. 열 개의 출입문 중에서 일곱 개는 열려 있고 세 개는 새로 쌓은 모래로 막혀 있었다.

디포의 집은 이랬다. 집을 보면 주인을 알 수 있듯 디포의 집은 세련되고 정교한 디포의 성격을 그대로 닮아 있었다. 굴 주변 400미터 정도 안에서 자라는 사막식물 전부가 디포의 식량이었다. 다만 냄새가 지독한 크레오소트만은 예외였다. 사막에 사는 동물치고 이 식물에 손을 대는 경우는 없었다.

그렇다면 뭘 마실까? 물론 우리가 생각하는 그런 음료수는 없다. 아침 무렵 평평한 곳에 있는 모래에 보면 이 묘한 야행성 동물이 발로 만들어 놓은 작은 구멍이 꽤 많음을 알 수 있다. 수도 많고 규칙적인 걸 보면 우연히 만들어진 것은 아니다. 캥거루쥐들이 씨앗을 뒤진 것이냐고? 아니다. 씨는 땅 표면에서 찾을 수 있다. 뿌리도 아니었다. 이 널찍한 곳에 난 자국은 뿌리가 자라는 곳과는 거리가 멀다. 이 작은 구멍들은 3, 4센티미터 아래에 묻혀 있는 다양한 곤충을 뒤지기 위한 것이다. 크고 납작하고 딱딱하고 물기 많은 곤충들을 찾는 사막의 캥거루쥐는 토마토 주스 깡통을 찾는 목이 바짝 마른 카우보이와 마찬가지다. 배도 채우고 상큼한 음료수 역할도 하지만 무엇보다 갈증을 푸는 것이 목적이다. 그러니 디포가 모래에 구멍을 내는 것은 먹이보다는 마실 것을 찾기 위한 것이다. 디포에게 음료수는 그것뿐이다. 바싹바싹 타들어 가듯 메마른 이곳에서 이들의 유일한 음료수는 맛이 진한 벌레주스뿐이다.

사막의 자녀인 이들에게는 특별한 생활에 적응하기 위한 장치가 둘 있다. 캥거루쥐의 등에는 양 어깨뼈 사이에 일종의 무선전신용 배터리가 하나 달려 있다. 또 고무 스탬프와 잉크패드가 있어서 자신의 기록을 친구들에게 찍어 줄 수도 있다. 그것은 크고 둥그런 분비샘으로 공기 중에 엷은 사향냄새를 풍겨서 밤중에 멀리서도 누가 지나가며, 가까이 있는지 멀리 있는지 바람을 거슬러 가는지를 알 수 있게 해 주는 장치다. 아니면 낮게 드리워진 뿌리식물이나 솟아 있는 바위에 대고 이 어깨 장치를 슬쩍 눌러서 자신의 종족들에게 누가 여기에 들렀는지를 알리는 간단한 기록을 남길 수도 있다.

이 건조한 고지대는 매우 넓고 탁 트인 곳이다. 몇 킬로미터를 가도 기준으로 삼을 만한 지형 지물 하나 눈에 띄지 않는다. 변함없이 산쑥과 메스키트만 여기저기 흩어져 있다. 멀리 유카나무가 우뚝 솟아 있는 모습이 보이지만 그도 숱하게 많은 다른 비슷한 유카와 다를 바가 없다. 그래서 별이 빛나는 밤에 맛있는 먹이를 찾아다니거나 쾌활한 가족들과 뛰어다니며 장난을 치거나, 아니면 날강도 같은 코요테나 부엉이에 쫓겨서 정신없이 도망을 치다 보면 집으로 돌아오는 길을 잊어버릴 수도 있을 것 같다. 이런 일을 방지하기 위해 특별한 장치를 갖고 있다. 이 장치에는 일종의 나침반이 달려 있다. 디포의 엷은 황갈색 귀는 아주 넓적하고 부피가 크다. 이렇게 부피가 큰 것은 귀뼈가 커서 그런 것

KANGAROO RAT

RED SQUIRREL

이 아니라 도로 탐지기 역할을 하는 장치가 귀 옆에 달려 있기 때문이다. 이 속은 알 수 없는 액체와 떠 있는 바늘과 예민한 신경 등이 이리저리 얽혀 있는 신기한 기계장치 같다. 지나온 길을 모두 기억하는 일종의 자이로스코프라 할 수 있는 이 장치는 어디나 비슷해 보이는 평원에서 밤길을 쏘다니는 캥거루쥐가 절대 길을 잃지 않도록 해 준다.

우리는 이제 울퉁불퉁한 사막의 꽃이요 보석 같은 이 생물, 어둠 속의 정교한 활동가가 사는 곳에 대해 들었다. 이들의 집과 음식과 매일같이 뛰어드는 생업 전선에서 쓰는 신기한 장비에 대해서도 알아보았다. 하지만 이들의 섬세하고 묘한 영혼까지 제대로 설명할 수 있을까? 이들의 크고 순한 눈에 어린, 길들여지지 않았으나 다소곳한 정기를 설명할 수 있을까? 싸움에 적합한 이빨이나 발톱 없이 숱한 적들로부터 안전할 수 있는 비결은 이들이 엄청나게 빠르다는 것이다. 속도와 어미의 따사로운 보살핌, 그리고 언제나 품에 안아 숨겨 줄 준비가 되어 있는 사막이 있기 때문이다. 그게 다였지만 그 정도면 충분했다. 캥거루쥐 종족은 언제나 그러했듯 지금도 잘 살고 있으며 계속 번성하고 있지 않은가? 함부로 끼어들어서 모두 엉망으로 만들어 버리는 인간들조차 아직 이들이 위험할 정도로 생태계의 균형을 무너뜨리지는 않았으니까.

사막의 평화를 찾아(사막 자체가 평화이니까) 동쪽에서 온 떠돌이가 하나 있었다. 그는 이곳에서 평화를 찾았고 이곳을 좋아하게 되었다. 사막의 친근한 활력은 그를 사로잡았다. 그러다 그는 이래저래 사느라 바빠 보이는 흙무더기를 발견하게 되었다. 대낮에 부는 바람은 사막을 고르게 다져 주었다. 미로처럼 꼬인 밤의 자취가 말끔히 씻겨 나갔던 것이다. 대신 어두운 통로와 연결된 작은 출입구가 보였다. 그는 몇 년 동안 꿈꿔 오던 귀하고 아름다운 존재를 막 발견한 사람처럼 물끄러미 그것을 바라봤다.

그랬다. 영혼이 민감하게 오랫동안 준비되었다면 그렇게 작은 존재도 큰 감동을 줄 수 있는 법이다.

그는 무릎을 꿇고 들여다보았다. 이리저리 살펴보고 그가 알게 된 사실은 단 한 가지뿐이었다. 이곳이 바로 사막에서 가장 귀한 존재가 사는 곳이라는 점이었다. 하지만 더 이상은 알 도리가 없었다. 사막의 요정은 별빛 보이는 밤에만 활동하기 때문이다.

더 자세히 알기 위해서는 방법이 하나밖에 없었다. 께름칙한 느낌이 들었지만 그렇게 하기로 했다. 그는 모래로 막아 놓은 문가에 용수철이 달린 커다란 새장 덫을 놓아 두었다. 이 야행성 동물의 입맛을 알 수 없는 그는 미끼로 오트밀과 건포도, 치즈를 썼다.

아침에 와 보니 이 떠돌이는 짜릿하기 그지없는 기분을 세

가지나 맛볼 수 있었다. 보물상자를 파낸 기분도 들고 사냥에 크게 성공한 사냥꾼 같기도 했다. 한편으로는 죄 받을 일을 한 것 같다는 부끄러움이 들기도 했다. 새장 한구석에는 그가 지금껏 본 털 덮인 동물 중 가장 묘하고 아름다운 존재가 있었기 때문이다. 짧은 연노랑 털이 이 동물의 외투였다. 장갑과 신발과 조끼는 하얀 비단 같았다. 커다랗고 촉촉한 눈은 가젤이나 영양 같았고, 긴 줄무늬 꼬리는 끝이 하얀 깃발 같았다.

떠돌이는 이 야생 동물의 모습에 대해 책에서 얻은 지식이 조금 있긴 했지만 너무 놀랐다. 왜 책에서는 모습이 어떻다는 이야기는 하면서도 얼마나 아름다운지에 대해서는 전혀 힌트를 주지 않았을까? 팔다리의 치수를 재는 데에는 그리도 부지런하면서 이들의 장점이나 미덕에는 왜 눈을 감아 버린 걸까?

떠돌이는 덫과 요정을 데리고 목장으로 갔다. 요정은 새장 반대쪽 구석에 잔뜩 웅크리고 있었다. 그러면서 크고 순진한 눈으로 떠돌이의 동작 하나하나를 다소곳하게 지켜보았다. 몹시 두렵고 놀란 표정이었다. 특히 어린아이 같은 모습이 아주 애틋했다. 떠돌이는 억센 손으로 슬며시 사슴 눈의 요정을 붙잡았다. 디포는 약간 저항하긴 했으나 물려고 하지 않았고 소리를 내지도 않았다. 그는 디포를 사람도 들어갈 수 있을 만큼 큰 새장으로 옮겼다. 야생의 존재는 이곳에서 어느 정도의 자유를 누릴 수 있었다. 마치 감방에서 나와 감옥 내 운동장을 걸어다닐 수 있는 죄수처럼.

디포는 얌전하게 우리 속을 돌아보았다. 두 뒷다리로 서서 하얀 손을 하얀 가슴에 얹고 꼬리는 뒤로 말아 올린 모습이었다. 한두 바퀴씩 돌면서 모래바닥 위에 익히 보던 발자국을 남겼다. 나란히 붙은 두 발로 밤 사막을 돌아다니며 남겼던 그 발자국이었다. 나갈 길이 없다는 사실을 알게 된 디포는 위로 풀쩍 뛰어올랐다. 대여섯 군데에서 몇 번씩 그렇게 뛰어올랐지만 머리만 부딪칠 뿐이었다. 탈출은 불가능했다. 그러자 디포는 한구석에 주저앉아서 자신을 손아귀에 넣은 무시무시한 괴물을 물끄러미 바라보았다. 디포는 그를 얼마나 싫어했는지, 얼마나 무서워했는지 모른다. 그가 자신을 사랑한다는 사실을 어찌 알 수 있었겠는가?

그는 현명했다. 디포를 길들이고 싶은 떠돌이는 인디언들의 표현대로 '말로 약을 짓기' 시작했다. 그는 포로에게 부드럽고 정답게 속삭이듯 말을 붙였다. 그러면서 아주 슬며시 손을 내밀었다. 디포가 조금이라도 두려워하거나 피하려고 하면 가만히 있었다. 그러다 자기는 친구라며 다정하게 말하며 다시 팔을 내밀었다.

서로의 말을 알아듣지는 못했다. 하지만 말 뒤에는 언제나 영혼이 있기 마련이다. 말 속에는 영혼이 담겨 있는 법이다. 소리가 달라도 이런 영혼의 울림은 언제나 같은 것이다.

떠돌이는 이 동물의 마음을 오랫동안 살폈다. 그는 이 사막의 요정이 자신의 말을 알아듣지는 못하지만 자신의 말에 담긴 마음은 느낀다는 것은 알게 되었다. 디포는 그의 순전한 우정을 감지하고 있었다. 그렇게 안심하고 두려움이 사라지자 디포는 그를 친구로 받아들이기 시작했다. 그리고 이런 일은 그가 만난 다른 어느 야생 동물의 경우보다 빨리 찾아온 일이었다. 촉촉한 눈에서 마침내 거친 두려움의 흔적이 사라졌고 떨리던 수염도 안정을 찾았다.

그러자 떠돌이는 이 갇힌 존재의 머리를 부드럽게 쓰다듬으며 "쿠우이, 쿠우이"라는 뜻 없는 소리로 부를 수 있었다. 이 소리는 단지 디포에 대한 자신의 부드러운 마음을 전달할 도구일 뿐이었다. 그러자 디포는 서서히 몸을 맡기기 시작하더니 마침내 자신을 완전히 내맡겼다. 디포는 더 이상 피하지 않았다. 고개를 약간 숙여서 그가 금빛 털을 더 잘 쓰다듬을 수 있게 했다. 놀라서 크게 떴던 눈은 이제 졸린 듯 눈꺼풀이 가볍게 내려앉았다.

그는 이런 모습을 보며 서로 친구가 되었다고 생각했다. 확실히 하기 위해서는 한 가지 증거가 더 필요했다. 디포는 자신이 주는 선물을 받을 것인가? 자기 손으로 주는 먹이를 먹을 것인가?

먹이는 가까이에 없었다. 그는 감히 친구들에게 이것저것 가져오라며 부르고 싶지 않았다. 사람들을 부르느라 목소리가 커지다 보면 지금껏 얻은 결실이 모두 헛것이 되어 버릴지도 몰랐다. 슬그머니 조심스럽게 뒤로 물러날 수밖에 없었다.

그가 머리에서 손을 떼자 디포는 움찔했다. 콧수염이 몹시 떨렸다. 그는 가만히 멈춰 정답게 속삭여 달래면서 새장에서 슬며시 손을 뗐다. 그는 동작 하나하나 아주 느릿느릿했다. 체스터필드는 "서두르면서 공손할 수는 없다."고 하지 않았던가. 공손함과 상냥함은 사촌 사이다. 이 민감한 지하세계의 동물은 자신을 사로잡은 이에게서 가장 세련되고 공손한 모습만을 봐야 했다. 그렇지 않으면 잠시 좋았던 둘 사이는 금방 끝나고 말 터였다.

그는 자리를 뜨면서 새장이나 의자나 문을 움직이는 소리를 내지 않으려고 조심해야 했다. 구할 수 있는 온갖 먹거리의 샘플을 가지고 돌아올 때는 삐직 소리를 내는 신발이 너무 미웠다. 그는 음식을 천천히 하나씩 밀어넣어 주었다. 접시에 담아서 주지 않고 손에 담아서 준 이유는 새가 자기 손을 좋은 것을 가져다주는 것으로 기억하기를 바랐기 때문이다.

그는 다른 곳에 가거나 새장 문을 여는 삐걱 소리를 내다가 길들이는 일에 실패한 적이 많았다. 하지만 상냥한 마음으로 다정한 목소리를 내니 신기하게도 디포의 두려움은 점점 사그라들었다. 그는 곧 벨벳 같은 디포의 등을 쓰다듬을 수 있었고,

얼마 지나지 않아 디포는 다른 한 손에 내미는 화해의 선물도 받아먹었다.

이런 과정에는 많은 시간이 걸렸다. 그래도 한 가지 단계가 더 필요했다. 더 나은 증거가 있어야 했다. 부르면 디포가 다가올까? 그의 목소리가 두렵지 않고 달콤하게 들릴 수 있을까?

하지만 이런 것을 디포에게 가르칠 수는 없는 노릇이었다. 그는 밤새 디포가 빠져나오려고 새장 속을 후다닥 오르내리거나 부질없이 뛰어오르는 소리를 들어야 했다. 그가 가 버리자 부드러운 목소리로 디포를 달래던 마술은 더 이상 통하지 않게 된 것이다. 날이 밝자 그는 이 포로를 산쑥 덤불과 선인장이 있는 먼 곳으로 데려가 내려놓았다. 디포는 새로 찾아온 자유를 멍하니 쳐다보았다. 그는 디포를 건드렸다. 디포는 무슨 금빛 모래 덩어리처럼 가만히 앉아 있었다. 믿을 수 없다는 표정이었다. 그는 마술사가 주문이나 마법을 풀 때 하듯 손뼉을 쳤다. 디포는 높이 뛰어오르더니 산쑥 덤불과 모래더미를 넘어 사라졌다. 그리운 고향 땅으로 날아간 것이다. 어머니인 대지의 품에 안길 수 있게, 짝과 친구들을 다시 만나고 사막 생활을 다시 할 수 있게 된 것이다.

이글이글 타는 태양이 버너디노의 여러 산봉우리 뒤로 넘어갔다. 동쪽 하늘의 자줏빛은 포도주를 부어 놓은 것처럼 흘러서 사막의 넓고 움푹한 지형 곳곳을 가득 채운다. 그러다 점점 평평한 곳에 이어 더 높은 지대까지 하나하나 뒤덮어 가더니 마침내 온통 자줏빛 천지가 된다.

노래하는 코요테와 춤추는 부엉이는 이미 밖에 나와 있다. 자줏빛이 황금빛을 덮어 가더니 별이 빛나기 시작했다. 이곳의 별빛은 다른 땅에서는 볼 수 없는 크고 밝은 별빛이다. 밤이 온 것이다.

사막에서 밤 생활을 하는 동물 중 어두움을 가장 확실하게 고집하는 것은 디포이리라. 디포는 희미한 빛이 약간만 있어도 밤으로 인정하지 않는다. 매일같이 흔적이 발견되는 숱한 동물들 중에서 빛이 있는 동안 밖에 나오는 경우는 50분의 1도 되지 않는다. 이곳 평원에 사는 동물을 볼 수 있는 것은 밤에 갑자기 자동차 불빛에라도 비쳤을 때뿐이다. 그리고 이런 동물은 그 순간 치어 죽는 경우가 많다. 너무 밝은 빛 때문에 눈이 부셔서 어리어리해진 이들은 재빨리 달아나지를 못하는 것이다. 이들을 전등과 그물을 써서 잡는 것을 봤다는 사람이 더러 있다. 이렇게 되면 이런 야행성 동물들은 모두 꼼짝없이 당할 수밖에 없다.

지하세계에 사는 종족들은 신통하게도 자기네가 사랑하는 어둠이 지상에 왔는지를 바로 아는 것 같다. 때가 되면 저 아래의 보금자리에 머물던 디포는 정확히 밖으로 나온다. 짝과 함께 앞서거니 뒤서거니 하면서 모래로 막아 놓은 구멍을 파헤쳐 밀어젖히면서 나온다.

둘은 한동안 구멍 밖을 쳐다본다. 그러고는 조심스럽게 조금 뛰어나와 본다. 산들바람을 느껴 보고 소리를 들어 보고 냄새를 맡아 보고 가만히 쳐다본다. 들고양이나 코요테가 지붕 위의 덤불 바로 뒤에 숨어 있을 수 있기 때문이다. 저 구부정한 뿌리는 방울뱀일 수도 있다. 하지만 지금 바깥은 안전해 보인다. 둘은 출입문을 막아둔 모래톱을 마저 치운 다음 굴 밖으로 나가 각자 다른 방향으로 먹이를 찾아나서기 시작한다.

꼬마들은 과수원 서리를 할 때 먼저 골라낸 사과를 따먹기 시작하다가 재빨리 주머니 속에 최대한 많이 집어넣는다. 그리고 위험한 조짐이 보이면 곧장 안전한 곳으로 달아날 준비를 한다. 이것은 먹이를 찾아 나선 이 높이뛰기 선수가 쓰는 방법이기도 하다. 캥거루처럼 두 다리로 높이 뛰면서 꼬리로 균형을 잡으며, 주변을 둘러볼 필요가 있을 때에는 특별히 더 높이 뛰기도 한다. "멈춰 서서 살펴보고 들어 봐라."가 디포의 경각심을 일깨우는 표어다. 디포는 그런 식으로 먹이가 있는 곳까지 찾아간다. 가까이에서 구하던 먹이가 다 떨어진 경우에는 더 먼 곳까지 가야만 한다. 사막의 새우라 할 수 있는 메뚜기는 디포에게 일종의 해물이다. 아니스코마나 앵초나 지치는 채소 역할을, 으깬 애벌레는 고기 역할을 한다. 야생 겨자 잎은 맛 좋은 샐러드 대신이다. 여러 가지 딸기류나 콩류는 디저트로 그만이다.

디포가 고기와 과일을 골고루 맛보고 있을 때 넓고 탁 트인 모래에서 수상한 냄새가 났다. 디포는 갑자기 멈춰 섰다. 그러고는 즐거운 확신에 차 땅을 팠다. 통통한 메뚜기를 잡기 위해서였다. 조그만 발로 땅을 마구 파니 쭉 뻗은 뒷다리 사이로 모래가 튀었다. 그리곤 붙잡아서 우적우적 씹으며 탐스럽게 먹는다. 그다음에는 디저트를 먹기 시작했다. 아직 계산서는 나오지 않았다. 한두 군데에서 다른 보물이 더 묻혀 있는 것 같아 작은 탐사 구멍을 파 보기도 했지만 헛수고였다. 디포는 지나가다가 먹지 못하는 커다란 크레오소트 줄기를 발견했다. 그러자 등에 있는 분비샘을 거기에 문질러서 자신이 어디에 있었는지 짝에게 알렸다. 그런 다음 공중으로 높이 뛰어올라 주변을 둘러보았다. 그러다 불행하게도 먹이를 찾아다니는 부엉이와 눈이 마주치고 말았다. 순간 이 크고 소리 없는 공중의 약탈자는 디포 쪽으로 휙 날아들었다. 하지만 이 높이뛰기 선수는 대비를 하고 있었다. 단 두 번 펄쩍 뛰어서 우거진 선인장 밑으로 대피했다. 그러고는 곧장 모래에 뒷발을 마구 굴렀다. 짝이나 동족들에게 위험을 알리는 신호였다. 이렇게 제때 알리는 위험 신호 때문에 그들은 안전할 수 있다. 당황한 부엉이는 더 확실한 사냥감을 찾아보러 멀리 날아갔다.

이 정도는 디포에게 별일도 아니다. 기껏해야 동물원의 표범

우리 앞에 선 구경꾼에게 표범이 사나운 시늉을 한 정도의 일이다. 디포는 길다란 두 다리로 풀쩍풀쩍 뛰어다니며 구부정한 꼬리로 균형을 잡는다. 뛸 때 보면 하얀 장갑을 낀 두 손을 단정하게 가슴에 꼭 모으고 있다. 땅을 파는 데 쓰는 이 두 손은 앞발이 아니라 손이라고 하는 것이 맞다. 디포는 아주 특별한 경우가 아니면 사내아이들처럼 네발로 기지 않는다. 새로 돋아난 새싹이 갑자기 눈을 끈다. 매력적인 냄새였다. 다행이다! 아직 씨가 들어 있었다. 떨리는 코와 입술로, 이빨과 야무진 두 손을 함께 놀려서 바로 그 자리에서 타작했다. 씨앗은 시험 삼아 맛보는 경우가 아니면 볼록한 볼주머니에 저장했다. 이미 그 속에는 다른 씨앗이나 맛있는 여러 이파리들이 들어 있었다. 하지만 아직까지 곤충이나 딸기류나 다른 물렁한 음식을 저장하는 것으로 알려져 있지는 않다. 만일 지저분하게 아무거나 마구 입에 넣는다면 보드라운 털로 덮인 볼이 어떤 모양으로 변하겠는가?

새로운 먹이를 찾기 위해 오랫동안 바라보고 확인하기 위해 높이 뛰다가 디포는 이상한 형체를 발견했다. 땅 위에 있는 달처럼 밝은 이 덩어리는 빨간 풀처럼 흔들리며 조금씩 일어났다. 그리고 주변에는 커다란 생물들이 움직이거나 누워 있었다.

디포는 모닥불의 이상한 이글거림에 이끌려 점점 가까이 다

가갔다. 가까이 다가갈수록 점점 더 반하고 말았다. 위험하다는 생각은 모두 잊고 홀린 듯 쳐다보면서 점점 다가갔다. 그러다 엄청나게 큰 코요테 같은 동물을 보게 되었다. 그 커다란 동물은 이 놀라운 밝은 불을 가만히 보고 있었다. 그러다 우연히 이 코요테 같은 동물이 일어나면서 디포 쪽으로 천천히 다가왔다. 위험하다는 느낌도 들면서 디포를 사로잡고 있던 놀라움의 마법이 깨져 버렸다. 디포는 돌아서서 가볍게 뛰어 달아났다. 모닥불의 빛이 눈에 띄지 않을 때까지.

이제는 멀리서 어느 동족이 내는 와르르 발 구르는 소리 때문에 조심하며 바라본다. 디포는 따끔따끔한 가시덤불 아래에 있는 바닥에 앉는다. 모래 위의 모래 덩어리일 뿐이다. 가볍게 쉭 하는 소리가 났다. 사막여우의 형체가 흐릿한 세이지 덤불 속에서 보였다. 트인 곳으로 나오더니 헤치고 지나간다. 이 높이뛰기 선수는 한동안 한번에 0.5미터씩 바람을 거슬러 뛰어가 여우의 공격권에서 벗어날 수 있었다. 그러다 어느 탁 트인 곳에서 하얀 불빛 하나를 만난다. 친구인가, 적인가? 사막에서는 대부분이 적들이다. 다시 한 번 빛이 번쩍 하더니 하얀 손전등이 철도 조차장 인부가 흔드는 손전등처럼 커다랗게 반원을 그리며 번뜩였다. 이것은 캥거루쥐들의 공통된 신호였다. 하얀 꼬리 끝을 흔들어서 다른 종족이 알아보게 하는 것과 같았다. 반응이 왔는데 같은 것이었다. 디포는 등의 분비샘을 낮은 가지에 대고 비비고는 토끼처럼 여기저기 뛰어다니기 시작한다. 상대방도 마찬가지로 같은 행동을 한다. 둘은 이렇게 하며 서로 다가가지 않고 자리를 바꾼다. 각자 비빈 곳의 냄새를 맡는다. 그러다 둘은 웃고 말았다. 자기 짝이었던 것이다. 디포는 폴짝 뛰어서 짝에게 다가갔다. 둘은 서로 수염을 만지작거리고 입술을 핥고 볼을 부비면서 다정한 인사를 나누었다.

둘은 모래 위에서 서로 어루만지며 장난을 하면서도 무거운 발소리의 울림을 듣는다. 그러다 가까운 산쑥 덤불에서 코요테 한 마리가 튀어나온다. 하늘을 덮어 버릴 정도로 크고 부엉이보다 빠르다.

디포의 짝은 무시무시한 적 밑에서 후다닥 뛰어오른다. 디포는 친숙한 덤불 아래에서 뛰기 시작한다. 아, 그러나 덤불은 가시가 아니라 그냥 풀이었다. 코요테도 그걸 알고 덤불 위를 덮친다. 넓은 평원에서 추격전이 시작된다. 이제 이 높이뛰기 선수가 어떻게 뛰는지 제대로 볼 수 있다. 한번에 1미터 높이로 1.5미터씩 뛰어가기를 다섯 번 하면서 저 멀리로 달아났다. 코요테는 처음에는 바로 뒤에 달라붙는다. 하지만 이 큰 짐승은 직선으로만 달려가지만 디포는 매번 뛸 때마다 각도를 획획 틀어서 방향을 바꾼다. 이쪽저쪽 앞으로 뒤로 뛰면서도 신통하게 방향은 집 쪽이다. 어딜 가나 깜깜한 밤이고 똑같은 산쑥 덤불이 눈에 띌 뿐이지만 절대 길을 잃지는 않는다. 코요테는 100미터는 쫓아갔지만 이 뜀박질 선수를 놓치고 만다. 그리고 디포는 이제 필요 이상으로 높이 뛰지 않고 덤불 속이나 선인장 아래를 솜꼬리토끼처럼 뛰어다니며 적을 멀찌감치 따돌린다. 모두 어미가 물려준 쌍둥이 자이로스코프 덕분이었다. 정찰하듯 뛰어 보거나 경계표를 찾아볼 것 없이 먹이를 찾을 때처럼 재빨리 뜀뛰기를 하면서도 실수 없이 집에 도착한다.

굴에서 뜀뛰기 열 번 정도 되는 거리에 있는 키 큰 그리스우드 끝에 디포는 잠시 멈춘다. 그러고는 뒷발을 콩 구른다. 방명록에 이름을 적듯 낮은 나뭇가지에 등을 문지르고는 주위를 둘러본 다음 집 쪽으로 재빨리 간다. 짝은 아직 오지 않았다. 디포는 모래를 다시 긁어모아서 문을 닫는다. 저장실에 가서 볼주머니를 다 비운 다음 자러 가기 전에 조용히 한 입을 먹는다.

이들은 매일 밤마다 이런 식의 모험을 겪는다. 아직 짝이 오지 않았지만 디포는 걱정하지 않는다. 스스로 알아서 잘 챙길 테니까.

디포는 웅크리고 잠자리에 든다. 그러다 밖에서 긁는 소리가 나서 금방 잠에서 깬다. 통로로 나가서 뒷발을 세 번 구른다. 답신이 온다. 디포는 안쪽에서 모래를 파내고 짝은 밖에서 같은 일을 한다. 디포의 짝이 들어온다. 둘은 수염을 부비며 입술을 핥는다. 그리고 함께 모래로 문을 닫는다. 그런 다음 둘은 함께 웅크리고 평화롭게 잠이 든다. 땅속 안전한 곳에서, 유카 섬유질을 씹어서 만든 아늑한 침대에 누워서 말이다.

행크와 제프

모닥불 주변에 한 무리의 사냥꾼들이 둘러앉아 있었다. 한 사람이 개를 맞바꾸는 이야기를 하고 있었다. 말이나 소를 맞바꾸듯 말이다. 그러자 잠잠히 있던 다른 사람이 으르렁거리듯 말했다. "자기 개를 내주는 사람은 없어. 진짜 자기 개라면 말이야."

그 말을 듣자 되살아나는 기억이 하나 있었다. 나는 오래전에 들었던 대로 그 이야기를 들려주었다.

때는 80년 전, 거친 낭만이 있던 시절이었다. 오하이오 강이 아직 베이지 않은 커다란 숲 사이로 흐르고 켄터키 주가 하나의 거대한 사냥터일 때였다. 이곳 켄터키 강 하류, 외딴 오두막에 제프 가빈이라는 사람이 혼자 살고 있었다. 반백이 된 이 늙은 사냥꾼의 친구라곤 행크라는 커다란 얼룩무늬 곰 사냥개뿐이었다.

제프와 행크는 아주 가까운 사이였다. 밤이나 낮이나 둘의 삶은 하나였다. 같은 음식을 먹었고 위험도 똑같이 겪었다. 사냥꾼 제프가 힘이 부칠 때 듬직한 행크가 적을 상대한 적이 한두 번이 아니었다. 제프가 어미 개의 집에서 볼품없는 강아지 행크를 데려온 이후 둘은 한시도 떨어져 본 적이 없었다.

둘은 숲이나 개울에서 나는 것으로 생계를 이어갔다. 사슴, 곰, 야생 칠면조가 주변에 가득했다. 고기가 필요할 때 제프가 하는 일이라곤 믿음직한 총을 들고 행크를 부르는 것뿐이었다. 그러면 2, 3킬로미터를 못 가서 필요한 것을 충분히 얻을 수 있었다.

겨울이면 그는 덫으로 곰이나 사슴 등을 잡아 그 털가죽을 강 30킬로미터 아래에 있는 상점에 가지고 가 숲에서는 구할 수 없는 화약, 담배, 차 같은 것들과 바꾸었다.

가을이면 숲에 먹을 것이 가득하고 곰들도 살이 올라 있었다. 그래서 보통 흑곰 20마리 정도는 잡아서 이듬해 여름까지 먹을 수 있도록 훈제 햄을 만들곤 했다.

그는 훈제 햄을 아주 잘 만들었다. 제프 가빈 식으로 처리한 햄은 거래소 상인들이 값을 잘 쳐주었다. 그런데 곰 고기로 만든 햄은 아주 무거웠다. 특히 직접 짐을 지고 험한 숲을 헤쳐 가며 울퉁불퉁한 길을 30킬로미터씩이나 걸어가려면 네 배는 더 무겁게 느껴졌다. 그래서 이 햄은 아주 가끔 찾아오는 낯선 손님들의 말대로 '집안의 특선요리', 또는 자신과 개에게 만족스런 음식이 되었다.

1848년 가을이었다. 제프는 훈제 창고에 햄 20개를 채워 넣었다. 작게 만들어야 맛이 가장 좋기 때문이다. 훈제 햄을 만드는 데에는 한 달이 넘게 걸렸다. 이제는 날씨가 선선해져 고기 보관도 쉬워졌다. 사냥꾼은 불을 넉넉하게 지펴 놓았다. 묵직한 문을 열 때마다 자신을 반겨 주는 듯한 햄을 쳐다보는 것은 즐거운 일이었다. 히코리 호두나무를 잘라서 만든 문은 육중해서 훈제 창고의 벽처럼 튼튼했다. 도둑이 있었기 때문인데 이 도둑은 다리가 둘 달린 것이 아니라(당시에는 일대에 인간이 가장 희귀한 동물이었다.) 넷 달린 종류였다. 다름 아닌 곰이었다.

행크와 제프가 있을 때는 도둑을 겁낼 이유가 없었다. 그런데 이 사냥꾼과 사냥개는 가끔 일주일씩 집을 떠나 있을 때가 있었다. 그래서 이 훈제 창고를 부두의 독처럼 튼튼하게 지어서 묵직한 통나무로 마감을 해야만 했다. 훈제 창고의 지붕에는 도르래로 여닫을 수 있는 환기창이 달려 있었다. 창문을 열면 한동안 그 자리에 있다가 제대로 받치지 않으면 저절로 내려와 닫혔다. 이 들창은 다른 때에는 닫아 두어서 작은 침입자

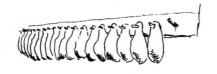

들을 막아야 했다. 벽과 지붕이
단단히 맞물려 곰의 침입을 막아
주었다.

제프가 햄을 가지러 들어갔을 때는 11월 초였다. 그는 못에
나란히 걸어 둔 햄 하나가 없어진 것을 보고 깜짝 놀랐다. 햄을
세어 보았다. 19개뿐이었다. 주변을 찬찬히 둘러봤지만 도둑이
들어온 흔적은 없었다. 문과 벽과 지붕 모두 그대로였다. 흔적
을 찾아보았지만 아무것도 보이지 않았다.

그는 행크를 불렀다. 오래된 곰의 머리뼈를 씹느라 바쁜 개
는 천천히 왔다.

"행크야, 냄새 좀 맡아 봐라. 도대체 놈이 어디로 들어온 거
냐?"

개는 시키는 대로 온 오두막을 다 뒤지다가 바깥까지 한 바
퀴 돌았다. 그러더니 더 이상 흥미가 없다는 듯 곰 머리뼈를 둔
곳으로 다시 갔다. 제프는 어리둥절해져서 자기가 정말 햄을
20개 걸어둔 게 맞는지 스스로에게 물어봐야 했다. 잘못 셌는
지도 모르는 일이다. 하지만 그럴 리가 없었다. 곰을 잡아서 햄
을 만들면 언제나 짝을 맞춰 걸어 뒀기 때문이다. 홀수인 경우
는 단 한 번도 없었다.

밤에 오두막 문을 단단히 잠그지는 않았다. 행크는 주인의
침상 곁에서 곰 가죽을 뒤집어쓰고 잠이 들어 있었다. 조금만

소리가 나도 행크는 일어나서 문을 긁어서 밀고 나갔
고 상대가 사람이든 짐승이든 달려들기 마련이었다.
그러니 바로 곁에 있는 햄 저장고에 도둑이 드는 것은 불가능
해 보였다. 수수께끼는 풀리지 않았다.

사흘이 지나 제프가 창고에 들어가 보니 햄이 또 하나 없어
졌다. 그는 다시 실마리를 찾아 헤맸다. 그와 개는 흔적을 하나
라도 찾기 위해 주변을 온통 뒤지고 다녔다. 둘은 아무것도 찾
지 못했다. 그러자 행크는 곧 오두막 뒤에서 뼈를 씹던 곰 가죽
이 있는 자리로 돌아갔다.

며칠이 지나자 제프와 행크는 덫사냥 준비를 하러 산으로 떠
났다. 함정을 미리 몇 개 만들어 놓아야 비가 온 뒤 사람의 자취
와 냄새가 씻겨 내려가고, 그래야 겨울이 오면 덫에 사냥감이
잘 걸려들기 때문이었다.

그날 밤 둘이 모닥불을 피워 둔 야영지에서 잠자리에 들 때
였다. 멀지 않은 곳에서 재규어 우는 소리가 들렸다. 둘은 이 섬
뜩한 울부짖음을 자주 들어서 별로 겁나지 않았다. 그런데 이
번 소리에는 뭔가 다른 느낌이 있었다. 때때로 미친 여자가 고
통스럽게 내지르는 비명 같기도 했다.

행크는 달려나가 이 소리가 나는 쪽에 대고 씩씩하게 짖
어 댔다. 그러더니 재규어의 울부짖음이 멈췄다.

행크가 너무 오래 나가 있자 제프는 먼저 잠이 들었다.

제프와 행크는 같은 음식을 먹었고 위험도 함께 겪었다. 둘의 삶은 하나였다.

아침이 되어 일어나 보니 개가 돌아와 있었는데, 다친 데는 없어 보였지만 어딘가 멍하니 맥이 풀려 있었다. 제프는 개에게 자신이 먹던 사슴고기를 조금 내놓았다. 행크는 배가 고프지 않은 듯했다. 즙이 많은 스테이크를 보고도 거의 입도 대지 않았다.

일 돌아가는 것을 보니 무언가 꺼림칙한 구석이 있었다. 제프는 인디언의 악령이 산 주변을 쏘다닌다는 이야기를 떠올리지 않을 수 없었다. 아까 그 울음소리도 자신이 지금껏 들어 본 재규어 소리와는 완전히 달랐다.

산 속으로 더 들어가는 대신 그는 집 쪽으로 방향을 돌렸다. 그래서 정오 무렵에는 오두막으로 돌아올 수 있었다. 어디 이상이 없나 둘러보니 햄이 또 하나 없어졌다. 제프는 화가 나기 시작했다. 그는 도둑의 흔적을 찾아 이리저리 뒤졌지만 역시 소용이 없었다. 그와 행크는 여기저기 샅샅이 뒤져 보았다. 아무것도 달라진 것은 없었다. 훈제 햄 창고의 문이나 벽 어디를 봐도 그대로였다. 그런데 햄이 또 하나 없어지다니. 곰이나 사람의 자취는 전혀 보이지 않았다. 그러자 행크는 불가능한 흔적을 찾는 대신 번쩍이는 이빨과 휑한 눈을 한 곰 머리뼈에게 분풀이를 했다.

그날 밤 사냥꾼 제프는 몹시 낙담했다. 총을 닦은 다음 연깃불로 느릿느릿 훈제 햄을 만들었다. 멀리 떨어져 있지 않은 켄터키 산에서 유령과 요술쟁이가 내는 소리가 들려왔다. 그는 인디언의 악령이나 스라소니, 주술 들린 곰 이야기를 들은 적이 있었다. 최근에 일어난 일들을 생각하니 이런 이상한 존재들이 진짜 있는 것처럼 느껴졌다. 아니면 이렇게 계속해서 햄이 없어지고 이상야릇한 소리가 나는 것을 설명할 도리가 없었다.

개도 비슷한 느낌인 것 같았다. 행크는 억센 갈색 몸집을 여느 때처럼 곰 가죽 속에 웅크리고 잠이 들었다. 하지만 짧은 신음 소리를 내고 다리를 덜덜 떨며 잠을 깨곤 했다. 한두 번은 고통스럽게 짖기도 했다. 그러자 제프는 이렇게 중얼거렸다. "저 빌어먹을 재규어 놈이 우리 행크를 어떻게 한 건 아닌지 모르겠군."

그는 개의 몸과 다리를 구석구석 살폈다. 하지만 상처는 없었다. 행크는 주인의 보살핌에 손을 핥더니 이내 잠이 들어 버렸다.

하지만 전처럼 자꾸 잠에서 깨면서 발작을 일으켰다. 제프도 잠을 이룰 수 없었다. 그는 침상에 일어나 앉아 늙은 곰 사냥개가 자는 동안 떨면서 낑낑대는 모습을 지켜보았다. 뭔가 주술적인 공포가 그를 사로잡았다.

불안하게 지켜보던 제프에게 갑자기 떠오르는 생각이 있었다. '저기 스시오토에 사는 늙은 인디언 치료 주술사는 개가 무슨 꿈을 꾸는지 알 수 있는 방법을 일러 줬었지. 똑같은 꿈을 꾸

는 방법 말이야.'

그러더니 그는 사슴뿔 위에 걸려 있는 크고 빨간 손수건을 집어들었다. 잠들어 있는 행크의 머리 위에 슬며시 펼치더니 곁에 누워서 자기 얼굴에도 이 손수건을 함께 덮었다.

그는 곯아떨어지면서 자신이 개가 되는 꿈을 꿨다. 자신이 정말 곰 사냥꾼의 동료인 행크가 되는 꿈이었다. 그는 꿈에서 밤에 덮고 있던 곰 가죽을 젖히고 일어나 슬며시 주인의 침상으로 다가갔다. 그리고 자고 있는 사람의 얼굴 가까이 촉촉한 주둥이를 들이대더니 잠시 소리를 들었다. 그러고는 오두막 문 쪽으로 슬슬 다가갔다. 솜씨 좋게 문을 열더니 훈제 창고로 가는 것이었다.

훈제 창고에서 2미터쯤 떨어진 곳에 높다란 소나무 그루터기가 있었다. 그는 그 위로 뛰어올랐다. 그러더니 다시 한 번 훌쩍 뛰어올라 창고의 지붕 위로 올라갔다. 꼭대기 부근에는 들창이 달려 있었다. 그는 창문 가장자리에 주둥이를 밀어넣어 창문을 들어올렸다. 그리고 길고 튼튼한 목을 디밀어서 못에 걸려 있는 제일 가까운 햄을 물어들고 연기 구멍으로 끄집어내서 달아났다.

들창은 자체의 무게 때문에 저절로 닫혔다. 그는 이 햄을 가지고 40미터는 떨어진 삼나무로 갔다. 그러고는 자신이 가장 좋아하는 이 햄으로 실컷

배를 채웠다. 다 먹을 수가 없어서 남은 것을 검은 흙 속에 묻었다. 팔 때는 발을 썼지만 흙을 덮을 때는 주둥이로 했다.

제프는 늦잠을 잤다. 깨어나 보니 개는 아직도 곰 가죽 위에 누워 있었다. 문이 조금 열려 있었다. 이는 먹이를 찾아 나온 짐승을 행크가 쫓아갔을지도 모른다는 뜻이었다. 행크는 문을 열기는 했어도 닫을 줄은 모른다는 것은 익히 아는 사실이었다. 그렇게 문이 밤새 열려 있는 일이 자주 있었으니 그것만으로는 뭐라고 할 수가 없었다.

제프는 밖에 나가 보았다. 꿈이 남긴 인상이 아직도 강렬하게 남아 있었다. 햄 저장고의 문을 열어 보니 "햄이 또 하나 없어졌다." 오두막 한구석을 바라보는 그의 입술은 바싹 타 들어갔고 입은 떡 벌어져서 닫히지 않았다. 모든 것이 그 오래된 곰 머리뼈 탓이라는 듯 행크가 뼈를 마구 공격하고 있었기 때문이다. 제프는 혼자 삼나무 습지로 가 보았다. 그는 행크가 자기 눈치를 살피는 게 보였다. 머리뼈를 혼내 주는 척하면서도 말이다.

숲에 있는 그루터기와 나무 하나하나가 꿈에서 본 것과 너무 똑같았다. 그는 곧장 삼나무 덤불로 갔다. 얼마 전에 흙을 뒤덮어 놓은 흔적이 있었다. 그는 손가락으로 땅을 마구 파헤쳤다. 곧 뼈가 발견되었다. 그리고 또 하나, 또 하나가 나왔다. 곰 뼈 다귀들이, 햄을 만든 뼈들이 나왔다. 그리고 마지막 남은 햄 조각까지!

그는 벌떡 일어났다. 그리고 헐떡이며 말했다. "이런 세상에." 그는 성난 눈으로 오두막 쪽을 노려봤다. 그리고 익숙한 휘파람을 불었다. 그런데 행크가 좋아라 뛰어오는 모습이 보이지 않았다. 서둘러 집으로 돌아가 보니 개가 덤불 속으로 숨고 있었다.

"어서 이리 와!" 제프가 소리를 쳤다. 개는 잔뜩 움츠리고 낑낑대며 다가왔다. "이리 따라 와."

그는 습지에 있는 구덩이로 다시 갔다. 행크는 뒤에서 살금살금 따라왔다. 그는 행크를 돌아보면서 뼈를 가리키며 천둥 같은 소리로 말했다. "저거 보이지? 전부 다 네가 한 짓이지? 친구라는 녀석이, 믿었던 녀석이 말이야. 행크, 넌 배신자야. 넌 도둑놈보다 나빠. 넌 배신자야."

개는 주인의 발 밑에 엎드려서 부츠를 핥았다. 제프는 행크를 발길로 차 버렸다.

"이 빌어먹을 배신자 같으니!" 행크는 크고 튼튼한 머리를 조금 들어올리더니 죽도록 구슬픈 울음을 토해 냈다. 그러면서 주인의 발 가까이 가려고 했다. 사냥꾼은 개를 발길로 차 쫓아내며 저주를 퍼부었다.

"이 배신자야! 이리 와서 어디 혼 좀 나봐!" 그는 오두막으로 저벅저벅 돌아갔다. 행크는 수치스럽다는 듯 저만치 뒤처져서 슬금슬금 따라오고 있었다.

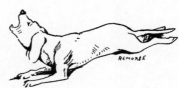

제프는 탄알이 들어 있는 총을 집어들고 나왔다. 행크는 20미터는 떨어진 곳에서 수치심과 슬픔으로 낑낑대며 엎드려 있었다.

"이리 와." 제프가 소리쳤다. 커다란 사냥개는 그의 발 밑으로 천천히 기어왔다. 그러고는 오랫동안 깊이 사랑해 온 주인의 얼굴을 쳐다보며 눈을 깜빡거렸다.

제프는 동료의 머리에 총을 겨눴다. 크고 누런 두 눈 사이였다. 언제나 그를 사랑스럽게 쳐다보던 밝고 용감한 눈, 주인이 위험에 빠질 때면 죽음도 마다 않고 적을 노려보던 그 눈이었다. 이 눈을 바라보자니 갑자기 깊은 혐오감이 몰려 왔다.

"안 돼. 그럴 순 없어." 그는 숨을 몰아쉬었다. "그렇게는 못해. 넌 내 개니까. 하지만 너하고는 끝이야. 넌 나를 속였어. 너하고는 이제 끝이야."

그는 모피를 깔아 놓은 침상에 풀썩 쓰러지더니 아이처럼 마구 흐느꼈다.

늙은 사냥개는 배를 땅에 깔고 엎드린 채 아주 조금씩 주인에게 다가갔다. 벨벳 같은 귀가 늘어져서 땅바닥에 닿았고 축 늘어진 혀에서 흘러내린 침이 문지방을 적셨다. 그러더니 작은, 아주 작은 신음 소리를 딱 한 번 냈다. 그러고는 천천히 낡은 곰 가죽 쪽으로 갔다. 제프의 손이 침상 아래로 내려왔다.

행크는 황송하다는 듯 앞으로 다가가서 손을 핥으려고 했다.

손이 갑자기 뒤로 빠지더니 사냥꾼이 벌떡 일어났다. 그는 "이 배신자!" 하고 거칠게 으르렁거렸다. 그러면서 개를 사정없이 차 버렸다. 소리를 내려고 하지는 않았지만 자기도 모르게 숨을 헐떡이면서 사냥개는 문 밖으로 기어나갔다. 그러고는 주둥이를 들어 구슬픈 죽음의 노래를 울부짖었다. 버림받은 줄 아는 개가 내는 소리였다.

제프는 한 시간 동안이나 그렇게 누워 있었다. 그러다 시계 노릇을 하는 바닥의 햇살을 보고 일어났다. 총을 들고 가방에 고기를 한 덩어리 집어넣고는 밖으로 나갔다. 행크는 위엄 있던 머리를 흙먼지 속에 비참하게 파묻고 누워 있었다. 행크는 크고 누런 눈을 들고는 서러운 신음 소리를 냈다. 고개를 들거나 꼬리를 흔들지도 않았다.

"이리 와, 이 배신자야." 제프는 무자비하게 말했다. 그리고 망신을 당한 동료 행크를 뒤따라오게 한 뒤 두 시간을 걸어갔다.

마침내 둘은 오하이오 강에 도착했다. 증기선 선착장이었다. '제너럴 잭슨 호'가 땔감을 싣느라 미끄러져 들어왔다. 그는 이 배를 기다렸다. 흑인들은 장작으로 쓸 나무토막을 열심히 나르기 시작했다. 위쪽 갑판에는 여행 중인 부유한 농장 주인들과 그 가족들이 타고 있었다. 키가 큰 남부 사람 하나가 난간에 기대어 모피를 걸친 사냥꾼과 큼지막한 개가 함께 있는 것을 보았다. "그 개 참 좋소, 사냥꾼 양반."

"켄터키에서 최고로 쳐주는 곰 사냥개지요." 제프의 대답이었다.

"나한테 팔겠소?" 농장 주인이 말했다.

"아니오." 제프가 거칠게 말했다.

"개가 아주 마음에 들어요. 좋은 값을 쳐 드리지."

"돈 가지고는 안 돼요."

"그 개 참 마음에 드는데."

제프는 강 건너편을 한동안 조용히 바라보다가 불쑥 말을 꺼냈다.

"개한테 잘해 줄 겁니까?"

"물론이죠. 난 사냥을 즐기는 사람이오. 좋은 개를 아주 아끼지. 대가로 뭘 바라오?"

"난 팔지는 않습니다." 제프는 거칠고 단호하게 외쳤다. "대신 선생께서 이 녀석을 잘 대해 준다면 그냥 드리도록 하지요."

농장 주인은 깜짝 놀랐다. 개는 줄에 묶여서 선착장과 배를 잇는 널판 너머로 건네진 다음 농장 주인의 손에 넘어갔다. 제프는 선착장으로 돌아왔다.

"나는 뉴올리언스의 라팽느라는 사람이오." 이름 자체가 덕망을 보장한다는 듯이 농장 주인이 말했다.

증기선은 미끄러져 나갔다. 상판 갑판 높은 곳에 행크가 새 주인과 함께 있는 것이 보였다. 제프는 배를 묶는 기둥에 기대

서서 드넓은 강물 때문에 자신과 아끼던 개 사이가 점점 멀어지는 광경을 물끄러미 바라보았다. 늙은 사냥꾼은 마음을 다잡느라 얼굴이 일그러졌다. 눈물이 앞을 가리면서 보이는 것도 별로 없었다. 하지만 소리는 잘 들렸다. 길고 고통스러운 울음이 멀어져 가는 배의 위쪽 갑판에서 들려오며 그의 영혼을 파고들었다.

그는 팔을 저어 '돌아오라'는 신호를 보냈다. "풀어 주시오! 그건 내 개요." 하며 소리도 질러 보았다. 하지만 증기선은 속도를 내어 멀어져 갔다.

그는 뒤돌아서서 좀처럼 다니지 않던 하류 쪽 숲을 헤쳐가기 시작했다. 제프는 30킬로미터 떨어진 곳에 나무를 싣는 선착장이 또 있다는 사실을 알고 있었다. 증기선으로는 그 선착장까지 60킬로미터를 더 가야 했다. 그는 정신없이 달리기 시작했다. 울퉁불퉁한 30킬로미터 길을 세 시간 만에 갔다.

그가 언덕 위에 도착하여 녹초가 되어 숨넘어가게 겨우겨우 외쳤을 때는 '제너럴 잭슨 호'가 이미 필요한 나무를 싣고 슬슬 미끄러져 나갈 때였다.

선착장 인부들은 그가 지르는 소리를 듣고 미친 사람이라고 생각했다. 하지만 모두 "저 양반은 배를 놓치는 바람에 지금 제정신이 아니야." 하고 여길 뿐이었다.

"배가 다음 서는 곳이 어디요?" 그는 말을 꺼낼 수 있을 만큼 진정되자 물었다.

"이제는 멤피스에 도착할 때까지 안 섭니다." 그가 들을 수 있는 대답은 그게 다였다.

그는 찢어지는 가슴을 안고 오두막으로 돌아가야 했다. 그는 한두 달이 지나면 행크 생각이 잠잠해지겠거니 생각했다.

다른 개를 구하면 되지 않을까? 그런데 그 생각을 하니 혐오감이 몰려왔다. "다른 개는 없어." 그는 거칠게 혼자 내뱉으며 자기 진짜 감정을 숨기려고 했다.

혼자 일주일을 버텨 보았다. 화창한 어느 아침 그는 가늘어진 허리를 졸라매고 길쭉한 다리로 성큼성큼 상점으로 갔다. 조금이라도 돈이 될 만한 모피나 물건은 다 가져갔다. 무얼 하려고 그러는지 아무도 알 수 없었다.

그는 난로 옆에 앉아서 담배를 피우다가 주인이 한가할 때까지 기다렸다. 그리고 상인의 맞은편에 앉았다.

"이봐 잭." 제프가 말했다. "제너럴 잭슨 호가 언제 이쪽으로 오지?"

"허허. 벌써 늦었네. 그 배는 이제 절대 이쪽으로 안 와."

"뭐라고?"

"자네 못 들었나? 그 배는 여기를 떠난 날 밤에 멤피스 바로 아래에서 암초에 부딪쳤어. 탄 사람들은 전부 실종이야. 요리사 하나 빼고는 살아나온 사람이 하나도 없어."

제프는 멍하니 바라볼 뿐이었다. 그러더니 차갑게 말을 이었다. "나도 그 배에 탔어야 했어."

그가 밝히지 않은 계획은 뉴올리언스로 가서 자기 개를 찾는 것이었다. 그런데 이제 모두 수포가 되어 버렸다.

그는 이제 아무 대책이 없었다. 행크 없이는 사냥꾼 생활을 할 수 없었다. 게다가 "다른 개는 없었다."

이제 자신의 적막한 오두막은 생각만 해도 싫어졌다. 그는 상점과 술집, 민가 한두 채가 전부인 이 마을을 어슬렁거렸다. 한 달이 지나자 가지고 있던 돈도 다 떨어졌고 신용도 바닥이 나 버렸다.

그는 시무룩하게 말없이 앉아 있거나 혼자 중얼거리곤 했다. 사람들은 그를 멀리하기 시작했다. 마을 사람들은 "뭔가가 있어. 아무래도 사람을 죽인 것 같아." 하면서 그를 손가락질했다.

그는 주변을 떠돈 지 두 달째가 되자 상점 주인이 말했다.

"제프, 자네 일 한번 해 보겠나? 60킬로미터 거리에 있는 캐럴튼과 프랭크포트 사이를 오가는 우편배달부가 필요하다는데."

정해진 시간 동안 노동을 하느니 우편물 자루를 지고 외딴 숲을 터벅터벅 걷는 편이 제프의 적성에 더 잘 맞았다. 그래서 제프는 매주 우편배달 여행을 다니게 되었다. 그러다 캐럴튼 선창 주변을 자주 오가게 되었고 자연스럽게 제너럴 잭슨 호의 침몰에 대해서도 이런저런 이야기를 들을 수 있었다.

"아닙니다요." 누군가가 하는 소리가 들렸다. "다 빠져 죽은 게 아닙니다요. 큼지막한 개를 데리고 있던 사람이 있었습니다요. 그 개가 그 양반을 물가로 데리고 나왔습지요."

"그 사람 이름이 뭐였지?"

"파인인지 라빈느인지 뭔지 하는 사람이었습이다요."

"그리고 뉴올리언스로 갔나?" 제프가 물었다. 지나치게 관심을 보이자 이 흑인은 꽤 놀랐다.

"어, 모릅니다요. 어…… 그런 거 같기도 하고요."

제프는 갑판원 노릇을 하기로 하고 배를 탔다. 그리고 2주 만에 뉴올리언스에 도착했다. 라핀느라는 이름만으로도 충분했다. 그는 마침내 커다란 저택 앞에 섰고 키가 큰 농장 주인이 나와서 친절하게 맞아 주었다.

"내 개는 어디 있습니까?" 제프가 처음으로 불쑥 꺼낸 무뚝뚝하고 열정적인 말이었다.

그러자 그는 간단한 이야기를 들을 수 있었다. 제너럴 잭슨호의 침몰은 모두 사실이었다. 단 한 사람만 빼고 승객들은 모두 실종되었다. 라핀느의 커다란 개는 한밤중에 물살을 가르고 주인을 안전한 기슭으로 끌고 나왔다.

뉴올리언스에 도착하자 그의 아이들이 개를 극진히 보살폈고 개는 그에 대한 보답을 했다. 그런데 개가 여러 번 없어지곤 했는데 찾고 보면 언제나 선착장에 가 있었다. 개는 증기선이 들어오면 부두로 내려오는 사람 하나하나를 다 살펴보고 냄새를 맡았다. 그러다 배가 떠나가면 가슴이 찢어지는 소리로 울부짖었다.

그렇게 두 달이 흘렀다. 행크는 이제 가족의 일원이 되어 아이들의 사랑을 한몸에 받았다. 행크가 아이들의 아빠를 죽음에서 구해내지 않았다면 어떻게 되었을까?

그러면서 행크는 선창에 나가 울부짖는 일이 조금씩 줄어들었다.

그런데 하루는 산에 있는 친구가 바구니 하나를 보내왔다. 열어 보니 훈제한 곰 고기 햄이 여섯 개나 들어 있었다.

행크는 햄이 펼쳐져 있는 방으로 들어갔다. 정신없이 냄새를 맡다가 짧게 깽깽 소리를 내더니 밖으로 달려 나갔다. 잔디 위에 멈춰 가슴을 쥐어뜯는 구슬픈 소리를 내더니 다시 달렸다. 마지막으로 봤을 때 행크는 선착장을 향해 미친 듯 달리고 있었다.

라핀느는 말을 타고 따라갔다. 그는 너무 늦어서 보지 못했다. 대신 그 자리에 목격자들이 많았다.

"저 커다란 사냥개가 증기선을 보더니 그냥 물 속으로 뛰어들더군요. 배에 탄 사람들이 개를 밀쳐내려고 했는데 개가 말을 안 듣고 말리는 사람들을 물려고 했습니다. 개는 그러면서 증기선을 따라서 헤엄을 치다가 물레바퀴에 치여서 저렇게 되고 말았지요."

그랬다. 행크는 그렇게 치여서 온몸이 다 찢어졌고 머리뼈가 다 부러졌어도 아직 온기는 남아 있었다.

낙우송 바로 아래의 한 자리를 가리키더니 라핀느는 말을 이었다. "우리 개가 누워 있는 곳이오. 우리 모두 행크를 사랑했소."

사냥꾼은 야생 동물처럼 그 자리를 쳐다보았다. 천천히 그의 입이 떨어졌다.

"행크는…… 내…… 개였어요. 그러지…… 말았어야 했는데. 나를 용서한 것처럼…… 나도 용서를 했어야 하는데. 행크는 내 개였어요. 내…… 내 개였어요."

그는 돌아서서 가더니 어디론가 사라져 버렸다.

뉴올리언스 어딘가 낙우송과 이끼가 있는 곳에 개를 기리기 위한 하얀 비석이 서 있다. 6개월이 지나자 지금은 잊혔고 이름도 알 수 없지만 서부 금광을 찾아 몰려든 사람들이 살던 곳에서 3천 킬로미터 떨어진 어느 지점에 흙더미가 하나 생겨났다. 두 무덤의 사연이 어떻게 연결되어 있는지는 아무도 모른다. 하지만 이 둘은 행크와 제프의 무덤이다.

식인 늑대 라베트

1

파리를 포위했던 쿠르토 다음으로 역사적으로 유명한 동물은 제보당의 무시무시한 괴물 늑대다. 사람들은 이 엄청나게 큰 늑대를 괴물로 여겼기 때문에 제보당의 라베트(괴물이란 뜻―옮긴이) 또는 거대한 루가루(늑대인간이라는 뜻―옮긴이)라고도 불렀다. 이 밖에도 여러 이름이 있었지만 대체로 라베트로 통한다.

3년에 걸쳐 5천 명 가까운 사냥꾼과 싸우다 결국 쓰러졌을 때 확인된 라베트는 뿔 달리고 발굽 있는 괴물이 아니라 덩치가 아주 큰 늑대일 뿐이었다. 어깨 높이가 1미터나 되어서 어지

간한 마스티프나 그레이트데인보다 컸고, 무엇보다 사자나 하이에나에 버금가는 강력한 이빨로 무장하고 있었다.

라베트의 어린 시절에 대해서는 별로 알려진 바가 없다. 있다고 해도 신화가 아니면 짐작일 뿐이다. 로데브에 사는 밀렵꾼 피에르 퀼락이 전하는 이야기에 따르면 그는 오랫동안 공들여 추격한 끝에 늑대굴 하나를 찾아냈다고 한다. 그런데 이곳에는 이상하게도 두 마리의 어미 늑대가 함께 살며 새끼들을 키우고 있었다고 한다. 그가 가까이 가자 두 어미는 달아나 버렸다. 그는 사냥개와 무장한 사람들을 여럿 데리고 갔다. 가장 담력이 좋았던 피에르는 바위투성이 절벽을 타고 위로 올라갔다. 올라가 보니 두 배에서 나온 새끼 늑대들이 12마리나 있었다. 주로 떨고 있었지만 개중에는 싸울 태세로 그르렁거리는 새끼도 있었다. 포상금 욕심에 그는 새끼들을 차례로 죽이기 시작했다. 마지막 한 마리가 남았다. 이 새끼 늑대는 다른 늑대들보다 더 크고 빛깔도 짙었으며 아주 반항적이었다.

피에르는 숲에서 전해오는 오랜 전통 때문에 잠시 머뭇거렸다. "알을 다 가져가지 말지니라. 한배 새끼들을 다 죽이지 말라. 번식과 어미의 위안을 생각해서 조금은 남겨 둘지니라." 그래서 그는 피비린내 나는 일을 잠시 멈추었다. 바로 그때였다. 저쪽 구석을 보니 마지막 남은 사납고 사악해 보이는 새끼 늑대가 오른쪽 앞발을 들어 겁고 도

깨비 같은 얼굴에 (맹세코) 정확하게 십자가 성호를 그었다는 것이다. 사람들은 들고 있던 횃불이 밝아지자 이 광경을 훤히 볼 수 있었다. 피에르는 맹세코 이렇게 전했다. 새끼 늑대의 경건한 행동이 악마의 것이든 신자의 것이든 그는 이 성호에 고개를 숙이며 이 새끼 늑대가 굴에서 빠져나갈 수 있도록 길을 터 주었다. 그의 양손에는 막 죽인 새끼 늑대 11마리가 대롱대롱 들려 있었다.

그렇게 해서 두 배 새끼들 중에서 가장 우수한 새끼 한 마리가 극적으로 살아남게 되었다는 것이다. 두 어미의 극진한 보살핌을 받으며 큰 새끼 늑대는 여느 늑대와는 완전히 다르게 자라났다. 3년이 지나자 (숲에 사는 사람들은 모두 그렇게 믿었다.) 이 새끼 늑대는 마법에 걸린 거대한 괴물 늑대 라베트가 되어 돌아왔다. 이 무시무시하고 거대한 늑대에게는 복수의 사명이 있었다. 죽은 형제들의 앙갚음을 해야 할, 낳아 준 어미와 길러 준 어미의 원수를 갚아야 할 의무가 있었다. 라베트는 학살범의 친척 열 명의 목숨을 원하는 것 같았다.

2

1763년 봄이었다. 늑대굴을 쓸어 버린 밀렵꾼 피에르의 아버지인 늙은 양치기 퀼락은 아르데슈의 비탈진 싱싱한 풀밭이

아름다운 론 강으로 떨어지는 곳에서 양을 몰고 있었다. 이 양들은 이 집안이 오래전에 잡은 새끼 늑대들의 머릿수대로 받은 포상금으로 사들인 것이었다.

퀼락 노인은 양치기들 중에서도 부자에 속했다. 새끼 늑대 머리 하나에 10리브르라는 포상금을 받았던 것이다. 10리브르에 11마리를 곱하면 110리브르이니 양 55마리를 살 수 있었다. 이것이 주인집에서 매주 한 마리씩 잡아먹고도 3년 만에 100여 마리의 암양으로 불어났다.

퀼락 노인은 충실한 양치기개 피델과 함께 비탈에 기대어 암양들의 불룩한 배를 보며 즐거워하고 있었다. 새로 태어날 양들이 많았던 것이다.

그는 창포 뿌리를 씹고 있었다. 아직 이곳 사람들이 담뱃대가 주는 위안을 모르고 살 때였던 것이다. 그가 나막신을 벗어서 잔돌들을 털어내고 있을 때였다. 검은 개 피델이 갑자기 으르렁거리기에 돌아보니 입이 절로 쩍 벌어졌다. 양들이 갑자기 이리저리 날뛰며 매애매애 울며 완전 아수라장이 되었다. 꼼짝없이 당하고 있는 양들 사이로 사나운 늑대 두 마리가 휘젓고 있었다. 한 마리는 엄청나게 컸고 다른 한 마리는 약간 작았다. 둘이 닥치는 대로 양을 죽이는 모습은 마치 사람이 작은 우리 안의 토끼들을 몽둥이로 마구 때려 죽일 때와 비슷했다. 정의

감에 불타는 용감한 양치기개 피델이 달려갔다.

불쌍하게도 커다란 두 괴물이 헌신적인 개를 붙잡아서 사지를 절단내는 데는 한순간이면 충분했다. 그런 다음 늑대들은 다시 양들에게 달려들었다. 이번엔 퀼락이 달려가서 두 침입자에게 쇠를 입힌 양치기 지팡이를 이리저리 휘둘러 댔다. 그러자 두 마리는 그를 향해 돌아섰다. 노인은 바위에 등을 기댄 채 늑대들과 마주 보게 되었다. 그는 지팡이를 마구 휘두르고 찌르며 양치기 특유의 목청으로 구조 요청을 했다. "살려 주시오! 살려 주시오! 늑대요! 늑대!"

그런데 팔 힘이 점점 빠져나가기 시작했다. 제대로 때리지 못하고 계속 휘두르다 보니 힘은 더 빨리 빠져나갔다. 멀리서 사냥꾼 하나가 "갑니다! 가요!" 하며 오는 소리가 들리긴 했지만 늑대들은 더 가까이 다가왔다. 퀼락 노인은 쓰러지고 말았다. 그의 목과 상체는 염소가죽 웃옷으로 잘 가려져 있었지만 바위 밑에서 앞으로 고꾸라졌다. 사나운 늑대들이 그의 넓적다리와 종아리 살을 마구 뜯고 있을 때 사냥꾼의 뿔나팔과 사냥개들이 무섭게 짖는 소리가 들려왔다. 사나운 두 늑대는 귀를 바짝 세우더니 폭풍에 날려가는 흙먼지처럼 휭하고 사라져 버렸다.

잠시 후 사냥꾼과 사냥개들이 나타났다. 바로 아들 피에르였다. 그런데 이 무슨 꼴인가! 양이 12마리는 죽어 있고, 적어도

20마리는 중상이며 나머지는 정신 없이 마구 달아나고 있었다. 그리고 그 한가운데에 피투성이가 된 애견이 쓰러져 있었다. 완전히 죽어 있었다. 게다가 아버지도 곧 같은 운명을 맞이할 처지였다.

아들은 아버지를 안아서 조금 일으킨 다음 휴대용 병의 포도주를 마시게 했다. 노인은 더듬더듬 말을 이어나갔다. "거대한 늑대다! 다른 늑대⋯⋯세 배는 돼, 세상에! 얼굴은 아주 검다. 가슴에는 하얀 줄무늬가 세 개⋯⋯! 괴물이야! 거대한 괴물 늑대! 오, 하느님, 물! 물! 살려 주세요. 성모님! 오, 하느님! 우리 양들! 애야! 오오! 하느님!"

그리고 퀄락 노인은 숨을 거두었다.

이상이 지금까지 알려진 바로는 인간에 대한 라베트의 무시무시한 공격들 중에서 맨 처음 일어난 일이다. 그러나 나중에 알려진 이야기들은 모함의 혐의가 짙다. 대신 이것은 확실한 듯하다. 즉, 이 야수가 사람고기가 맛이 좋다는 사실을 알게 되었으며, 그리하여 제보당의 식인 늑대라는 끔찍한 짐승으로 오늘날까지 악명을 떨치게 되었다는 것이다.

3

바로 다음 날 즉각 온 마을 사람들이 모여서 "죽을 때까지 싸우자."는 결의를 다졌다. 가까운 친척들은 복수를 맹세했다. 책임질 일이 없는 사람들이 마구 지껄이는 소리도 들렸다. 그리고 라베트의 머리를 가져오면 포상금을 두 배로 준다는 플로락 영주의 공식적인 발표가 있었다. 그것만으로도 상당한 액수였다.

피에르만 한 사냥꾼들이 여럿 있었지만 그를 이번 사냥대의 대장으로 추대하는 것이 합당한 일 같았다.

그들은 비극이 일어난 참사 현장으로 가 보았다. 변변찮은 사람들은 남아 있게 하고 피에르와 사냥개를 잘 다루는 사람들이 전날의 자취를 따라 나섰다.

3킬로미터를 못 가서 그들은 질퍽한 지대를 지났다. 진흙을 살펴보니 이랬다. 전날에 두 늑대는 여기를 지나갔다. 하나는 거대한 늑대의 곰 발바닥 같은 발자국이었다. 나머지 하나는 훨씬 작았는데 암컷 같았다. 둘이 짝을 지어 달렸기 때문이다. 그런데 작은 늑대는 다리를 절며 질질 끌고 갔다. 사람들과 개들 모두 얼마나 힘이 났겠는가!

나팔을 불어 "이리 오라!"는 신호를 보내자 합류 지점에서 기다리고 있던 사람들이 환호성을 보냈다.

냄새가 식어서 추격은 더뎠다. 하지만 사냥꾼들은 코가 잘

발달한 노련한 경찰견들을 따라갔다. 그러다 그들은 늑대들이 몇 시간 동안 머무르며 햇볕을 쬔 장소를 찾아냈다. 여기서부터는 냄새가 많이 남아 있어서 추격에 속도가 붙었다.

정오 무렵이었다. 으르렁거리는 소리가 조금씩 커지더니 곧 새로운 트럼펫 곡조가 딴따라라 울렸다. 목표물이 시야에 잡혔다는 사실을 온 세상에 알리는 신호였다. 거대한 늑대와 그보다 작은 회색늑대, 전날의 비극에 나타났다는 바로 그 늑대들이었다.

그다음 추격은 아주 간단했다. 사냥개들이 깽깽 우는 소리가 난 다음 목표물이 갇혔다고 알리는 사냥꾼의 뿔나팔 소리가 들려왔다. 어디에? 어떻게? 무엇이?

유능한 사냥꾼들이 앞으로 가 보고서야 이유를 알 수 있었다. 추격이 짧을 수밖에 없었던 것은 작은 늑대가 너무 다리를 절어서 달릴 수 없었고, 큰 늑대는 그 늑대 곁을 떠나지 않으려 했기 때문이었다.

이 무시무시한 무법자들은 마지막 항전을 벌이기 좋은 장소를 고른 것이다. 덤불이 얽혀 있는 곳에 있는 두 바위 사이였다. 개들이 빙 둘러섰다. 거대한 늑대는 앞을 바라보고 작은 늑대는 뒤를 향했다.

입으로 떠드는 개들은 많았지만 나서는 녀석은 하나도 없었다. 늑대의 이빨을 보아하니 먼저 나섰다간 제일 먼저 죽어나갈 게 뻔했다.

　그러자 피에르는 개들 사이로 슬금슬금 뒤로 빠져나왔다. 그
의 뒤로는 활과 화살, 부싯돌 격발총, 뭉툭한 나팔총을 든 사람
들이 잔뜩 서 있었다. 하지만 지금 이런 무기를 썼다간 늑대보
다는 개를 더 많이 다치게 하기 십상이었다. 그래서 피에르는
슬그머니 뒤로 돌아가서 더 높은 공격장소를 찾아보려 했다.
그는 성한 세 다리만 가지고 용감하게도 싸우는 작은 늑대가
잘 보이는 지점을 찾았다. 좀 더 높은 바위로 올라가서 활을 달
라고 한 다음 작은 늑대에게 활을 당겼다. 화살은 몇 번이나 늑
대를 꿰뚫었다. 작은 늑대가 고통스럽게 비명을 지르자 거대한
늑대가 도우러 왔다. 늑대는 입으로 화살을 빼낸 다음 개들 사
이에서 마구 휘둘렀다.

　사냥꾼은 외쳤다. "발사 준비! 잘못하면 개들이 다 죽겠다!"
곧이어 비명과 휘두르는 창과 화약 폭발음과 나팔소리가 난무
하더니 잠잠해졌다. 그들은 앞쪽을 막아 버렸다. 유일하게 뚫
린 곳은 뒤쪽뿐이었다. 거대한 늑대는 적들과 사랑하는 짝의
시신을 뛰어넘어 사라져 버렸다. 다친 데 하나 없이 무사히, 전
혀 기죽은 기색 없이. 대신 그의 맹렬한 영혼은 증오로 불타올
랐고, 곧 복수하겠다는 열망으로 들끓었다.

4

사냥꾼들은 몰려들어서 사냥개들에게 붕대와 약을 발라 주었다. 상당수는 죽거나 엄청난 이빨에 물어뜯겨 죽기 직전이었다. 반대쪽 끝에는 거대한 늑대의 짝인 암컷의 시체가 누워 있었다. 이렇게 보니 상당히 컸지만 거대한 늑대와 함께 있으니 작아 보였던 것이다.

화살은 분명 늑대의 심장과 폐를 꿰뚫었다. 저는 다리는 아마도 죽은 퀼락 노인의 지팡이에 맞은 게 분명했다.

"맞아." 사냥꾼 피에르가 말했다. "분명히 같은 놈이야. 내 아버지를 죽인 끔찍한 야수는 그 얼굴 까만 새끼였어. 3년 전 굴에서 가까스로 죽음을 모면한, 저주스러운 일이지만 성호를 긋는 바람에 나를 주춤하게 만든 그 괴물 늑대야. 그때부터 께름칙하더니. 이제야 알겠다! 하지만 놈이 더럽혀 놓은 그 성호에 대고 맹세하건대, 난 절대 놈을 놓치지 않겠다! 내 힘이 닿는 곳 어디든 쫓아가겠다. 그놈이 죽든 내가 죽든 둘 중 하나야."

아직 어두워지지 않았는데도 사람들은 더 이상 싸울 배짱이 없어졌다. 작은 승리의 증거로 암컷 늑대의 시체를 메고 모두 집으로 돌아왔다. 어떤 이는 이런 사냥은 다시 쫓아오지 않겠다고 했고 어떤 사람은 자기네 가축을 지킬 궁리를 했다. 하지만 피에르는 더 격렬한 사냥을 준비했다. 괴물 늑대를 상대하기 위해 더 강력한 무기, 더 사나운 개들, 그리고 사제가 주는 부적을 챙겼다. 이 괴물을 보호해 주고 있는 마법을 풀어야 했던 것이다.

5

그러는 사이 거대한 늑대는 계속 질주했다. 겁나지는 않았지만 시끄러운 개들이 계속 쫓아올지도 모르므로 전속력으로 달려서 황야와 숲을 지났다. 하지만 개들은 따라오지 않았다. 그들은 작은 승리를 거뒀지만 대신 엄청난 대가를 치러야 했다. 그러니 인간이나 개나 더 이상 모험은 하고 싶지 않았을 것이다.

늑대 라베트가 어떤 길을 따라 이동했는지에 대해서는 별로 알려진 바가 없다. 하지만 이 짐승이 남긴 흔적이나 직접 봤다는 증언을 종합해 보면 이랬다. 늑대는 마비졸이라는 작은 교구 근처까지 갔다고 한다. 상당히 배가 고팠으면서도 양이나 송아지를 (모두 간단히 해치울 수 있는 먹이인데도) 그냥 지나쳤다. 그리고 울타리 하나를 건너뛰다가 '퀴리 뭐라'라고 하는 작고 뚱뚱한 사제와 마주쳤다. 그는 사랑하는 애견과 어서 숙사로 가서 저녁 먹을 생각에 즐거워하고 있었다. 개는 대여섯 번 짖을 겨를은 있었지만 그것이 마지막이었다. 거대한 늑대는 먼저 이 개를 잠재운 다음, 퀴리의 목을 물어뜯어서 숨통을 끊어

버렸다.

조용해진 뒤 늑대는 먹이를 앞에 둔 사자처럼 앉아서 성직복을 찢고는 따뜻하게 떨리고 있는 인육을 맛보기 시작했다. 피를 핥으며 마음껏 즐겼고, 피가 잘 흐르도록 혀로 헤집어 가며 먹었다. 시신이 뻣뻣해지고 자기 배가 부를 때까지. 그러고는 울타리를 뛰어넘어 멀리 사라졌다.

날이 어두워지자 걱정이 된 사제의 하인들이 주인을 찾아 나섰다가 토막이 난 시신을 발견했다. 이틀이 채 안 되어 전문 사냥꾼들은 짐작과 사실과 증언을 끼워 맞췄다. 모두 범인은 얼굴이 까만 거대한 늑대였다. 어떤 사람은 이렇게 말했다. "맞아요. 갈빗대에 옅은 줄무늬가 있었어요." 이 사건은 제보당의 식인 늑대 라베트가 저지른 짓이 확실해졌다.

6

퀼락 노인이 비참하게 살해된 소식이 전해졌을 때 엄청난 공포의 물결이 일었다. 이 살인 명단에 한 명이 추가되자 다시 두려움이 파도처럼 몰려왔다. 어떤 사람은 그 늑대가 바로 악마의 화신이라는 사실이 입증된 것이라고 했다. 어떤 사람은 그 이야기에 반대했다. 그렇다면 성직 복장을 하고 있던 퀴리는 십자가의 보호를 받았어야 한다는 것이다.

그래서 결국 이런 조치가 나왔다. 교회가 포상금을 추가해서 라베트의 머릿값은 30리브르가 되었다. 대대적인 사냥이 있을 거라는 소식이 퍼졌다. 귀족 몇몇은 자기 하인들과 사냥개를 잔뜩 대동하고 나왔다. 마비졸 교구 전체가 징집되다시피 하여 온 산과 들을 샅샅이 뒤지기 시작했다. 그러나 괴물 늑대의 흔적은 어디에서도 나오지 않았다.

그렇게 산발적인 노력만 하다가 한 달이 지나갔다. 작은 늑대는 죽은 게 확실했다. 그리고 확실한 사실이라곤 거대한 늑대가 잠시 지상에서 사라져 버렸다는 것뿐이었다. 그럴수록 이 존재가 단순히 피와 살이 있는 동물 이상이라는 생각을 하면 위로가 되었다. 그는 한마디로 악마였다. 라베트는 말 그대로 늑대인간 같은 괴물이었던 것이다.

별다른 늑대 피해 없이 또 여름이 저물어 갔다. 그러다 추수 때가 되자 충격적인 소식이 전해졌다. 거대한 늑대가 브갱 근방의 들에서 추수를 하던 일꾼들을 공격해 몰살했다는 것이었다. 그리고 저주스럽게도 오고간 흔적 하나 없이 사라졌다는 것이었다.

다시 부질없는 토벌대가 조직되었다. 그리고 얻은 것이라곤 이 식인 늑대는 한번 살인을 한 다음 80, 90킬로미터씩 달아나면서 가는 곳마다 같은 모험을 반복하여 마을을 울음바다로 만든다는 사실뿐이었다.

그렇게 가을과 초겨울이 지나갔다. 이제 라베트가 식인 늑대라는 것은 명명백백한 사실로 알려졌다. 인간을 12명이나 죽여 먹어치운 다음에 같은 곳에는 다시 나타나지 않는다는 것도.

겨울은 깊어 갔다. 1764년의 겨울은 내내 폭설이 내렸다. 그러자 늑대들이 평소보다 유난히 많이 나타났다. 보주 산맥과 세벤 산은 양을 약탈하고 심지어 양치기개를 죽이기도 하는 늑대 무리가 살기 좋은 곳이었다. 그런데 양은 멀쩡하고 양치기만 먹이가 된 경우는 라베트의 소행으로 알려졌다.

7

이 무렵 니메 지방에는 유명한 상속녀가 살고 있었다. 그녀의 아버지는 마르세유의 해상왕이었다. 그의 선단은 7대양을 누비고 다녔다. 섬유공장에서 벌어들인 금이 금고로 쏟아져 들어왔다. 공장은 마르세유에 있었으나 성과 땅과 별장은 모두 니메에 있었다.

그는 프랑스 남부에서 가장 부자로 손꼽히는 사람이었다. 또 네덜란드전쟁 때 도와준 대가로 왕이 프로방스 지방을 영지로 내줄지도 모른다는 소문도 들렸다. 그런 그는 전성기를 맞아서 치명적인 병에 걸리고 말았다. 그가 갑자기 세상을 뜨자 막대한 재산은 유일한 후손인 어여쁜 딸 이본느에게 모두 넘어갔다.

이 일대에는 그녀를 흠모하는 젊은이들이 줄을 이었다. 그녀는 단연 프로방스 최고의 미인이었다. 예쁠 뿐만 아니라 똑똑한 데다가 매력도 그만이었다. 하지만 그녀는 아직 사랑을 몰랐다.

씩씩한 귀족 젊은이들은 그녀의 비위를 맞추기 위해 갖은 수를 다 썼다. 그녀는 성대한 무도회에서 자기 주변에 몰려든 이 젊은이들에게 고루 다정하게 대했다. 대신 쾌활하게 웃으며 자기를 좀 편히 내버려두라고 간곡히 부탁하면서 이렇게 선언하곤 했다. "라베트의 머리를 가져오는 분이 있으면 또 모르죠. 그분을 사모하게 되어 결혼까지 하게 될지도. 대신 사냥꾼이나 부하를 잔뜩 풀어서 하는 것 말고, 그 늑대를 직접 잡는 분이라야죠."

이 말을 들은 씩씩한 청년 루시용은 사람들을 헤치고 앞으로 나가 한쪽 무릎을 꿇고 한 손을 가슴에 얹으며 열렬한 목소리로 외쳤다.

"오, 사랑스런 공주님! 제게 제일 먼저 도전할 기회를 주십시오. 새벽이 밝으면 떠나서 괴물의 머리를 가져올 때까지 돌아오지 않으렵니다."

매우 단정한 젊은이 루시용은 신분이 높은 데다가 무기를 잘 다뤘고, 사냥에 능했으며 사자처럼 용맹했다. 한마디로 기사 중의 기사였다.

동이 트자 그는 말을 타고 떠났다. 말 탄 하인들과 사냥개 한 무리가 뒤를 따랐다. 그는 거대한 늑대와 혼자 맞서야 했다. 대신 적을 찾는 데 도움을 받는다고 해서 맹세를 저버리는 것은 아니었다. 그들은 말을 달려서 니메 북족과 서쪽을 오랫동안 뒤졌다. 그러다 세벤 산의 바위투성이 산자락까지 갔다. 라베트에 대한 무시무시한 소식 중 가장 최근의 일이 일어났던 곳이었다.

그는 플로락 지방의 타른이라는 작은 마을에서 소문을 확인했다. 라베트가 이곳을 덮쳐서 마구 사람들을 죽이고 사라졌다는 것이다. 바로 일주일 전에.

그 근방에는 솜씨 좋은 밀렵꾼들이 많았다. 이들은 불법을 많이 저지르는 만큼 숲에 대해서도 잘 알았다. 이들은 대개 숯 굽는 사람들로 위장을 하여 밀렵을 하러 다녔다. 루시용은 이들에게 도움을 청했다. 정보를 주면 현금으로 보상해 주었으며 그 정보가 사실이면 세 배까지 쳐주기도 했다!

그러다 보니 그는 이들이 아는 사실을 속속들이 알게 되었다. 거대한 늑대는 남쪽에서 올라왔으니 그쪽으로는 다시 가려고 하지 않을 것 같았다. 서쪽으로는 가지 않을 것이다. 그곳은 탁 트인 평원이니까. 북쪽으로는 가지 않을 터였다. 그곳에는 이미 괴물에게 대처할 준비가 되어 있는 곳이기 때문이다. 그러니 늑대는 동쪽으로 험한 세벤 산을 거쳐서 아르데슈로 갔을 가능성이 아주 높다. 그들이 아는 것은 이것이 전부였다. 그나

마 순전히 추측에 불과했다.

그래서 추운 겨울 날씨에 무거운 짐을 끌고 오래 달려온 젊은 루시용은 소문을 길잡이 삼아 길을 재촉했다. 일주일이 못 되어 그는 소식을 찾아다니며 아르데슈의 마을들은 죄다 뒤졌다.

그러다 그토록 갈망하던 소식 하나를 전해들었다. 거대한 늑대가 오트루아르 근방에서 누군가를 죽였다는 소식이었다. 그곳까지는 북쪽으로 울퉁불퉁한 돌길과 수풀 엉킨 지대를 지나서 80킬로미터는 가야 했다. 하지만 그와 그를 따르는 무리는 출발한 지 48시간 만에 도착할 수 있었다.

그들은 토막 난 양치기의 가족들이 통곡하고 있는 곳에 가 보았다. 하지만 벌써 이틀 전의 일이었다. 괴물은 지금 어디 있는가?

숲에는 눈이 약간 온 흔적이 있었다. 사냥꾼들은 냄새는 식었지만 눈 위에 난 자국을 보고 따라갈 수 있었다. 이들은 주로 걸어서 하루 종일 추적했다. 밤이 찾아올 무렵 숲진 언덕을 지나 론 강 근처까지 왔다.

여기서 천막도 없이 야영을 한 이들은 아침에 다시 길을 떠났다. 얼마 후 사냥개들이 처음으로 냄새를 맡으면서 추격을 시작했다.

15킬로미터를 달리자 넘쳐흐르는 론 강이 나왔다. 그들이 찾을 수 있는 증거를 다 모아 보니 이런 답이 나왔다. 거대한 늑대는 차디찬 물 속으로 뛰어들어서 강을 건너갔다. 부근에 다리는 없었지만 대신 배가 몇 척 있었다. 사냥개들을 태워서 보내고 용감한 루시용은 말을 앞세워 찬 겨울 강물을 헤엄쳐 건너갔다.

늑대 발자국이 다시 발견됐다. 개들은 씩씩하게 짖으면서 계속해서 달려나갔다.

발랑스 바로 동쪽에는 디에라는 작은 마을이 있었다. 알프스 산지의 서쪽 끝자락의 언덕에 자리잡은 곳이었다. 디에는 양치기와 농부의 고장이었다. 소나무 숲이 온 산을 덮으며 동쪽으로 이어져 있다.

여기서 그들은 그토록 바라던 것보다 훨씬 많은 소식을 들을 수 있었다. 거대한 늑대가 대낮에 눈에 띄었다는 것이다. 얼굴은 아주 까맣고 옆구리에 연노랑 줄무늬가 세 개였다고 한다. 일행은 기뻐하며 그곳으로 달려갔다. 흔적이 따끈따끈하게 남아 있었고 희망에 찬 이들은 즐겁게 사냥에 나섰다. 강을 건너서 작은 골짜기를 거슬러 올라가니 넓은 들에 양을 가둬 놓은 널찍한 우리가 나타났다.

개들은 이곳을 쏜살같이 지나가다가 느닷없이 온 힘을 다해 짖기 시작했다. 그러고는 뒤로 물러서며 원을 그리더니 고개를 쳐들고서 하늘을 향해 정신없이 짖었다. 사냥꾼들이 겨우 쫓아와서 보니 개들이 빙 둘러선 가운데 시신이 한 구 놓여 있었다.

한 양치기가 땅에 얼굴을 박은 채 홍건한 피 속에 파묻혀 있었다. 온몸이 찢어지고 비틀어져 있었다. 목은 앞뒤로 다 뜯겨 먹혔다.

인근 농가에서 사람들이 소리르 지르며 달려오고 있었다. 모두 공포의 현장 주위로 모여들었다. 늑대 발자국을 비롯해 모든 세세한 흔적들이 방금 일어난 일을 한눈에 설명해 주었다. 이것이 바로 라베트가 가장 최근에 저지른 살인이었던 것이다.

8

이제 신은 여기 모인 모든 사냥꾼들에게 기회를 준 것이다. 최후의 한판, 1대 1로 용감하게 결판을 낼 수 있는 기회였다. 개들은 늑대의 자취를 따라 전속력으로 달려갔다. 사냥꾼들도 그 뒤를 죽어라 쫓아갔다.

도와 달라는 요청을 받고서 이 지역 사냥꾼 하나가 왔다. 그는 이곳 산지를 잘 알았다. 그래서 개들이 바위투성이 협곡으로 들어서자 이렇게 외쳤다. "이제 넌 잡혔어! 이젠 더 달아날 곳이 없지!"

사냥꾼들은 모두 환호를 보냈다. 승리를 알리는 뿔나팔 소리가 들렸고 사냥개들은 당당하게 짖었다.

"하지만 이제부터는 나 혼자 가야 해." 씩씩한 루시용이 입을 열었다.

그래서 그는 자기 하인들을 협곡 곳곳에, 바위를 타고 오를 만한 곳이면 다 배치했다. 블러드하운드 사냥개들도 모두 불러왔다. 그들의 역할도 다 끝난 것이다. 싸움을 즐기는 사냥개 둘만이 용감하고 젊은 기사와 함께 갔다. 그는 칼만 들고 1대 1로 붙기를 바랐으나 적을 찾기 위해서는 개들이 필요했던 것이다.

그는 손에 칼을 들고 온 신경을 모아 숨죽여 걸어갔다. 겁없는 개들은 흔적을 킁킁거리고 수풀을 살피면서 앞으로 나아갔다. 그렇게 소름 돋는 정적 속에서 갑자기 개들은 사라져 버렸다.

이 오싹한 고요 속에 30분이 흘렀다. 그러다 갑자기 사냥개 우는 소리가 거세게 터져나왔다. 이어서 사람의 외침이 한 번, 두 번, 그리고 깽깽거리는 소리, 울부짖는 소리가 들렸다.

주변 바위에 배치되어 있던 사냥꾼들은 명령이 내려진 대로 자리를 지키고 있다가 소리 난 곳으로 다가갔다.

협곡 한가운데에 이르니 젊은 루시용이 죽어 있었다. 온몸에 피를 뒤집어쓴 채 목이 뜯겨져 잇었다. 양쪽에는 두 사냥개 모두 내장이 흘러나온 채 죽어 있었다.

그러면 늑대는! 어디로 갔단 말인가? 그냥 사라진 것이다. 흔적 하나 남기지 않고서.

현장의 발자국과 피 튀긴 자국을 보니 끔찍한 라베트는 재주 좋게 뒤돌아 가서 비탈을 올라 높은 바위 위에 웅크리고 앉아 자기가 온 길을 내려다보고 있었던 것 같았다. 그러다 용감한 기사가 지나갈 때 뛰어내려 덮친 다음 단 한번의 가격으로 그의 목숨을 앗아 버린 것이다. 그런 다음, 개들을 간단히 해치울 수 있었다. 그러고는 곧 사라져 버렸다. 그런데 어디로? 사냥꾼들은 도무지 알 수 없었다. 뿐더러 늑대는 이후 몇 주 동안 눈에 띄지 않았다. 멀리 150킬로미터나 떨어진 곳에서 시뻘건 핏자국이 다시 발견될 때까지는.

그것이 용맹스러운 루시용의 마지막이었다. 그리고 이 악마를 1대 1로 상대하겠다는 생각도 그것으로 마지막이었다. 이 식인 늑대의 끔찍한 소행에 대한 소름 돋는 소식이 매주 터져 나왔다. 남자와 여자와 어린아이들이 그가 늘상 먹는 먹이다. 1763년 6월의 어느 날 메르크와 숲에서는 자기를 잡으려는 온갖 시도를 비웃기라도 하듯 80명의 사람을 살해하고 잡아먹는 대참사가 일어났다.

9

만신창이가 된 제보당에 새해가 밝아 왔지만 즐거운 일이라곤 거의 없었다. 무시무시한 늑대는 피할 수 없는 죽음의 그림자처럼 온 땅을 휩쓸고 지나갔다. 그의 발자국이 닿는 곳은 모두 인간의 피로 얼룩졌다.

그러자 망드의 덕망 높은 주교는 재앙의 심각성을 깨닫고 1765년 2월 7일에 망드 성당에서 특별 기도 모임을 열었다.

지도층 인사들이 다 모였고, 늑대는 이 일대 해안에 상륙한 바 있는 그 어떠한 해적단보다도 더 무서운 존재로 주목을 받았다. 이 악마의 머리에 걸린 포상금은 갑절에 갑절로 뛰더니 급기야 열 배까지 오르고 말았다. 자그마치 2,400리브르라는 현상금이었다.

정력적인 노주교는 특별히 파리를 찾아가 왕의 도움을 받아 내기도 했다. 루이 15세는 주로 노느라고 바쁜 사람이었다. 하지만 그런 왕도 주교를 접견하고는 포상금에 보태 쓰라고 6천 리브르를 기부했다.

결국 포상금은 1만 리브르까지 치솟았다. 아주 유명한 흉악범도 그 10분의 1이면 붙잡히곤 하던 때에 말이다.

이제 이 유능한 주교의 자극과 격려에 따라 엄청난 사냥대가 구성되었다. 마지막으로 이 괴물이 돌아다닌 것으로 알려진 랑그도크 중심부를 골라서, 그곳에 사는 사람들 중 무기를 가진 사람은 죄다 사냥 복장을 하고서 가까운 집결지로 나오라는 명령이 떨어졌다. 1765년 3월 7일의 일이었다. 이런 집결지만 50곳이 선정되었다. 그래서 음산하고 험한 겨울 아침, 늑대가 있다고 알려진 곳은 사냥대의 캠프로 빙 둘러싸였다. 셀 수 없이 많은 사냥개 말고도 이날 징집된 사람들만 2만 명이었다. 모두 철두철미하게 무장을 하고 끔찍스러운 늑대를 죽이는 일에 온 힘을 다 쏟겠다는 각오가 대단했다.

둘러싼 길이만 30킬로미터나 되었다. 모인 사람들이 모두 늘어섰다면 사람들 사이의 간격이 7미터 정도는 되었을 것이다. 하지만 이 짐승이 가까이 올 경우 혼자 서 있을 사람은 아무도 없었다. 그래서 처음에는 사람들 사이의 간격이 20미터 정도이던 것이 전체 포위선을 좁혀 들어감에 따라 가까워졌다. 그러다가 저녁이 깊어지면서 사람 울타리의 길이가 몇 킬로미터도 되지 않게 되었을 때 번쩍 하듯이 거대한 늑대가 나타났다. 늑대는 늘 그랬듯이 두터운 덤불 뒤에서 예고 없이 튀어나와서 한 사람을 죽이고 또 한 사람을 쓰러뜨린 다음 해치우려고 했다. 그런데 옆에 있던 농부가 내려친 곡괭이가 늑대의 머리를 번뜩 스치면서 상처를 입혔다. 그러자 무시무시한 늑대는 농부에게 달려들어 번개처럼 목숨을 끊어 버리고는 포위선을 뚫고 어둠 속으로 사라졌다. 이 엄청난 사냥은 완전히 실패로 끝났다.

그러자 사냥꾼들 사이에는 떠들썩하게 불평이 오갔다. 그들은 자기네가 그저 똥개만 잔뜩 데리고 몰려든 어중이떠중이 농부들일 뿐이라는 사실을 깨달았다. 그들에겐 추격용 블러드하운드와 싸움용 울프하운드가 부족했다. 게다가 노련한 늑대 사냥꾼들의 지휘가 무엇보다 절실했다.

투지에 불타는 주교의 다그침에 따라 그들은 인근 성을 찾아다니며 도움을 청했지만 별 소득이 없었다. 하지만 좌절하지 않고 계속 추격했다. 냄새는 식었지만 눈이 조금 오면서 추격하기에는 그만인 기회가 왔기 때문이었다.

그들은 이틀 만에 다시 다른 곳에 모여서 어마어마한 사람 울타리를 쳤다. 그러다 거대한 늑대의 흔적을 찾아냈다. 크기만 보고도 알 수 있었다. 늑대가 웅크리고 있던 자리를 본 사냥꾼들은 몹시 기뻤다. 늑대의 머리가 닿은 곳이 시뻘겋게 물들어 있었던 것이다.

그리 세게 얻어맞은 것은 아니어서 상처가 심각할 리는 없었다. 하지만 상처 때문에 움직임이 불편했던지 이 거대한 늑대는 습성대로 살인한 곳에서 멀리 떨어진 곳까지 이동하지는 못했던 것이다.

지난번처럼 포위전법을 다시 쓰기로 했다. 추격은 완벽했다. 선명한 자국이 계속해서 나타났다. 그러다 흔적이 사라져 버렸다. 어떤 사냥꾼도 흔적을 찾지 못했고 어떻게 사라졌는지 실마리도 발견할 수 없었다. 어떤 사람들은 이 악마가 마음만 먹으면 자기 그림자를 지울 수 있는 마법사처럼 아무 흔적도 남기지 않고 마음대로 다닐 수 있다고도 했다. 하지만 사냥꾼들 중 하나는 잔인한 만큼 영리한 이 괴물이 아직 얼어붙지 않은 개울물을 따라 힘겹게 1킬로미터를 내려간 다음 빠져나갔기 때문에 감쪽같이 사라진 것처럼 보이는 것이라고 주장했다.

그러다 이런 소식이 들려왔다. 괴물 늑대가 이미 80킬로미터 떨어진 곳에서 매일같이 인간을 학살하고 있다는 것이었다. 이 무시무시한 소식이 전해지자 라베트의 악명은 점점 높아졌다. 유명한 사냥꾼들이 프랑스 곳곳에서, 그리고 세계 최고의 사냥 꾼들이 있다는 알프스 산지에서도 몰려왔다. 이들은 자기 운을 시험하려고 뛰어들었다. 그러나 여럿이 몰려다니면 라베트를 볼 수 없었고, 혼자 상대하겠다고 나서면 그보다 작은 늑대들 의 밥이 되었다.

공포는 점점 커져 갔다.

라베트가 잡아먹은 사람이 자그마치 120명에 달했다. 숲 가 장자리에 살던 농가들은 모두 이사를 갔다. 외딴집들이 모두 비 어 버렸다. 겁에 질린 사람들은 성벽이 높다란 읍내로만 몰려들 었다. 제보당 저지대의 농가가 이렇게 다 떠나니 기근이 심각해 졌다. 길이 150킬로미터에 폭 80킬로미터나 되는 광활한 론 강 유역은 공포에 휩싸인 사람들이 떠나는 족족 황폐해졌다.

10

망드의 노주교는 왕을 만나러 다시 파리로 갔다.

주교의 말을 잠잠하게 듣고 있던 루이 15세는 갑자기 감동하기 시작했다. 이 슬픈 이야기가 그를 뒤흔들었다. 마치 용과 싸우던 고대의 무용담 같았다. 그는 좀처럼 감동받아서 행동으로 옮기는 일이 없는 사람이었다. 하지만 막상 그렇게 되기만 하면 다른 사람들과 사물도 자기처럼 감동을 해야만 했다.

"틀림없다." 왕은 주교에게 말했다. "이 무시무시한 재앙은 사람들이 저지른 엄청난 죄 때문이다. 신성모독 때문인지도 모른다. 아니면 군주에 대한 불충 때문인지도 모르지. 행동은 아니더라도 생각으로나마 말이야. 그것도 사실상 반역이야. 하느님이 보시기에 그보다 더 큰 죄는 없으니. 그러니 죄를 참회하기 위해 특별한 날을 선포해야겠구나. 이 괴물에게서 구해 달라는 특별미사와 기도가 있어야겠다. 날을 7월 21일로 잡자.

그런 다음 짐은 국가적인 사냥을 선포하여 저승의 사냥개까지 풀게 하겠노라. 그리고 귀족 중에서 늑대 사냥으로 가장 유명한 마퀴를 책임자로 임명할 것이다. 브르타뉴의 검은 늑대들을 멸종시켰고, 아무도 잡지 못한 수아송의 회색늑대를 죽인 사람이다. 천 마리는 되는 늑대가 그의 용맹과 사냥개들 앞에 쓰러졌다. 확실한 성공을 보장하기 위해 그를 꼭 보내 주겠다.

500킬로미터 이내에 있는 귀족들은 모두 사냥꾼과 사냥개를 데리고 나타날 것이다. 30킬로미터 이내에 있는 농부는 모두 무기와 개를 데리고 와야 한다.

그들을 체계적으로 지휘하고 확실히 지원하기 위해 군 병력을 있는 대로 다 보내 주겠다. 포상금도 두 배로 올리겠다. 지금 까지 1만 5천 리브르라고 했겠다? 그럼 짐의 명으로 3만 리브 르로 하겠노라."

한 마디로 이 모든 이야기는 왕의 계획이자 약속이었다. 그 리하여 단 한 마리의 야생 동물을 추격하기 위해 이 세상에서 가장 어마어마한 사냥이 시작된 것이다.

11

이런 사건들을 거쳐서 저 엄청난 제보당의 사냥이 드디어 시 작되었다. 저 유명한 1765년하고도 8월 1일, 모두가 집결지로 모였다. 한 곳에 다 모인 것은 아니고 론 강 중류 일대의 대여섯 군데에서였다. 동서로는 아비뇽에서 생테티엔, 남북으로는 이 제르에서 가르에 이르는 지역으로서 서로 150킬로미터는 떨어 진 곳이었다. 라베트의 영역은 그만큼 넓은 데다가 이 악마를 언제 어디서 마주칠지 아무도 몰랐기 때문이다.

이제 저명한 사냥꾼은 이 일대에 다 모였다. 늠름하게 말을 타고 온 마퀴는 늑대 천 마리를 죽인 사람으로서 젊지는 않았 지만 지휘력이 뛰어났다. 그의 사촌이자 프랑스에서 가장 뛰어 난 칼잡이인 앙투안 공은 유명한 사냥꾼들을 전부 데리고 나타 났다. 그리고 왕의 늑대몰이 사냥개 책임자인 르나르 대위가 3

천 마리나 되는 노련한 사냥개들을 끌고 왔다. 모두 웬만한 늑대만큼 무게가 나가는 것으로서 오늘날 그레이트데인으로 알려진 종이었다. 제일 빠른 늑대보다 훨씬 빠르다는 그레이하운드도 300마리나 왔다.

태어난 지 사흘만 돼도 사냥감의 냄새 자국을 정확히 찾아내는 혈통 좋은 블러드하운드도 200마리나 왔다. 그 밖에도 공포의 도가니가 된 지역의 귀족들과 사냥꾼들이 온갖 사냥개들을 몰고 왔다. 그리고 무리의 마지막에서 이들을 따라가게 된 양치기 개, 불독, 잡종개, 그리고 농가에서 뛰쳐나온 개가 모두 2천 마리가 넘었다.

왕은 자신의 상비군을 보내 주었다. 겨우 만 명이었지만 군인인 만큼 명령만 떨어지면 임무를 완수할 때까지는 돌아오지 않도록 훈련받은 사람들이었다.

귀족들을 따라온 산 속의 사냥꾼들과 농부, 가신, 소작인이 적어도 2만 3천 명은 되었다.

우리는 이렇게 엄청나게 몰려든 것 말고도 필요한 물자를 나른 말과 마차도 따져 봐야 한다. 여기에 노새를 타고 이리저리 뛰어다니며 훈계하고 기도하고 지시하는 망드 주교도 있었다.

자, 1765년 8월하고도 첫날, 이 화창하고도 고요한 날에 반짝이는 론 강 주변의 광경이 어떠했겠는가. 이곳에는 모두 4만 3천 명의 무장한 사람들과 4천 마리는 되는 개들이 모여서 커다란 늑대 한 마리를 잡기 위해 끝까지 쫓아가겠다고 맹세를 했다. 이 정도면 간단히 위업을 달성할 수 있을 것 같았다.

그러나 이들은 패하고 패하고, 또 패해야 했다.

12

마퀴의 지휘에 따라 이들은 모두 새벽에 출발했다. 군용 나팔과 사냥용 뿔나팔이 날카로운 신호를 계속 보냈다. 말을 탄 길잡이들이 여기저기서 명령을 전달했다. 먼 산 위에는 봉홧불이 밝게 타오르고 있었다.

세벤 산에서 시작하여 초승달 모양으로 남쪽 150킬로미터 떨어진 곳까지 늑대몰이를 하기로 했다.

처음 며칠 동안은 작은 실수가 많았다. 보통 늑대들이 눈에 띄기도 했는데 아무도 죽이지 않았다. 사냥이 모두 헛수고로 돌아갈 수도 있었던 것이다.

5일째가 되어 양 날개 대형도 함께 몰이를 하라는 명령이 떨어질 무렵, 말 입에 거품이 튀도록 숨가쁘게 달려온 전령이 이렇게 외쳤다. "모두 늑대를 놓쳤소. 뒤로 돌아온 늑대가 방금 뮈에서 온 아베를 죽였소."

모두 방향을 틀어서 흩어진 다음 북쪽 산을 향해 터벅터벅 걸으며 뒤져야 했다.

다시 3일이 지나고 막 흔적을 발견했다고 여길 때쯤 다른 전령 하나가 백마를 타고 죽음의 사자처럼 달려왔다. "늑대는 여기 없소! 지금 드롬에 있소. 방금 어느 집안을 쓸어 버렸다고 하오."

이들은 다시 방향을 틀어서 흩어진 다음 터벅터벅 이동해야 했다. 하루이틀, 한 주 두 주가 그렇게 흘러갔다. 그러면서 한 달이 지났다.

사람들은 끝없는 행군에 녹초가 되었다. 식량과 잠이 모자랐다. 하지만 명령은 늑대를 잡을 때까지 늑대와 함께 있으라는 것이었다. 그러니 기진맥진했지만 계속 터벅터벅 나아가는 수밖에 없었다.

길고 긴 7주라는 시간이 흐르는 동안 사냥은 계속됐다. 터벅터벅. 그러던 9월 18일, 흥분으로 떨리는 그날, 마침내 반가운 소식을 전하는 나팔소리와 봉화가 퍼졌다. 거대한 늑대가 완벽한 포위망에(15번째 포위였다.) 걸려들었다는 것이었다.

여기서 포위란 사람 사이의 간격이 3미터쯤 된다는 뜻이 아니었다. 모두 창끝을 앞세우고 어깨와 어깨를 맞댄 상태라는 뜻이었다. 그것도 세 겹으로 둘러싼다는 뜻이었다. 아니면 상대할 수 없었다. 물론 라베트에 대한 사람들의 공포에는 미신적인 부분도 상당히 있긴 했다. 하지만 이 늑대에게는 그런 무시무시한 공포를 불러일으킬 만한 용맹이 있었다. 결코 기회를

놓치는 법이 없었다. 그 길고 고된 몇 주 동안 자기를 잡겠다고
나선 사람을 벌써 여남은 명이나 찢어 죽였다. 그러니 기가 죽
지도 않았다.

그런데 이제 사람들이 늑대를 확실히 가뒀다. 늑대는 계속
목격되었다. 얼굴이 검고 옆구리에 옅은 줄무늬가 셋인 거대한
늑대였다. 사람들은 이틀을 더 추격했다.

그러던 그 달의 스무 번째 날, 기세등등한 포위선이 점점 좁
혀 들어간 끝에 마침내 무장한 사람들이 늑대를 열 겹으로 둘
러싸게 되었다. 하지만 이 사람 울타리는 아직도 많이 컸다. 그
래서 가운데로 늑대를 몰 사나운 개들이 필요했다. 개들이 신
나서 날뛰며 짖는 소리 때문에 온 산과 창공이 쩌렁쩌렁했다.

그보다 작은 늑대들이 여럿 쓰러져 죽을 때마다 이 장대한
전투는 마침내 끝나는 것 같았다. 하지만 아직도 이 거대한 늑
대는 맹렬하게 전쟁을 지휘하고 있었다.

그러다 소리가 좀 잦아들었다. 마지막 남은 숲 속에서 라베
트가 몰이에 걸려든 것이다. 엄청난 키를 보니 라베트가 확실
했다.

그러자 군용 나팔과 사냥용 뿔나팔이 일제히 울리면서 명령
을 전달했다. "따라 따라 따라 따따따! 제자리, 제자리! 조용,
모두 주목! 조용, 주목!"

모두 잠잠해졌다. 개들은 진정시키기 어려웠다. 하지만 한 차

례 나팔 소리가 울린 후 어느 정도 잠잠해지자 지휘관 마퀴가 외쳤고 그의 전령은 따라서 외쳤다.

영광의 순간이 다가왔다!
거대한 괴물이 포위됐다!
백 개의 집안을 황폐하게 한 놈이
저기 숲에 웅크리고 있다!
자비도 패배도 모르는 괴물 말이다!
이제 놈은 최후를 맞이했다!
누가 나가 싸우겠는가?
짐승과 악마를 섞어 놓은 저놈을!
누가 목숨보다 영광을 더 높이 사는가?
여기서 죽을 각오가 된 사람은 누군가?

싸울 각오가 된 용감한 사람은 너무 많았다. 그래서 엔느발은 손을 흔들어 앙투안과 르나르와 오뷔송, 그리고 자원한 용감한 사람 여섯 명을 지목했다. 대부분이 지체 높은 집안 사람들이었다. 그런데 눈빛이 반짝반짝하고 기백이 당당한 소작농 하나가 앞으로 나오며 소리쳤다.

"나으리, 제발 저도 이 대열에 끼워 주십시오! 저는 피에르 퀼락이라고 합니다! 이 괴물을 제일 먼저 알았던 사람입니다.

그러니 제일 마지막으로 만나는 사람이 되게 해 주십시오. 놈은 아버지를 죽였습니다. 죽는 한이 있더라도 놈과 싸우겠습니다. 제 아버지의 영혼과 제 영혼을 굽어 살펴 주십시오. 나으리! 제발 저도 끼워 주십시오!"

그리하여 이렇게 선발된 특공대는 마지막 남은 숲으로 들어갔다. 좌우로는 나팔소리가 울리고 있었다. 사냥개들은 진정됐다. 이 건장한 열 사람은 처음에는 아주 조용했다.

최후의 영광스러운 저항에 함께 참여한 늑대들은 이런 정적을 잘못 판단하고는 특공대에게 달려들었다. 작은 늑대와 또 한 마리가 털빛과 이빨을 번뜩이며 뛰어나왔다. 이들을 상대하는 칼날도 번뜩였다.

모두 내몰려서 싸우다가 쓰러졌다. 두 진영 사이에 잠시 휴전이 있은 후 어두운 덤불 속에서 훨씬 큰 덩치가 어른거리는 모습이 보였다.

"잘 봐! 방어 자세! 놈이 온다!"

그 순간 타고난 전사인 거대한 늑대가 불쑥 나타났다. 특공대들의 침묵을 잘못 판단한 것이다.

"방어 자세! 방어 자세!" 그러자 모두 황소의 공격에 맞서기라도 하듯 서로 바짝 붙어 섰다.

르나르는 대포 같은 나팔총을 갖고 있었다. 넓적한 개머리판을 어깨에 바짝 붙이고 총을 겨눴다. 그가 쏜 한 발은 늑대의 오른쪽 옆구리 깊숙이 꽂혔다. 늑대는 정통으로 맞았다. 대신 총격의 반동으로 사람도 뒤로 나자빠졌다. 늑대는 번쩍하며 그를 올라타서 단숨에 죽여 버렸다. 그 순간 멧돼지 사냥용 창을 든 피에르가 둘 사이에 뛰어들었다. 늑대는 덩치가 워낙 커서 자기 힘에 더 깊이 찔렸다. 그런데도 늑대는 피에르를 쓰러져 있는 르나르 위에 넘어뜨린 뒤 그의 팔과 머리와 목을 난도질하여 목숨을 끊어 버렸다. 그러는 사이 엔느발과 앙투안과 오뷔송은 칼을 들고 다가가서 찌르고 찌르고 또 찔렀다.

거대한 늑대는 그렇게 쓰러졌다. 끝까지 싸우다 숨을 거둔 것이다. 무쇠 창을 물어뜯으며 저항하면서 당당하게 죽어 갔다. 자신이 죽인 사람들의 시체더미 위에 쓰러진 것이다. 그렇다! 이제는 죽었다. 그렇지만 승자는 그였다. 라베트는 그렇게 죽었다.

프랑스 늑대 왕 쿠르토

이 이야기는 늑대들의 왕인 위대한 쿠르토에 대한 것이다. 쿠르토는 잔인한 전제군주처럼 프랑스 중부 전역을 지배한 늑대다. 천 명이나 되는 사람들을 도망가게 했고, 파리를 3년 동안이나 포위했으며, 샤를 왕을 성벽 뒤로 꽁꽁 숨게 만들었던 존재. 그는 개가 자기 몫의 뼈다귀를 뻐개 먹듯이 매일 인간을 먹어치운 늑대였다.

1

당시는 프랑스가 하느님의 은총을 받지 못할 때였다. 영국에서 건너온 군대가 광적인 파괴를 일삼으며 노르망디를 황폐화

시키고 있었다. 브르고뉴와 브르타뉴, 룩셈부르크, 프로방스가 모두 중앙의 왕국과 대치하고 있는 제후들의 손아귀에 있었다. 온 땅에 무정부 상태와 기근과 질병이 난무했다. 소작농들은 힘없이 죽어 나갔고 비옥한 농지들이 황폐해지기 시작했다.

시절 탓인지 늑대들은 무리 지어 탐욕스러운 약탈을 일삼았다. 영웅적이고 용감한 사냥꾼들의 견제에서 벗어난 이들은 숲과 황량한 들판을 휩쓸고 다녔고 작은 마을과 시내 한복판까지 습격하기 시작했다. 루아르의 저지대에 있던 양들은 모두 사라졌다. 늑대가 모두 잡아먹은 것이다. 농부들은 남은 가축들을 지켰다. 이들을 막을 무기는 따로 없었다. 가축들은 밤이 되면 울타리를 친 헛간이나 높은 울안에 몰아넣어야 안전할 수 있었다.

하지만 가축의 숫자는 계속 줄어 갔고 늑대 무리는 점점 커지고 대담해졌다. 어느 마을에 가나 하루 종일 잠복해 있다가 뒤처진 사람이나 소를 노리거나 밤이 되어 겁 없이 민가를 덮치러 오는 늑대 패거리들이 있었다.

왕이 사는 도시 파리는 이 무렵 완전히 하나의 '섬'이 되었다. 센 강이 일종의 해자 역할을 하며 돌아 흐르고 있었고 돌로 쌓은 성벽이 감싸고 있었다. 파리는 프랑스에서 가장 큰 시장이었다. 그래서 매일같이 작은 가축무리들이 파리로 몰려들었다. 무장한 사람들이 이들을 지키긴 했으나 당시의 배고픈 늑대들은 사람을 좀처럼 두려워할 줄 몰랐다. 소 떼가 음매애 하며 우

르르 몰려가는 소리는 한마디로 이들에게 잔치를 알
리는 소리였다.

가축 떼가 파리로 몰려드니 그 길목에서 풍성한 먹
이를 챙기려는 늑대 또한 많았다. 다른 여건들도 늑대
를 도와주고 있었다. 강 북쪽 둑에서 다리와 길이 만나
는 지점 바로 서쪽에는 울퉁불퉁한 협곡이 자리잡고 있
었다. 험한 바위동굴들이 많았으며 가시나무와 덩굴식
물 등의 작은 나무들이 덤불을 이루고 있었다. 여기에는
큰 나무를 찾아볼 수 없었다. 모두 도시의 땔감으로 쓰기
위해 오래전에 베었던 것이다. 대신 이렇게 새로 만들어진
정글은 미로처럼 얽힌 동굴들과 뒤섞여 있어서 개들은 감
히 들어갈 엄두를 못 내는 늑대 소굴이 되었다. 사냥꾼들도 사
냥하기 힘들다며 방치하자 이곳은 난공불락의 늑대 요새로 악
명을 떨치게 되었다.

많은 늑대들이 이곳에 굴을 마련했다. 그리고 해마다 여러
굴에서 새끼들이 태어나서 이 대도시를 공포로 몰아넣을 존재
들로 자라났다. 이곳이 깨끗해지는 데는 여러 세대가 걸렸다.
이곳의 무시무시한 주인들에 대해 남아 있는 유일한 흔적은 이
장소에 붙여진 이름뿐이다. '루브르'라고 하는 이름이 그래서
생겨난 것이다. (루브르는 '늑대 사냥'을 뜻하는 라틴어 '루파라'에
서 온 단어―옮긴이)

하지만 샤를 7세가 다스리던 이 끔찍한 시대에는 이 거대한 늑대 소굴이 절정에 달했다. 그러니 왕가의 가축들을 마음껏 즐길 굶주린 무리들을 해마다 배출하는 것은 늑대들이 가진 마땅한 권리 같았다.

센 강에서 북쪽 몽마르트까지, 그리고 동서로 몇 킬로미터 거리도 마찬가지로 작은 떡갈나무와 덩굴식물이 뒤엉킨 황량한 습지였다. 도심으로 가는 물자를 나르는 큰길 세 곳은 모두 이런 지대를 지나야 했다. 이렇게 외진 숲에는 늑대들이 우글우글 돌아다니고 있었다.

2

봄과 초여름에는 늑대들이 무리 지어 다니는 모습을 보기 힘들다. 부부가 굴속에서 새끼들을 한창 돌볼 때인 것이다. 하지만 9월이 되면서 새끼들이 세상을 배우러 다니기 시작하고 얼마 후 먹이 찾는 실력이 좋아지면 다시 무리를 이룬다. 온 땅에 눈이 덮이고 날씨가 혹독해질 무렵이면 무리는 더 커진다. 그러면 먹이를 찾아 일대를 휩쓸고 다니며 어마어마한 파괴력을 발휘했다.

자연의 법칙에 따라 무리에는 제각기 우두머리가 있기 마련이며 대개 나머지보다 덩치나 힘이나 지능이 뛰어난

존재였다. 이런 우두머리들 대부분은 소몰이꾼이나 마을 상인들에게 잘 알려져 있었다. 사람들은 먹고살기 위해서 안전한 성벽을 떠나 숲을 헤쳐나가야 했고 굶주린 무리들과 자주 맞닥뜨릴 수밖에 없었다. 이런 유명한 우두머리로는 수아송의 검은 늑대, 다를뢰 영주를 죽인 붉은늑대, 그리고 혼자 습격을 잘하며 망아지를 지키려고 무장한 사람 셋을 살해한 것으로 악명 높은 은색 괴물이 있었다.

하지만 이런 늑대들 중에서 가장 끔찍한 존재는 나중에 '쿠르토'라는 이름으로 역사에 남은 거대하고 무시무시한 괴물이었다.

쿠르토가 태어난 곳은(수도원 연대기에서 전하는 대로) 파리로 들어오는 다리 주변이자 강의 북서쪽에 있는 험한 협곡 요새였다고 한다. 이곳 루브르에서 그와 짝, 그리고 동족들은 안전하게 숨어 지냈다.

쿠르토가 1424년에 태어났다는 데에는 별 이견이 없다. 그해 여름에 처음으로 나타났을 때 키나 몸집이 다 자라 있었기 때문이다. 쿠르토는 엄청난 덩치 때문에 멀리서도 쉽게 알아볼 수 있었다. 늑대 세계에서는 거인인 셈이었다. 키가 조랑말과 맞먹었다고 한다. 사나움이나 담력 또한 덩치 못지않았다.

쿠르토는 그해 여름 여러 번 눈에 띄었다. 혼자 있

는 것이 자주 발견되었으며 활과 화살을 가진 사람들을 피하는 데 놀라운 재능이 있었다. 그런 무기를 겁낼 줄 알았던 것이다. 하지만 창이나 낫으로 무장한 사람들은 우습게 봤다. 이런 힘 없는 보호자들을 보면 전속력으로 달려와서 어린 송아지를 물 어 쓰러뜨린 다음 다리 힘줄을 끊고 목을 물어뜯었다. 몰이꾼 이 남은 소 떼를 서둘러 몰고 도망가면 그냥 내버려뒀다. 하지 만 싸우려 들면 순식간에 사람 한둘은 그 자리에서 해치워 버 리곤 했다.

그해에만 해도 그런 일이 여러 번 일어났다. 그러자 몰이꾼 들은 이렇게 결론지었다. "놈이 소 한 마리는 잡아먹도록 내버 려두자. 아니면 사람이 당한다." 한마디로 산적에게 통행료를 내야만 목숨을 건질 수 있다는 이야기였다.

3

늦여름이 되도록 이 길들을 따라 계속해서 사고가 터져 나왔 다. 당시에 이 거대한 늑대는 작은 무리를 이끌고 있었다. 아마 그해 태어난 자기 새끼들이었을 것이다.

장 뒤부아라고 하는 농부에게는 파리에 내다 팔기로 한 통통 한 양이 한 마리 있었다. 아직 겨울이 멀었기에 늑대들은 큰 무 리를 이루고 있지 않았다. 게다가 아침 일찍 떠나면 대낮에 파리에 도착할 수 있었다. 그래서 그는 말 한 마리가 끄는 수레에 양을 싣고 파리에 가기로 했다. 무기는 낫을 비롯하여 마구와 작은 수레에 달려 있는 방울과 새 쫓는 냄비 정도로 만족하기로 했다.

파리 여행은 지금과 마찬가지로 당시에도 대단한 일이어서 아내도 함께 가겠다고 난리였다. 열두 살 먹은 아들도 따라가고 싶다며 졸랐다. 이렇게 세 식구 전부, 그리고 조랑말과 양까지 해서 1427년 9월의 어느 화창한 날, 파리로 길을 떠났다.

여행은 정말 대단했다. 거대한 늑대가 이끄는 무리와 맞닥뜨린 것이다. 말은 달아나기 시작했고 양은 수레를 박차고 나왔다가 금방 잡아먹혔다. 달아나던 조랑말도 금방 잡혀서 다리 힘줄이 끊기고 목이 물어뜯겼다. 수레를 요새 삼아 버티고 있던 장 뒤부아는 커다란 낫을 들고 용감하게 맞섰으나 늑대의 숫자가 너무 많았다. 짧은 격전 끝에 늑대들을 위한 광란의 잔치가 벌어졌다. 이 늑대들은 말은 거들떠보지도 않고 오직 인간 고기에만 정신없이 몰려들었던 것이다.

농부 한 가족을 잃었다는 것 자체는 그리 중요하지 않았다. 거대한 늑대와 자라나는 새끼들이 사람 맛을 보고 한껏 즐겼다는 점이 중요한 것이다. 이제 이 늑대들은 모두 광적인 식인 늑대가 된다는 뜻이기 때문이다.

이 거대한 식인 늑대의 영향력은 워낙 커서 이런 식인 습성이 곧 퍼져 나갔다. 몇 달이 채 못 되어 무시무시한 사실이 알려지기 시작했다. 루브르 숲의 늑대들은 가축은 손대지 않는 대신 인간 고기를 훨씬 좋아한다는 이야기였다.

당시의 역사는 늑대의 잔치에 동원된 인간 학살의 이야기로 피비린내가 진동한다. 이런 이야기들에는 끔찍한 수식어들이 붙기 마련이었다. 어느 역사가의 정확한 기록에 따르면 이 비참한 겨울의 첫 달에, 몽마르트와 성 앙투안 사이에 있는 작은 빈터에서 14명의 사람이 늑대들에게 잡아먹혔다고 한다. 놀랍게도 늑대들은 매번 쇠고기라는 대안이 있었는데도 거들떠보지도 않았다.

거대한 늑대는 이런 맹공격의 현장 곳곳에서 목격되었기 때문에 모든 사건의 주모자로 지목되었다. 그를 잡으려는 노력이 모두 수포로 돌아가자 사람들은 쿠르토가 불사신이 아닌가 하고 생각하게 되었다.

쿠르토의 본거지가 루브르였다는 점은 이제 의심할 여지가 없다. 파리로 들어서는 몇 개의 관문과 아주 가까운 이곳에서 쿠르토 무리는 길을 오가는 사람들과 소 떼를 언제든 공격할 수 있었다. 그러면서 노상강도나 큰 무역항의 뱃길에 출몰하는 해적선처럼 멀쩡한 대낮에도 통행료를 거둬들였던 것이다.

쿠르토의 공격이 주로 대낮에 일어난 것은 해가 지면 도시로 들어가는 문을 모두 단단히 걸어 잠갔기 때문이었다. 그런 다음 사람들은 해가 뜰 때까지 망루에 보초를 세워두었다. 거대한 늑대는 대개 이런 성곽이나 망루는 피했다. 그곳에는 강력한 석궁을 든 인간들이 여럿 있었기 때문이다. 이 늑대 왕도 석궁에 한 번 맞은 적이 있었다. 아픔은 늑대에게 경계심을 심어주기에 충분했다. 영리한 쿠르토라면 한 번이면 족했다.

4

1월이 되면 사람들의 왕래가 뜸해지고 가축들은 모두 집 밖을 나오지 않게 되며 들에서 하던 사냥도 시원찮아진다. 그런데도 늑대 왕의 무리는 계속 수가 늘어났다. 멀리 산 속에는 먹이가 부족하지만 이 섬 같은 도시 파리에는 언제나 기대할 만한 것이 있었다. 음식 냄새가 물씬 풍겨올 것이라는 기대감이었다. 배고픔과 늘어난 숫자에 더 대담해진 이 무시무시한 무리는 성문들이 있는 곳으로 점점 좁혀 왔다.

이맘때면 파리에도 식량이 부족할 때였다. 말 탄 호위병들이 보호를 받으며 급히 소 떼가 몰려오고 있다는 소식이 들리자 도시는 활기를 띠었다. 다리가 놓인 커다란 성문이 활짝 열리자 소 떼는 서둘러 안으로 몰려들었다. 자기네 숫자를 보고 기세등등하게 뒤에 모여 있던 늑대들은 늑대 왕의 지휘를 받아서 소 떼의 뒤를 쫓아가 덮쳤다.

일순간 소들은 혼란과 공포 속에 우르르 달아나기 시작했다. 모두 안전한 문 안으로 들어가기 위해 발버둥을 쳤다. 소들은 중심가로 바글바글 몰려들었고 길 가던 사람들은 민가로 뛰어들었으며 보초들은 망루 탑으로 올라갔다. 늑대들은 열린 성문을 통해 도시 안으로 파도처럼 밀려들어 와서 소 떼와 몰이꾼들을 쫓아갔다. 쓰러지는 사람도 있었고 화살을 맞은 늑대들도 있었다. 도시의 관리들이 이래라저래라 소리를 지르며 야단이었다.

제일 멀리까지 간 것은 늑대 왕이었다. 화살이 핑핑 날아다니고 망치 소리가 쿵쾅거리며 말발굽 소리가 철거덕거리는 가운데 쇠사슬이 찰랑거리는 소리를 내면서 묵직한 문들이 있는 곳으로 달려가는 사람들이 있었다.

"문을 닫아! 가둬 버려! 어서! 이제 잡은 거야!" 아주 흥분된 외침이었다.

늑대 왕은 그게 무슨 뜻인지 전혀 알 수 없었다. 그러다 커다란 문들이 닫히기 시작하자 함정에 빠졌음을 직감했다. 무리의 선두에 서 있던 늑대 왕은 뒤돌아 문 쪽으로 뛰어갔다. 그러나 한 스무 걸음이나 갔을까. 무지막지한 내리닫이 철문이 떨어져 내리고 있었다. 무리는 모두 펄쩍 뛰어서 빠져나갈 수 있었다. 그런데 이 늑대 왕이 아래로 막 지나가고 있을 때에 내려오던 문이 쾅 하고 떨어졌다. 이때 철문의 날카로운 모서리에 그

314

의 꼬리가 끼어 버렸다. 그래도 쿠르토는 쉬지 않고 계속 달렸다. 단 "늑대 왕의 꼬리는 몸에서 떨어져 나갔다." 그래서 늑대 왕의 꼬리는 도시의 성벽 안에 남게 된 것이다.

그 이후부터 늑대 왕은 거대한 몸집 말고 또 하나의 뚜렷한 특징을 갖게 되었다. 꼬리가 밑동만 빼놓고 달아나 버린 것이다. 그때부터 센 강의 늑대 왕은 꼬리가 잘렸다는 뜻인 '쿠르토'로 불리게 되었다.

5

쿠르토와 그의 무리가 파리를 습격한 것은 1428년 초겨울이었다. 쿠르토는 거의 목숨을 잃을 뻔했다. 그래서 그다음부터는 활 쏘는 사람들이 숨어 있는 성벽에 너무 가까이 가지 않도록 조심했다. 그런데 혹독한 겨울이 오자 크게 달라진 점이 몇 가지 있었다. 가축들이 모두 들에 나오지 않고, 따뜻하며 늑대로부터 안전한 외양간에서 보호받고 있었다. 인근 150킬로미터 이내에 있는 신분 높은 사람들은 파리로 몰려들었다. 도적 떼든 사람이든 늑대든 도시의 성벽 안에 있으면 더 안전했기 때문이다. 식용으로 쓸 가축은 모두 지키기 쉽도록 작은 무리 단위로 도시의 성문으로 이동했다. 그렇게 했는데도 센 강 부근의 숲지대에 사는 늑대 무리들은 계속해서 늘고 있었다.

파리를 포위한 늑대 왕 쿠르토

눈이 더 깊이 쌓이고 먹이가 점점 부족해지자 늑대들은 더 굶주리게 되었고 한결 대담해졌다. 혼자 여행하는 사람이든 몇 사람이 모여서 여행하는 경우든 파리 근처의 늑대 지대에 들어선 이상 달아날 방법이 없었다.

겨울 내내 시달림을 당한 파리 사람들과 언제나 배고픈 늑대들 사이에는 일종의 전쟁 상태가 지속되었다. 약하거나 부상당한 늑대들이 강한 동족들에게 수백 마리나 잡아먹힌 것이 분명했다. 하지만 이런 이유로 준 것보다 늘어난 숫자가 더 많았다. 또 새끼를 키우기에는 위대한 늑대 왕 쿠르토가 다스리고 있는 루브르만 한 곳이 없었다.

쿠르토는 보초들이나 말을 탄 기병대의 눈에 여러 번 띄었다. 하지만 아무리 공격을 받아도 끄떡없었고 그의 이름만 들어도 프랑스의 이 일대 사람들은 모두 떨게 되었다. 그래서 파리를 떠나 멀리 가는 사람에게 이런 인사를 할 정도였다. "그래, 잘 가게. 하느님의 은총을. 그리고 쿠르토가 그대를 잡아먹지 않도록 돌봐 주시기를 비네."

6

1428년 여름은 특별한 일 없이 지나갔다. 늘 그랬듯이 루브르 근처에 얼씬거리는 소나 말이나 사람이 있으면 늑대 산적들에게 통행료를 내야 했다. 그해 프랑스는 학살의 해였다. 외국의 적들과 도적 떼들이 쓸 만한 땅은 모조리 황폐화시키자고 작정이라도 한 듯했다.

가을이 되자 시련은 더 혹독해졌다. 그런 데다가 먹거리가 모두 파리에만 집중되어 있는 듯하니 늑대들도 모두 센 강 주변으로만 몰려드는 것 같았다. 다른 곳의 삶이 암울할수록 센 강의 생활도 점점 더 암울해지기만 했다.

1월 말부터 3월까지 굶주리다 못해 필사적이 된 늑대 무리들이 둘러싸는 바람에 도시는 통로를 모두 꽁꽁 닫아걸면서 포위 상태에 빠졌다. 어느 누구도 감히 성을 나설 생각을 못했다. 다행히 눈이 녹아서 말이 달리기 좋고 말 타는 사람의 안전도 어느 정도 보장될 때, 철통같이 무장한 군사들이 왕의 명을 받고서 멀리 프로방스까지 식량을 가지러 가곤 할 뿐이었다.

호위대가 센 강의 커다란 관문 가까이 오면 늑대 왕은 공격할 태세를 갖추어 뒤쫓곤 했다. 하지만 종소리와 나팔소리에 놀라 물러서면 행렬이 줄지어 관문으로 들어갔고 곧 문이 닫혔다. 그러면 노트르담의 종소리가 흥겹게 울리며 온 세상에 이렇게 알리는 것이었다. "하느님 감사합니다. 이제 살았습니다."

7

온 땅에 공포가 더해 가는 가운데 1429년 여름도 저물어 갔다. 나라 안팎의 전쟁과 내란, 나라 곳곳에서 일어나는 산적질이 그칠 줄 몰랐다. 냉혹한 죽음만이 왕처럼 군림했다. 그것은 어떤 형태로든 지배권을 얻어 냈다. 그것은 사망과 질병과 황폐의 다른 모습이기도 했다. 그해 여름 수백 명의 사람들이 말라빠진 늑대들의 밥이 되느라 목숨을 잃었다. 센 강의 한 시민은 체념한 듯 시무룩하게 이야기했다. "우리를 잡수실 입이 줄어들면 그나마 다행이지요."

도시의 보초들과 가축 행렬의 호위병들은 대부분 이 거대한 늑대를 멀찌감치서 구경한 적이 있다. 큰 덩치와 잘려나간 꼬리로 금방 알아볼 수 있었다.

8

이 무렵 강 남쪽 언덕에 있는 도시 성벽 한 모퉁이에는 미엘이라고 하는 유명한 귀족의 저택이 있었다. 미엘 백작부인은 미망인이기는 했지만 아직 젊고 아름다웠으며, 매우 정열적이고 요염한 여인이었다.

그녀는 은밀한 쾌락을 맛보기 위해 강이 내려다보이는 곳에

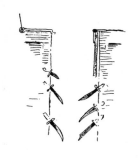

비밀 회랑을 만들었다. 이 통로 한쪽 끝에는 성벽 밖으로 이어지는 작은 문이 숨겨져 있었다. 문은 이 부인의 방으로 이어져 있었다. 통로 중간에는 바닥에 함정으로 빠지는 문이 있었다. 완전히 숨겨 놓았지만 백작부인의 방에서 용수철을 잡아당기면 열리도록 만들어진 것이었다. 이 함정 문 밑에는 날카로운 칼이 잔뜩 곤두서 있었다. 그 6미터 아래는 넘실거리는 강물이었다. 이 귀부인을 만족시키지 못한 많은 사내들은 흐뭇한 표정으로 이 비밀통로를 거쳐 돌아가다가 다시는 볼 수 없는 처지가 되곤 했다고 한다.

이 지체 높은 부인은 그해 가을 어느 달 밝은 밤에 연인을 기다리고 있었다. 창 밖을 내다보니 말이 다가오고 있었다. 그런데 말뿐이고 탄 사람이 없었다. 그녀는 눈을 부비고 뚫어져라 쳐다보았다. 말은 작아 보였으며 고개를 낮게 숙이고 조심스럽게 오고 있었다. 반쯤 가리고 있던 나무들을 벗어나고 보니 말이 아니라 늑대였다. 괴물 늑대, 꼬리 잘린 늑대였다.

순간 이 꾀바른 부인은 계략을 하나 생각해 냈다. 그녀는 고기 저장고에서 쇠고기 등심을 들고 왔다. 먹음직한 냄새로 구미를 돋우기 위해 고기에 칼집까지 냈다. 그녀는 고기를 끈에 꿰어 들고 길고 어두운 통로를 조용히 서둘러 나갔다. 바깥문은 활짝 열려 있었다. 피가 뚝뚝 떨어지는 고기를 문지방에 문지른 다음 통로를 따라 질질 끌고 왔다. 그런 다음 엿보는 구멍으로 내다봤다.

거대한 늑대는 계속해서 코를 킁킁거렸다. 늑대는 조심스럽게 가까이 다가왔다. 그는 배가 고팠다. 언제나 배가 고팠다. 달콤한 냄새에 푹 빠져서 점점 더 가까이 다가왔다. 백작부인은 이 흐릿한 회색 형체가 함정 위로 다가오자 용수철을 붙잡았다. 조그맣게 끼릭 소리가 났을 뿐이었다. 하지만 경계해야 할 소리였다. 늑대 왕은 번뜩 정신을 차렸다. 순간 함정을 눈치챌 수 있었다. 그대로 몇 발짝만 더 갔으면 비참한 최후를 맞이하고 말았을 것이다. 쿠르토는 펄쩍 뛰어서 이 괘씸한 자리를 벗어났다. 그러고는 뒤돌아 곧장 달려서 몸 성히 달아날 수 있었다. 이제 늑대 왕 쿠르토는 그 어느 때보다 영리해졌다.

9

다시 하얀 계절이 찾아왔다. 어딘가 들뜨는 구석이 있어야 할 크리스마스가 되었지만 수심만 가득할 뿐이었다. 도시에 전염병이 돌자 사람들은 더 비열해졌다. 옆의 사람들이 죽어 나가도 별 뾰족한 수가 없었다. 그냥 시신을 탑에서 던져 버리는 것이 관행처럼 되었다. 늑대더러 이것으로라도 만족하라는 뜻이었다.

그렇게 바라는 일이었건만 이상하게도 늑대들은 그런 시신을 먹고도 병에 걸리지 않았다. 그 결과 달라진 점은 두 가지 있을 뿐이었다. 늑대들은 이제 사람 고기에 확실히 더 미치게 되었다. 그리고 이 도시는 그 어느 때보다 늑대들이 잔치와 기쁨을 누릴 수 있는 곳으로 선포된 꼴이었다.

거대한 철문 안에 갇힐 뻔한 쿠르토는 그 뒤로 그곳으로 통하는 다리도 피해 다녔다. 하지만 눈이 점점 쌓여 가고 먹이가 줄어만 가는 '늑대의 달' 2월이 되자 늑대들은 더욱 대담해졌을 뿐 아니라 무모해지기까지 했다.

바로 작년 겨울과 마찬가지로 쿠르토는 도시를 다시 포위했다. 망루에서 보면 매일같이 늑대 왕과 무리들이 눈에 띄었다. 물론 화살이 미치는 거리 밖이었다.

이번 겨울도 혹독하기는 마찬가지였다. 센 강은 두껍게 얼어붙었다. 그러자 아침이면 늑대들의 발자국이 선명하게 남아 있는 경우가 많아졌다. 어떻게든 도시로 들어갈 구멍을 찾아 성벽 주변을 돌아다녔기 때문이다.

하지만 성벽은 높고도 튼튼했다. 그런 식으로 뚫고 들어갈 수는 없었다. 보초들은 이렇게 밤에 얼씬거리는 희미한 회색 그림자들을 굳이 꼼꼼하게 살펴보려고 하지 않았다. 어둠 속에서 가끔 활을 겨눌 기회를 잡기는 했으나 얼어붙은 강 위에 있는 늑대들을 위협하려 들지는 않았다.

그러다 일이 벌어졌다.

센 강은 여러 강들이 합쳐 흐르는 강이었다. 높은 산들과 고원지대가 모두 꽁꽁 얼어붙으면서 물줄기가 죄다 막혀 버렸다. 샘 자체가 다 막혔다는 느낌이 들 정도였다. 그렇게 수원이 모두 막혔으니 센 강의 물은 여름의 최저수위보다 한참이나 낮아졌다.

강가에 있는 샤를 왕의 궁전 앞에는 왕의 유람선 선착장이 있었다. 이 작은 부두는 쓰지 않을 때에는 수면보다 30센티미터 정도 아래에 있는 쇠창살 문으로 울타리를 쳐두었다. 그런데 이제 수심이 너무 낮아져서 얼어붙은 강 위로 철문이 1미터나 드러나 있었다.

주변을 돌아다니던 늑대들은 이것을 놓치지 않았다. 쿠르토는 지난번 도시에서 겪은 불운을 잊은 듯 엄청난 무리를 소집했다. 늑대 무리는 이 쇠창살문 아래로 난 틈으로 들어갔다.

대성당의 넓은 앞뜰에는 구불구불한 길이 열둘이나 있었다. 성직자 한 무리가 성당에서 일을 끝내고 숙소로 돌아가는 모습을 본 늑대 무리는 이들을 덮쳤다. 희생자들은 갑자기 당한 일에 너무 놀랐고 무기도 없었다. 20분 만에 이들은 모두 죽고 말았다. 늑대 무리는 한 시간 동안이나 실컷 배를 채웠다. 사람 고기로 배가 두둑해진 이들은 들어온 강의 틈으로 달아났다. 겁에 질린 시민들이 비명을 지르며 구조 요청을 할 때까지 이 끔찍한 습격에서 죽어 살점이 뜯겨 나간 사람이 40명이나 되었다. 죽은 늑대는 단 한 마리도 없었다.

10

이 습격은 거대한 늑대들이 이룬 최고의 업적이었다. 또한 이 일대의 슬프고 암울한 역사에서도 가장 어두운 때였다. 하지만 새벽이 찾아오려면 더 캄캄한 순간이 있는 법, 아직 더 큰 불행은 지나가지 않았다.

한동안 파리 시민들은 늑대의 습격으로 두려움에 어쩔 줄을 모르고 우왕좌왕했다. 특히 희생자 가운데는 사제가 여럿에다 대주교까지 끼어 있었다. 사람들이 이토록 공황 상태에 빠져 있을 때 지도력을 발휘해야 할 사람(왕이라고 하는 사람)마저도 망연자실한 상태로 얼어붙어 버렸다. 이런 왕은 조롱밖에 받을 것이 없었다.

하지만 길거리에는 용감한 사람들이 많았다. 도시 수비대장인 부아셀리에가 겁 없이 앞장섰다. 그는 계급이 높지는 않았지만 용기와 지략이 있는 사람이었다.

"프랑스인이 어쩌다 이렇게 비굴하고 나약해졌단 말입니까? 늑대들이 마음대로 수도로 뛰어들어와 성스러운 곳에서 사람의 피와 살로 잔치를 벌이고 멀쩡하게 돌아가다니요. 이것은 결투 신청입니다. 우리에 대한 결투 신청입니다. 저는 바로 그 자리에서 늑대 왕과 1대 1로 대결하겠습니다. 그것이 제가 원하는 바이니 허락해 주십시오, 왕이시여!"

나약하고 겁 많은 왕은 덜덜 떨며 고개만 끄덕였다.

용감한 부아셀리에는 도시의 신부들을 모두 불러서 자기 계획을 알렸다. 무서워하는 사람도 있었고 비웃는 사람도 있었다. 하지만 그의 대담한 시도는 어쨌든 왕의 허락을 받아냈다. 회의가 끝나고 부아셀리에는 이 계획의 전권을 위임받았다.

11

부아셀리에는 군인인 동시에 사냥꾼이었다. 그는 숲 속의 늑대에 대해 잘 알았고 도시 또한 잘 알았다. 그의 계획은 이런 것이었다.

2주 동안 사람이든 짐승이든 그 누구도 파리를 떠나거나 들어올 수 없다. 성벽 밖으로는 쓰레기 자루 하나 던질 수 없다. 늑대의 먹이가 될 만한 것은 무엇이든 차단해야 하는 것이다. 그리고 왕의 선착장에 있는 쇠창살문은 그대로 두어서 늑대가 드나들 수 있게 한다. 쓰레기는 모두 노트르담 대성당 앞뜰에 흩어 놓는다. 식용으로 도살하는 소는 모두 이 광장에서 잡도록 하고 찌꺼기 역시 이곳에 뿌려 놓는다. 이 광장으로 이어진 길에는 모두 높은 대문과 벽을 만든다. 왕의 선착장에서부터 광장으로 이어진 트인 길 가운데 위에서 내려닫을 수 있는 대문을 하나 만들어 둔다. 얼어붙은 강 건너편에서부터 왕의 선착장을 거쳐 광장에까지 소 내장을 깔아 놓아 늑대를 유인한다.

이상이 부아셀리에의 함정 계획이었다. 게다가 그는 성벽 위에서 늑대에게 활을 쏘거나 소리를 지르거나 놀리는 일을 금지시켰다. 가능하면 온 도시가 죽은 듯이 잠잠할 필요가 있었던 것이다.

바로 그날 밤 보초들은 늑대들의 어두운 형체가 소 내장 냄새를 쫓아 킁킁거리며 선착장으로 다가오는 모습을 보았다. 그런데 이상하게도 안으로 들어오지 않았다. 의심하는 것 같았다.

그리고 3일이 지나서 더 많은 늑대들이 왔다. 한두 마리가 광장까지 들어와서 급히 먹이를 주워 먹고는 돌아갔지만 늑대 왕의 모습은 보이지 않았다.

도시 밖에서 들여오는 식량 공급이 완전히 차단되자 늑대들이 더 많이 오기 시작했다. 그러다 열흘이 지나니 대성당 앞 광장에는 밤마다 잔치가 벌어졌다. 부아셀리에는 남겨둔 소 20마리를 더 잡으라고 명령했다. 소들은 대성당 앞에서 도살되었고 광장은 온통 소 피와 내장 등으로 얼룩졌다. 강한 피 냄새가 멀리까지 퍼져나갔다.

그날 밤 늑대들은 한꺼번에 몰려왔다. 어둠 속에서 이들 무리의 갈색 형체는 쇠창살 문에 이르는 통로까지 물살처럼 빠르게 흘러갔다. 늑대 왕이 이들과 함께 있는지는 어두워서 알 수 없었다. 광장은 늑대들 때문에 살아 움직이는 것 같았다. 모두 마음껏 먹느라 싸우고 짖고 뼈를 빠개고 으르렁거렸다.

문을 내린 것은 부아셀리에였다. 유일한 출구인 숙명의 문이었다. 그리고 온 시민들을 나오도록 해서 성벽과 높은 지붕과 창문에서 지켜보며 날이 밝기를 기다리게 했다.

12

노트르담 대성당 뒤인 저 멀리 강 동쪽에서 해가 떠오르는 모습을 본 적이 있는가? 그렇다면 그대는 기적의 영광을 본 것이나 다름없다. 그만큼 이곳의 일출은 감동적이다.

하지만 이날 온 시민들이 모여서 본 광경만큼 희한하고 오싹한 모습은 그전에도 앞으로도 없을 것이다. 지붕과 높은 창과 담벼락 위로 사람들이 바글바글 모여 있었다. 남자와 여자, 귀족과 농민을 가릴 것 없이 모두 흥분되고 기대에 부풀어 있었다. 아래에 보이는 넓은 광장에는 셀 수도 없이 많은 늑대들이 모여 있었다. 무시무시한 이 갈색 흉악범들은 이제 함정에 빠져들어 곧 죽을 운명이었다.

일부는 달아나려고 담벼락으로 가 보기도 했으나 소용없었다. 일부는 숨거나 대성당 입구의 구석에 가서 슬금슬금 꽁무니를 내리기도 했다. 서로 싸우기도 했다. 여유를 부리며 시무룩하게 누워 있는 늑대도 있었다. 그리고 침착하고 늠름하게 다니면서 문을 살피고 있는 무시무시한 늑대 왕 쿠르토가 보였다.

이 떨리는 광경 위로 해가 떠오르자 지켜보던 사람들 사이에는 웅성웅성 하는 소리가 커졌다. 이 웅성거림은 점점 커지더니 마구 "만세!"를 외치는 소리까지 터져나오기 시작했다. 그러자 성당 부속건물 지붕에 하얀 옷을 입은 성가대가 나타나 승리를 축하하는 찬송가를 불렀다.

부아셀리에가 명령을 내리자 곳곳에 자리잡고 있던 활잡이들이 날개 달린 화살을 쏘아 댔다. 늑대는 차례로 쓰러지기 시작했다. 그렇지만 한 발에 고꾸라지는 법은 없었다. 죽기보다는 부상을 당한 경우가 많았다. 그중 상당수는 입으로 화살을 빼내고는 소용없는 싸움에 덤벼들었다. 나약하고 불쌍한 왕도 갑자기 신이 나서 화살통이 다 비도록 활을 튕겼다.

그래도 늑대들은 여기저기 뛰어다녔다. 한 시간이 못 되어 수십 마리가 죽었고 그보다 많은 숫자가 부상을 당했다. 커다란 갈색 더미가 일렁이는 듯한 모습이었다.

그런데 쿠르토는 어디로 간 걸까?

광장 한가운데에는 분수가 있었다. 커다란 돌기둥 네 개가 널따란 대야를 받친 모양이었다. 늑대 왕은 이 커다란 대야 밑에 조용히 앉아 있었다. 화살이나 돌 같은 것이 날아와도 끄떡없는 곳이었다. 이 대학살 장면을 고스란히 지켜볼 수밖에 없었지만 이 난리에 꿈쩍도 않고 가만히 앉아 있었다.

그 옆에는 네 기둥 뒤에 숨어 있는 늑대들이 있었다. 잘 살펴보면 노트르담 대성당의 세 아치 아래에도 화살을 피해 모인 늑대 무리가 보였다. 대학살은 끝난 듯했다. 하지만 위대한 늑대 왕은 아직도 다친 데 하나 없이 멀쩡했고 바로 옆 성당 현관에는 아직 적지 않은 그의 동료들이 있었다. 50마리는 되어 보였다.

그러자 부아셀리에가 일어나서 호위병들을 부르더니 이렇게 말했다.

"하느님께서는 우리에게 엄청난 승리를 내려 주셨다. 적들을 우리 수중에 고스란히 몰아넣어 주신 것이다. 우리는 놈들을 함정에 빠뜨려 수백 마리를 해치웠다. 하지만 제일 크고 무서운 놈이 아직 멀쩡히 살아 있다. 화살이 닿지 않는 곳에 저렇게 웅크리고 있다." 그리고 이렇게 덧붙였다.

"놈은 여기 들어올 때부터 나에게 결투 신청을 한 것이다. 이 도시의 수비대장인 나에게 말이다. 나는 그 제의를 받아들이기로 했다. 이제 나는 좋은 적수를 만난 전사로서 나아가 죽을 때까지 싸우겠다. 대신 아직 늑대 수십 마리가 더 남아 있으니 나도 전사 수십 명을 데리고 가겠다. 왕께서 친히 이 싸움을 지켜보고 계신다."

자원한 사람이 수백 명은 되었다. 하지만 부아셀리에는 정정당당한 대결을 원했다. 그는 칼과 창을 잘 쓰는 건장한 전사로 수십 명을 뽑았다. 이들은 사다리를 타고 격투장으로 내려가 왕의 창문 앞에 일렬로 늘어섰다. 그러고는 왕에게 경례를 한 후 돌아서서 무시무시한 적들에게 다가섰다.

그러다 뜻밖의 일이 벌어졌다. 왕의 명을 받은 수석 사냥개 관리인이 옆문을 열어젖혔다. 그리고 뿔나팔을 불며 격투장 안으로 들어오자 커다란 사냥개 무리가 마구 짖으며 안으로 뛰어들었다. 개의 숫자는 늑대 숫자와 엇비슷했다. 주변의 열광과 지원에 자극을 받은 이들은 싸우고 싶어 안달이었다.

"뒤로 물러서!" 부아셀리에가 부하들에게 외쳤다. "오늘은 어쨌든 왕실에서 제대로 된 싸움 구경을 하실 모양이다. 개와 늑대의 겨루기도 보시겠다니 일단 지켜보자."

그러자 온 세상이 보고 싶어 안달할 만한 광경이 벌어졌다. 늑대 왕은 일어나서 한 차례 커다란 기합소리를 질렀다. 일종의 돌격 함성이었다. 그러고는 개들에게로 나아갔다. 전투는 반 시간 동안 계속되었고 개들은 모두 쓰러지고 말았다. 위대한 쿠르토는 이 싸움에서 12마리는 해치웠다. 늑대는 단 한 마리도 죽지 않고 몇몇이 다쳤을 뿐이었다.

"좋다!" 부아셀리에가 말했다. "이제 우리 차례다."

이제 용감한 수비대가 공격을 시작했다. 길고 날카로운 창에 늑대들이 차례로 쓰러졌다. 대신 많은 사람들이 다치기도 했다. 다섯 명이 쓰러져서 목을 뜯기고 말았다.

지붕 위에서 사람들이 보내는 환호성과 나부끼는 왕실 깃발에 전사들은 힘을 얻었다. 그들은 계속해서 밀어붙였다. 길다란 창을 들고 분수대 아래로 가서 늑대들을 찔러 댔다. 늑대들은 거의 다 죽어 갔다. 하지만 쿠르토를 선두로 한 일부는 달아나서 또 다른 피난처로 달려갔다. 대성당의 현관이었다. 이곳 돌로 지은 아치 아래에서 쿠르토와 남은 다섯 마리 늑대는 자신들을 둘러싼 사람들과 마주섰다. 피 튀기는 처절한 싸움이었다. 전사들은 닥치는 대로 베고 찔렀다. 늑대들은 차례로 쓰러져 마침내 단 한 마리만 남게 되었다. 거대하고 무시무시한 늑대 왕이었다.

그러자 정정당당한 싸움을 사랑하는 용감한 부아셀리에가 외쳤다.

"멈춰라! 남은 것은 이놈뿐이고 나에게 이미 결투를 신청했으니 우리 둘이서 1대 1로 싸워서 끝내도록 하겠다." 그러고는 기사 대 기사로 싸우듯이 창을 들고 나섰다.

거대한 늑대는 뒤로 물러서다가 수비대장에게 덤벼들었다.

창이 쿠르토의 가슴을 꿰뚫었다. 하지만 늑대는 온 힘을 다해 뛰어올라서 대장을 쓰러뜨렸다. 쿠르토는 엄청나게 날카로운 송곳니로 대장의 가죽 웃옷을 잘라 내고 투구의 목줄을 끊더니 목을 물어뜯어 버렸다. 둘은 서로 붙든 채 나란히 쓰러졌다. 붉은 생명이 마구 쏟아져 나왔다. 거대하고 무시무시한 늑대와 용감하고 건장한 인간이 함께 쓰러져 죽은 것이다.

13

대성당의 커다란 종들이 일제히 울려 퍼졌다. 처음에는 흥겨운 울림이더니 이내 애도의 종소리로 변했다. 이윽고 하느님께 영광을 돌리는 종소리가 퍼져나갔다. 군중들은 뛰어들어 왔다. 300마리나 되는 늑대들이 여기저기 쓰러져 있었다. 검고 붉은 천을 두른 관 운반대 위 높은 곳에는 쿠르토가 누워 있었다. 모든 사람들이 볼 수 있도록 공중에 들려졌다.

포고를 맡은 신하는 왕 앞에서 나팔을 분 다음 온 세상에 이렇게 외쳤다.

쿠르토는 죽었다!
거대하고 무시무시한 늑대 왕은 쓰러졌다!
모두 와서 볼지어다.

그의 치세는 끝났다!

하느님은 자기 백성을 기억하셨다!

와서 볼지어다!

　온 세상 사람들이 몰려들었다. 쿠르토가 정말 죽었는지 직접 눈으로 확인하기 위해서였다.

　사람들은 구원자인 용맹한 부아셀리에에게 애도를 표하기는 하되 모두가 기뻐서 어쩔 줄을 몰라 했다.

　이날은 프랑스에게는 반가운 새날의 시작이었다. 하느님이 보낸 소녀 잔 다르크가 오를레앙에 있을 때이기도 했던 것이다. 수비대장 부아셀리에가 파리의 늑대들에게 한 일을 하늘이 보내신 소녀가 곧 영국인들에게 하게 될 터였다.

　프랑스에는 이제 새롭고 밝은 날이 찾아왔다. 고귀한 희생의 대가였다.

표범을 사랑한 군인

　이것은 아주 독특한 이야기다. 50년 전쯤 나는 사막에서 일어난 이상한 모험 이야기를 읽은 적이 있다. 실종된 군인과 표범의 우정에 관한 이야기였다. 당시에 나는 깊은 감동을 받았다.

　최근에 나는 이 이야기를 다시 찾아보려 했으나 제목이나 저자의 이름으로 찾을 수가 없었다. 그래서 내 나름대로 다시 써 보았다. 그리고 이야기를 완성한 다음에야 나는 원래 이야기를 찾을 수 있었다.

　그것은 오노레 드 발자크가 쓴 <사막의 열정>이었다. 그런데 내가 고쳐 쓴 이야기는 주제만 빼놓고는 발자크의 원래 이야기와 닮은 구석이 거의 없었다. 이 저명한 프랑스 작가에게는 미안한 마음이지만 나는 내 이야기를 출간하기로 했다.

나에게 이 이야기를 들려준 사람은 어느 늙고 투박한 프랑스 군인이었다. 얼굴은 긴 세월 동안 혹독한 기후에 시달려 깊은 주름과 얼룩이 져 있었고, 넓은 어깨는 굽어져 버렸으며, 무기도 없고 한쪽 다리는 절뚝거렸다. 하지만 영혼의 창이라 할 수 있는 그의 눈에는 그를 50년 전에는 이상적인 군인으로 만들어 주었을 용기와 강건함이 아직도 불타고 있었다. 그의 태도에는 위엄과 절도가 배여 있었고 그의 단단하고 다정한 얼굴을 보니 그의 말이 사실이라는 것을 알 수 있었다.

그는 프로방스 출신이었다. 나폴레옹 연대에 입대하여 저 불운했던 나일 강 상류 전투에 참가했다. 그는 당시에 스물두 살이었다. 그의 이야기를 들으며 나는 당시의 그를 아도니스 같은 미남으로 상상했다.

그리고 나는 샴페인을 주문해 그가 기억의 끈을 풀게 유도했다. 아, 인간의 심금을 얼마나 잘 울리는 술인가! 얼마나 혀를 잘 풀리게 하고 기억의 하프 줄을 잘 퉁기는가!

내 예상은 틀리지 않았다. 여기 그가 내게 들려준 그대로 이야기를 전하고자 한다.

그때 나는 어리고 충동적이었다. 그런 만큼 사랑의 아픔을 잔인할 정도로 처절하게 겪게 되었다. 그래서 나는 군에라도 들어가야 했다. 당시 나폴레옹 보나파르트라는 이름에는 씩씩한 젊은이라면 모두 흠모할 만한 마술 같은 힘이 있었다. 우리는 배를 타고 스핑크스가 있는 땅까지 갔다. 그러다 나폴레옹 직속 부대에 배치되지 않고 드제 장군 휘하에 들어가게 되자 적잖이 실망하기도 했다. 이 부대의 임무는 나일 강 상류를 공략하는 것이었다.

이 지방에는 언제나 발 빠른 말로 무장한 아랍인들이 있었는데, 이들은 우리가 나일 강가에서 보던 굼뜬 사람들과는 본질적으로 다른 종족이었다. 이들은 예상치도 못할 때 습격해 우리 낙타를 몰아내거나 보급로를 차단하기도 했다. 우리가 정신을 차리고 다시 정렬하면 지독한 모래바람 속에 튼튼한 말들을 타고 다시 나타나 사막의 폭풍처럼 휩쓸고 지나가 버렸다.

어느 날 밤 이들이 들이닥쳤을 때 나는 보초를 서고 있었다. 나머지 전초 부대원들은 모두 사살되었고 나는 포로로 잡혔다. 나는 짐 나르는 노새에 묶인 채 어디론가 실려 갔다. 이틀 동안의 강행군 끝에, 나로서는 살아남을 가망이 희박해진 다음에야 이들은 야자수가 있는 오아시스에서 멈췄다. 사람과 말이 모두 녹초가 된 상태였다. 그곳에서 모두가 곯아떨어졌다.

보초 하나 세우지 않은 채였다. 그날 밤에는 아랍인이 한 명도 경계를 서지 않았다. 달아나고 싶은 마음이 굴뚝같았다. 정신을 차리고 주위를 살피기 시작했다. 내 손과 발은 밧줄로 묶여 있었다. 아랍인들이 모두 기진맥진하여 곯아떨어진 것을 확인한 나는 꿈틀꿈틀 기어 가장 가까이 있는 적에게 다가갔다. 그가 차고 있는 초승달 칼을 입으로 빼서 내 무릎 사이에 끼웠다. 나는 이 칼에다 대고 손을 묶은 밧줄을 톱질하듯 긁었다. 그렇게 해서 팔이 자유로워진 다음 발 묶은 끈을 풀고 일어섰다.

희미한 별빛 아래서 나는 조용히 그리고 재빨리 총과 초승달 칼, 단도와 꽤 많은 총알을 빼냈다. 귀리와 마른 대추야자 자루도 챙겼다.

말은 여기저기 묶여 있었다. 모두 혈통이 좋은 말들이었다. 제일 먼저 눈에 띄는 놈을 골라 잽싸게 올라타고 달아났다. 처음에는 소리를 내지 않기 위해 천천히 가다가 거리가 적당히 멀어지자 박차를 썼다. 전속력으로 달리고 또 달렸다. 정말 대단한 질주였다. 자유가 눈앞에 보였다.

그날 밤은 달빛이 없었다. 북극성도 안개에 가려 보이지 않았다. 우리 군인들은 천문학에 대해서는 별로 아는 바가 없었다. 하지만 빛나는 별이 동쪽을 알려주는 샛별이라는 것쯤은 알았다. 아직 힘이 남아 있는 아군이 동쪽 어딘가에는 있다는 사실을 알고 있었기에 나는 말머리를 그쪽으로 향했다. 박차를 가하면서 계속계속 달려갔다. 샛별이 나의 유일한 안내자였다.

결국 내가 바라보고 가던 별은 저 멀리서 뒤로 넘어가고 있었다. 그런데 이상하게도 내 뒤쪽 먼 곳에 있는 딴 세상의 경계를 따라 빛이 번져오는 이유를 알 수 없었다.

아차, 이리도 둔하다니! 금성이라는 이 샛별은 이곳에서는 서쪽 새벽 하늘에 보이는 별이었던 것이다. 나는 이 별이 그냥 우연한 기회였는지 아니면 내 길잡이가 된, 영혼의 참별이었는지를 궁금하게 여기곤 했다.

나나 말이나 힘이 남아돌 리가 없었다. 말은 내 무게에 비해서 너무 작았다. 게다가 힘을 너무 많이 써 버리고 말았다. 전속력으로 달리다 보니 완전 녹초가 되었다. 발을 질질 끌며 비틀비틀 나아가는 게 고작이었다. 하늘의 별빛이 모두 스러질 무렵 이 불쌍한 짐승은 쓰러지더니 다시 일어날 줄 몰랐다.

이 말 옆에서 절망적으로 앉아 있자니 날이 훤히 밝아오기 시작했다. 태양은 내가 아는 세상과는 정반대인 엉뚱한 곳에서 떠올랐다. 그러자 나는 어안이 벙벙해지며 그 어느 때보다 더 큰 절망에 빠져들고 말았다. 그것은 내가 아군들이 있는 곳으로 간 것이 아니라 서쪽 광막한 모래바다로 점점 깊이 들어갔다는 뜻이었기 때문이다.

나는 절망에 빠져 멍하니 내 앞의 모래바다를 두리번거렸다. 아침 햇살에 저 멀리서 나무 같은 것이 희미하게 보였다. 야자수인 것 같기는 했는데 몇 킬로미터나 떨어져 있었다. 나는 서둘러 무기와 먹이를 주섬주섬 챙겨들고 걸어서 쉴 곳으로 향했다.

몇 킬로미터밖에 안 될 줄 알았는데 지루한 모랫길을 하루 종일 터벅터벅 걸어서야 나를 유혹하던 나무그늘 아래에 도착할 수 있었다. 이미 해가 뉘엿뉘엿 넘어가고 있었다. 몇 그루나 될까 싶던 나무는 가까이 와서 보니 수백 그루나 되는 대추야자나무의 숲이었다. 움푹한 땅 한가운데에는 반짝이는 샘이 고여 있었고 나무들은 둑 옆에 나란히 줄지어 있었다.

나는 마지막 남은 힘을 내 샘으로 다가갔다. 그리곤 샘물을 마셨다. 아, 생명을 가져다주는 복된 한 모금이란! 그러고는 요람을 닮은 바위가 많은 이 움푹한 땅 속에서 그야말로 완전히 곯아떨어지고 말았다.

햇볕 때문에 잠에서 깨어났다. 아직 높이 뜨지는 않았지만 열기가 대단했다. 그러다 보니 내가 자던 바위 침상은 더 이상 쉼터가 되지 못했다.

바위 위에 일어서서 보니 주변의 기막힌 전경이 한눈에 들어왔다. 끔찍하고도 장엄한 사막이 불타는 바다처럼, 반짝이는 금속 거울처럼 사방으로 펼쳐져 있었다. 곳곳에 눈에 띄는 반짝이는 모래호수 위로는 안개 같은 불빛이 떠다니며, 무서운 모래폭풍을 일으키기도 하는 소용돌이가 보이기도 했다. 점점 솟아오르는 태양은 안개 같은 불빛을 계속 뿌려서 구릿빛 하늘과 적갈색 모래가 서로 녹아드는 듯한 모습이 무시무시하게 느껴졌다.

내가 과연 살아 있는 것인지 확인하고 싶어서 소리를 질러 보았다. 하지만 텅 빈 하늘과 텅 빈 풍광이 소리를 삼켜 버리는 듯했다. 메아리는 없었고 내 슬픈 마음속에서 울려 나오는 비웃음이 있을 뿐이었다.

대낮 무렵 나는 물을 마시러 샘으로 갔다. 가까이 가다 보니 얼마 되지 않는 사막 영양 한 무리가 눈에 띄었다. 이들도 물을 찾아 왔다가 놀라서 후다닥 달아났다. 나는 갈증을 푼 다음 주변을 찬찬히 둘러보았다. 영양의 흔적뿐만 아니라 작은 사막 동물들의 흔적도 많이 눈에 띄었다. 그리고 어김없이 그들을 잡아먹고 사는 큰 동물들의 자취도 있었다. 사자인지 치타인지 표범인지 정확히 알 수는 없었다. 어쨌든 조심을 하기로 한 나는 보호할 만한 숙소를 만들기 시작했다. 안타깝게도 불을 피울 만한 도구는 전혀 없고, 그곳에 얼마나 오래 머무르게 될지 알 수 없었기 때문이다.

나는 하루 종일 오두막을 짓느라 바빴다. 초승달 칼로 작은 야자수를 베어 내어 미리 봐 둔 집터로 가져갔다. 돌도 잔뜩 가져다 쌓아두었다. 밤이 오기 전에 야트막한 오두막 벽을 쌓아 올렸고 야자수 잎으로 나무줄기를 엮어서 튼튼하게 지붕을 얹었다. 대추야자와 물로 끼니를 때운 다음 나는 새로운 거처에 드러누웠다. 그리고 온 힘을 한껏 쏟은 다음에야 맛볼 수 있는 기막힌 피로 덕분에 꼼짝없이 깊은 잠에 빠져들었다.

🐾

출입문을 만들기는 했으나 창은 트지 않았다. 오두막은 딱 내 키 정도 높이로 올렸고 폭의 절반은 야자 잎으로 만든 침상이 차지했다.

한밤중에 이상야릇한 소리 때문에 깨고 말았다. 으르렁거리는 소리 같았는데 코 고는 소리처럼 들리기도 했다. 하지만 어쨌든 그 소리는 인간보다 더 센 힘을 가진 존재의 허파에서 울려나오는 소리가 분명했다.

나는 샘터에서 본 큰 동물의 발자국을 떠올리며 공포로 머리털이 쭈뼛해졌다. 이 동물이 무엇이든 간에 지금은 내 오두막 가까운 곳, 아니면 바로 입구에 엎드려 있는 것이다. 나는 팔꿈치로 몸을 지탱하고서 살펴보았다. 어둠 속에서 크고 시커먼 형체가 천천히 움직이고 있었다. 한쪽 끝에는 희미한 녹황색 불빛 두 개가 빛나고 있었다.

처음에는 내 머리가 이상해져서 환각 증세라도 생긴 줄 알았다. 고개를 돌려 잠자코 지켜봤다. 두 개의 불빛은 위쪽으로 움직였는데 불빛 사이의 간격은 일정했다. 코를 고는 듯한 소리는 이제 멈췄다. 아니, 더 깊이 그르렁거리는 소리로 바뀌었다고 해야 할 것이다. 그리고 바로 그 순간 코를 찌르는 동물 냄새

가 무슨 안개 스며들 듯 퍼지더니 내 오두막을 가득 채웠다. 그제야 나는 이 커다란 맹수에게 내 거처 안에서 완전히 갇히는 신세가 되고 말았다는 것을 알

게 되었다. 그 동물이 무언지는 알 수 없었다. 하지만 이 동물은 나를 가두었고 나를 지켜보고 있었다. 그르렁거리는 소리는 나를 자기 손 안에 넣었다는 사실을 위협하듯 알리는 소리였다.

나는 총과 함께 다른 무기들도 들었다. 그리고 단단히 마음을 먹고 스스로를 북돋웠다. "좋아. 싸워 보지도 않고 먹히지는 않겠어." 빛이 조금이라도 있었더라면 당장이라도 한 방 먹일 수 있었다. 그런데 칠흑 같은 어둠 속에서 나는 아무것도 할 수가 없었지만 이 맹수에게는 그다지 불리할 게 없었다. 나는 총을 쏴서 동물을 약간만 다치게 하면 이 맹수가 눈 깜짝할 사이에 나를 끝장내고 말 것이라는 사실을 잘 알고 있었다. 기다려야 했다. 어둠 속에서도 계속해서 밤을 꿰뚫는 이 불타는 눈빛은 주의 깊게 나를 지켜보고 있었다.

그러다 마침내 달이 떠오르면서 이 광경에 열대의 빛을 더해 주었다. 달빛이 점점 밝아지자 나는 이 길고 유연한 동물이 표범이라는 것을 알게 되었다. 고양이처럼 아름다웠지만 덩치는 소름 끼치도록 컸다.

나는 근접전에서 간단한 무기를 들고 싸우는 훈련을 받았기에 총보다 더 믿음직스러운 초승달 칼을 슬그머니 움켜쥐었다. 그런데 천장이 너무 낮아서 칼을 휘두르기가 어려울 것 같았다. 일어설 만한 공간도 못 되었다. 그렇다고 이 둥그런 칼로 찌를 수도 없었다. 이 동물은 아직 내 팔이 닿을 만큼 가까이 오지는 않았다. 내가 만일 앞으로 밀고 나갔더라면 상당히 놀랐을 것이다. 그럴 순 없었다. 그냥 기다리는 것만이 유일한 선택이었다. 가능하면 하루 종일이라도. 결정적인 총 한 방에 기대를 거는 수밖에 없었다.

결국 날이 밝아왔다. 이제 간단히 적을 관찰할 수 있었다. 잘 생기고 커다란 표범이었다. 주둥이와 발과 새하얀 목에는 새빨간 피가 묻어 있었다. "그랬군." 나는 생각했다. "녀석이 얼마 전에 포식을 했군. 배가 그리 고프지 않으니 날 이만큼은 살려둔 거야."

그러다 마침내 표범이 약간은 게으른 듯 일어났다. 고개를 조금 기운 없이 들더니 커다란 꼬리를 위로 구부린 채 오두막 출입문 기둥에 슬쩍 기댔다. 그러면서 목을 비비는 것이 고양이가 의자 다리에 몸을 부비는 것 같았다.

이제 나는 더 자세히 관찰할 수 있었다. 아주 크기는 했으나 암컷이었다. 목과 가슴과 배의 털이 눈처럼 새하얗다. 백조의 솜털처럼 하얀 털 위로 숯덩이처럼 새까만 점들이 아름답게 수놓여 있었다. 다리에 있는 점들은 벨벳으로 만든 빛나는 장미꽃 장식 같았다. 입고 있는 코트는 짧고 윤이 나는 금빛 모피였고, 온몸에 벨벳 같은 검은 꽃장식이 박혀 있었다. 입 양쪽에서는 기다란 수염이 은빛 나뭇가지처럼 돋아나 있었다. 그 위로는 넓은 눈썹 속에 불타는 보석 같은 눈이 박혀 있었다. 자수정

346

같기도 하고 황옥 같기도 했으나 한결같이 하얀 젖빛 불꽃이 번뜩였다.

아름다웠다. 그리고 녀석은 어떤 위협의 기미도 보이지 않았다. 대신 아주 독해 보이기도 해서 건드리기만 하면 지독하게 사나워질 수 있다는 느낌이 들었다.

"그래." 나는 생각했다. "네가 아니면 내가 죽는다. 둘 다 공격할 때만 기다리고 있구나."

그리고 나는 서서히 총을 표범의 가슴에 겨눴다. 이제 그 목숨은 내 손에 달려 있었다. 그런데도 나는 방아쇠를 당길 수 없었다. 표범은 어슬렁 더 가까이 다가와서 문 기둥에 어깨를 부볐다. 나는 한 방에 끝내기 위해 바짝 긴장을 했다. 표범의 불타는 두 눈이 나를 보았다. 금빛이 도는 갈색 털 속에 반짝이는 황록색 눈빛. 그 순간 오래전의 기억 하나가 나를 사로잡았다.

나에게도 한때 연인이 있었다. 쾌활한 요정과 무자비한 악마를 섞어 놓은 것 같은 그녀는 한마디로 암호랑이 같았다. 그녀는 영리한 만큼 아주 예쁘기도 했다. 붉은빛이 도는 금발에 잘 어울리는 눈은 초록빛이 도는 보석 같았다. 그녀는 애교도 많았다. 대신 지독히도 질투가 많고 잔인했다. 흡혈귀보다 더한 잔인함이었다. 칼을 들고 나를 죽일 듯 위협한 것이 한두 번이 아니었다. 그래도 나는 그녀를 미칠 듯 사랑했다. 하지만 그녀는 나를 몹시도 괴롭혔고 가차없이 조롱하곤 했다. 그래서 결국 나는 입대라는 방법으로 도피했다. 그녀는 일주일 만에 자살을 했다. 그랬다. 그것이 불꽃처럼 타오르던 내 사랑의 마지막이었다. 그녀는 내가 떠난 뒤 짧은 편지를 보냈다. "안녕. 우린 다시 만날 거야."

그녀는 한때 오랫동안 내가 꿈에 그리던 공주였다. 그리고 그 후로는 내 꿈을 어지럽혔다. 그런데 불그스름한 금빛 털과 금빛이 도는 붉은 눈을 가진 이 아름다운 맹수를 앞에 두고 보자니 오래전의 그 슬픈 사랑이 내 가슴을 치는 것이었다. 아직도 죽지 않은 내 옛 사랑이.

표범은 그 보석 같은 눈으로 나를 쳐다봤다. 공격할 뜻은 비치지 않았다. 이해하려는 마음과 사랑이 보였다. 나는 숨이 막혔다. 나도 모르게 소리가 입을 새어 나왔다. "미논느(내 사랑)!"

표범이 내 말을 알아들었다고 주장하고 싶지는 않다. 하지만 내 목소리가 다정하게 느껴졌는지 내 오두막 속으로 미끄러져 들어왔다. 그리고 고양이처럼 사랑스럽게 등과 목을 내 무릎에 마구 비벼댔다. 나는 총을 내려놓고 표범의 머리와 목과 등을 쓰다듬었다. 그녀는 무슨 전기 충격이라도 받은 듯 몸을 부르르 떨며 내 손에 대고 몸을 비볐다. 그러고는 낮게, 아주 길게 그르렁 소리를 냈다. 그것은 고양이과 동물의 세계에서는 사랑을 뜻하는 소리였다. "사랑해. 당신의 사랑이 필요해."

그 순간부터 줄곧 그녀는 내게 온갖 사랑의 증표를 보여 주었다. 나를 따라다니며 다리에 몸을 부비면서 사랑스럽게 쓰다듬어 달라고 했다. 그런데 이 모든 것이 끔찍한 공격을 위한 일종의 서곡일 뿐이라는 생각이 드는 순간이 한두 번이 아니었다. 쥐를 데리고 노는 고양이가 벌이는, 언제든 때가 오면 파멸시킬 수 있는 힘을 가진 이가 치는 장난의 시작인지도 모른다는.

그날 오후 커다란 독수리 하나가 샘터에서 그리 멀지 않은 곳에 내려앉았다. 나는 더 자세히 보기 위해 조심스럽게 다가갔다. 그런데 갑자기 이 표범 여인이 내 앞을 가로막으면서 성난 으르렁 소리를 냈다. 얼굴과 눈과 태도를 보아하니 분명 몹시 화가 났다는 뜻이었다.

"아하! 우리 애인이 질투를 하네!" 그런 생각에 나는 뒤로 물러서서 우리의 오두막으로 돌아갔다. 그러자 그녀는 자신이 하고 있던 고양이 같은 연극을 계속 했다.

그날 밤은 전날처럼 지나갔다. 그녀는 내 침대 맞은편에서 보초를 선 것이었다. 한밤에 그녀는 한동안 자리를 비웠다. 그러더니 해가 뜨자 이내 돌아왔다.

이렇게 지내는 여러 날 동안 나는 그녀가 죽은 내 말의 시체를 먹고 사는 게 아닌가 하는 생각이 들었다. 그녀가 다녀온 방향이나 얼굴과 하얀 털에 난 흔적을 보면 그 생각이 맞는 것 같았다. 처음에는 그랬을지 모르나 가까운 거리 내에는 다른 먹이들도 있었다.

사흘째 아침이 되어 일어나 보니 그녀는 사라졌다가 갑자기 나타났다. 뭘 물고 오나 봤더니 그녀가 잡은 것이 분명한 살진 영양 한 마리였다. 그녀는 고기를 내 발밑에 내려놓더니 장난을 쳤다. 나는 이 사냥감의 껍질을 벗기기 시작했다. 그녀는 매우 호기심 어린 눈으로 내가 하는 일을 지켜봤다. 내가 고기를 잘라내자 그녀는 먹기 시작했다. 꽤 그르렁 소리를 내며 아직 온기가 있는 살점을 핥았다.

나는 날고기를 좋아하지 않았다. 대신 군대에서 우리는 날고기로 비상식량을 만들곤 했다. 얇게 포를 떠서 볕에 말리는 방법이었다. 그렇게 해 놓으면 오래 가기도 했고 더 손댈 것 없이 먹기에 좋았다.

고기를 자를 때는 가죽을 활용할 수 있도록 잘라야 한다는 생각이 들었다. 다음번에 길을 떠나려면 물을 담을 것이 필요했던 것이다. 가죽을 모래로 채운 뒤 가죽 끈을 이용해 병 모양으로 묶었다. 영양의 다리 가죽이 물통의 목 역할을 할 수 있을 것 같았다. 가죽이 다 마른 다음에 모래를 털어 내고 보니 물을 담을 가죽부대가 완성되었다.

내 동료는 이런 과정 전체를 아무렇지도 않게 지켜보았다. 그런데 나중에 다른 일을 했을 때는 다른 반응을 보였다. 탈출하거나 구조되고 싶다는 생각은 계속 내 뇌리에서 떠나지 않고 있었다. 그런 가능성을 실현하고 싶다는 생각에 나는 입고 있던 빨간 셔츠를 쓰기로 작정했다. 높은 야자수에 어렵사리 올라간 나는 제일 높은 나무줄기에 내 셔츠를 신호 깃발 삼아 걸었다. 나의 표범 여인은 그런 내 모습을 매우 관심 깊게 지켜보았다. 약간 그르렁대면서. 그리고 내가 내려오자 갑자기 나무 위로 타고 오르더니 깃대를 후려쳐서 바닥으로 떨어뜨려 버린 다음 밑으로 내려왔다.

이제 우리는 서로를 이해하기 시작했다. 우리의 우정은 깊어 갔다. 그녀는 등과 머리와 얼굴을 쓰다듬어 줄 때면 언제나 좋아라 들러붙었다. 몇 번을 그렇게 쓰다듬어 주고 나면 그르렁 소리를 크게 내면서 머리를 내 쪽으로 기대거나 좋아서 어쩔 줄 모르면서 내 발 밑에서 뒹굴었다.

그녀가 나를 죽일지도 모른다는 두려움은 며칠 만에 사라지고 말았다. 2주가 지나자 우리는 절친한 친구가 되어 매일, 매시간 함께 있어야 했다. 그녀는 고기와 마실 것을 구해다가 나에게 나누어 주었다. 대추야자와 말린 고기가 풍부해지자 나는 넉넉하게 지낼 수 있었다. 나는 갈수록 이 보석 같은 눈망울 뒤에 하나의 영혼이 있다는 느낌이 강해졌다. 한 여인의 영혼. 그러자 나는 그녀를 "미뇨느"라고 더 자주 부르게 되었다.

아침이 되면 때때로 그녀의 모습이 보이지 않았다. 그러면 나는 길게 큰 소리로 "미뇨느"라고 외쳤고 그럴 때마다 그녀는 어김없이 쾌활하게 풀쩍풀쩍 뛰어서 달려왔다. 우리는 그런 친구 사이가 되어 점점 더 가까워지고 서로를 아끼게 되었다. 그녀를 죽인다는 생각, 나를 죽일지도 모른다는 두려움은 말끔히 씻겨 나갔다. 우리는 함께 하는 사막 생활에서 서로 똑같이 터놓고 지내는 동반자가 되었다.

하지만 내 동족의 품으로 돌아가고 싶다는 희망은 쉽사리 사그라들지 않았다. 그래서 나는 말린 고기와 대추야자를 비축하면서 먼길을 떠날 준비를 하고 있었다. 작정을 한 날 밤, 나는 물 부대에 물을 가득 채운 다음 오두막 밖에 걸어 두었다.

그녀가 습관대로 동이 트기 전에 일어나서 어디론가 간 다음이었다. 나는 그녀가 적어도 한 시간 동안은 돌아오지 않을 것을 알고 있었다. 그래서 나는 물 부대를 비스듬히 메고 식량과 무기를 챙겨든 다음 조용히, 그리고 최대한 빨리 동쪽으로 길을 떠났다. 사나흘이면 아군을 만날 수 있기를 바라면서.

그러다 나는 곧 정신착란에 가까운 생각의 소용돌이 속에 휩싸이고 말았다. 탈출할 수 있다는 희망, 추격과 복수에 대한 두려움, 자유를 위해 싸우겠다는 결의, 그리고 적지 않은 가책이 나를 어지럽혔다. 나를 구해 주고 나를 사랑한, 눈빛 밝은 사막의 여왕을 생각하면 가슴이 아렸다.

해는 떠올랐고 나는 정신없이 앞으로 나아가고 있었다. 필요 이상으로 스스로를 지치게 만들며 희망의 흔적을 찾아 맹목적으로 달려갔다. 그리고 뒤로는 두려움이 남아 있기도 했다. 바위투성이 비탈을 지나가던 나는 바위 끝에서 발을 헛디뎌 깊숙한 바위틈 사이로 떨어지고 말았다. 온몸이 찢어져 피투성이가 된 나는 정신을 잃어버렸다. 떨어지는 동안 내가 메고 있던 물 부대의 가죽끈이 바위틈에 있는 튼튼한 아카시아 나뭇가지에 걸렸다는 것을 어렴풋이 느낄 수 있었다. 꼼짝도 못 하고 나뭇가지에 그렇게 매달려 있었나 보다. 그렇게 얼마나 있었는지도 모른다. 한 시간이나 지났을까. 조금씩 정신이 들기 시작했다. 크고 거칠게 으르렁거리는 소리가 들렸고 눈 깜짝할 사이에 내 표범 여인이 바위 위로 풀쩍 나타났다.

그녀의 표정은 화가 나서 일그러져 있었다. 그렇게 내 위에 서서는 으르렁 그르렁 소리를 질렀다. 나는 희미하게 "미뇬느!" 하고 불렀다. 그러자 그녀는 단숨에 내 곁으로 내려왔다. 그녀의 얼굴과 목소리에서 화가 사라졌다. 그녀는 가시투성이 나무줄기로 뛰어올라가 물 부대의 가죽끈을 끊어 버렸다. 그러자 나는 바닥으로 떨어졌다. 그녀는 바위투성이 함정에서 나를 끌고 나와 부드러운 모래 위에 눕혔다.

나는 오랫동안 물을 마셨다. 그녀도 물을 조금 핥아먹더니 화를 내며 이 가죽 물 부대를 갈가리 찢어 버렸다.

그녀는 가까이서 기다렸다. 내가 감사의 표시이자 용서를 바란다는 뜻으로 그녀의 머리를 쓰다듬어 줄 정도로 회복이 될 때까지. 이제 어느 방향으로 길을 갈지 고민할 필요가 없었다.

그래서 나는 내 사랑하는 야생의 맹수와 함께 터벅터벅 오아시스로 돌아왔다.

돌아오는 데는 하루가 꼬박 걸렸다. 그래도 돌아오니 음식과 휴식이 우리를 기다리고 있었다.

내가 완전히 회복되는 데에는 3일이 걸렸다. 그녀는 침상 곁에서 나를 지켰다. 사냥을 할 때마다 잡은 것을 나에게 가져왔다. 대신 물이 마시고 싶을 땐 내가 직접 샘터로 기어가야 했다. 나는 더 이상 사막의 내 사랑이 품은 애정에 대해 의심하지 않게 되었다. 그래서 사랑의 유대가 깨어질지도 모른다는 조짐을 보여서 그녀가 지독하게 화를 내는 일은 전혀 일어나지 않았다. 나는 나의 불성실 때문에 부끄러웠다. 그러면서도 내 마음이 자꾸만 내 동족들에게 끌리는 것은 어찌할 도리가 없었다. 그들에게로 돌아가고 싶다는 열망은 그만큼 압도적이었다.

미뇬느가 아침거리를 찾으러 밖으로 나갔을 때였다. 나는 새로운 일을 꾸미기 시작했다. 내 빨간 셔츠 끝을 찢어서 길다란 띠를 만들었다. 이 끈 양쪽 끝에다 돌을 달았다. 그리고 띠 가운데에 빨간 셔츠의 소매를 묶어서 늘어뜨렸다. 그런 다음 몇 차례 시도한 끝에 이 띠를 언덕 꼭대기 부근에 있는 길다란 야자수 위로 던져서 걸 수 있었다. 돌멩이 둘을 단 대가 야자수 가지에 휘감겨서 매달리게 되었다. 얼마 안 있어 산들바람이 불자 빨간 소매는 깃발처럼 펄럭이기 시작했다.

내 표범 여인이 집에 돌아왔을 때, 나는 오두막에 있었다. 그런데 그녀의 눈은 금방 펄럭이고 있는 빨간 깃발을 알아챘다. 그녀는 의심스럽게 쳐다보더니 나무 주위를 빙빙 돌았다. 줄기에 코를 대고 냄새를 맡더니 내가 그 위로 올라가지 않았다는 것을 확신하는 것 같았다. 그러면서 이 신호 깃발에 서서히 적응해 가기 시작했다. 그 후로 며칠 동안 그녀는 몇 번이나 흥미 반 의심 반으로 그 깃발을 쳐다봤다. 그러더니 결국은 무시하기 시작했다.

그리곤 고스란히 두 달이 흘렀다. 그래도 나는 사막의 여왕과 함께 있는 죄수였다. 내 평생토록 그렇게 아름다운 존재를 본 일이 없었다. 화가 나도 잠을 자도 아름다웠지만 무엇보다 놀 때에는 더욱 아름다웠다. 나는 그녀를 진심으로 깊이 사랑하게 되었다. 여전히 그녀에게서 벗어날 기회를 간절히 엿보고 있었지만 고통 없이는 불가능한 일이었다. 그녀에게나 나에게나 그것은 끔찍한 고통이리라는 것을, 죽도록 슬픈 고통이 따를 것이라는 생각이 언제나 나를 사로잡았다.

어느 날 미뇬느가 사냥을 나갔을 때였다. 나는 내 깃발이 매달려 있는 언덕 위의 나무로 슬슬 걸어갔다. 저 멀리 모래 지평선 너머로 낮고 어두운 먼지구름이 일고 있었다. 그것은 점점 커져 갔다. 가만히 보니 그것은 말 탄 사람들이 달려오는 모습이었다. 누구일까? 아랍인들일까? 아니면 프랑스에서 온 아군일까? 나는 오두막으로 달려가서 무전기를 챙긴 다음 안전한 곳에 숨었다.

무리는 빨리 다가왔다. 보아하니 그들은 내 빨간 깃발을 알아본 것 같았다. 그들은 더 가까이 다가왔다. 이제 보니 내가 잘 아는 프랑스 군복을 입고 있었다.

그들은 천천히 걸어와서 깃발을 자세히 살피더니 적이 숨어 있을지도 모른다는 듯 이 움푹한 지대를 샅샅이 뒤지기 시작했다.

내 영혼은 불을 붙인 듯했다. 나는 기뻐서 어쩔 줄 모르며 걸어나갔다. 그러나 순간 나는 미뇬느와 마주치게 되었다. 그녀는 화가 잔뜩 난 악마처럼 가운데 서 있었다. 송곳니가 번뜩이면서 얼굴이 일그러졌다. 가슴속에 터져나오는 천둥 같은 으르렁 소리 때문에 몸이 떨렸다. 나는 지나쳐 가려고 했다. 그녀는 뒷발로 일어서더니 앞발을 내 어깨에 하나씩 얹었다. 그녀의 불타는 눈동자를 들여다보며 나는 내가 보고 있는 것이 질투에 넋이 나간 한 여인의 눈빛이라는 사실을 알 수 있었다.

그녀는 손으로 내 얼굴을 후려쳤다. 매정한 손길에 내 얼굴은 피가 흘렀다. 나는 총을 그녀 가슴에 겨누었다. 그리고 당겼다.

그녀는 길고 고통스러운 신음소리를 내더니 뒤로 쓰러져 버렸다. 아아, 그 비명소리란! 여인의 비명이란! 나는 총을 떨구고 그녀 곁에 무릎을 꿇었다. 그녀는 아직 가늘게 신음을 하고

있었다. 나는 마구 울음을 터뜨렸다. "미뇬느! 내 사랑! 용서해
줘! 날 용서해 줘!"

그녀는 일어나려 했지만 이미 생명이 빠져나가고 있었다. 그
녀는 눈처럼 하얀 입으로 내 얼굴과 손을 핥았다. 그리고 신음
했다. 나는 그녀의 신음이 무슨 뜻인지 알았다. "안녕."

나는 이제 슬픔에 휩싸여 미쳐 버렸다. 계속 이렇게 울부짖
을 뿐이었다. "미뇬느! 미뇬느! 내 사랑하는 미뇬느! 잘 가.……
우린 언젠가 다시 만날 거야.…… 미뇬느!"

군인들이 나와 그녀를 발견했을 때 우리 둘은 그렇게 쓰러져
있었다.

어느 쪽이 짐승인가?

다윈이 1859년에 『종의 기원』이라는 놀라운 책을 발표했을 때 전 세계의 과학계와 종교계에는 엄청난 파문이 일었다. 그가 밝은 빛을 향해 인류를 한 걸음 나아가게 했다는 것은 기존의 관념과 여건을 엉망으로 만들며 불러일으킨 공포에 비하면 아무것도 아니었다.

사람들은 이미 예전부터 해 오던 대로 똘똘 뭉쳐서 새로 나타난 선지자에게 형벌을 가하기 위해 물불을 가리지 않았다. 그의 생각에 대항하기 위해 내던진 온갖 주장들은 차라리 없느니만 못한 것들이었다. 그런 공격들은 모두 부메랑이 되어 다시 공격하는 쪽으로 되돌아옴으로써 완전한 패배를 안겨 줄 뿐이었기 때문이다.

다윈의 과학적인 승리는 완벽한 것이었다. 종교계 인사들은 음산하고 거만한 특유의 아집으로 되돌아갔다. "우리가 이겼다."며 힘없이 외쳐 보기도 했지만 완패하고 만 것이다.

한편 감상적인 사람들을 위로할 필요도 있었다. 인간이 원숭이와 사촌이라는 끔찍한 이야기를 감히 어떻게 하겠는가! 실제로 피가 통한다니! 이런 충격이! 이런 혐오가!

과학자들에게 다윈은 과학적인 해답을 제시했다. 그리고 감상주의자들에게는 감상적인 해답을 줘야 했다. 그는 그들을 위해 각각 교훈이 담긴 세 가지 실화를 들려줬다.

1

유명한 아프리카 탐험가인 브루스는 18세기 말에 아비시니아(에티오피아의 옛 이름—옮긴이)를 여행할 때 여러 일행과 함께했다. 짐꾼과 군인, 노예와 사냥꾼, 그리고 아주 많은 사냥개가 한 무리를 이루었다. 이들은 바위 많은 어느 계곡에 들어서면서 너른 장소에서 식사를 하고 있던 한 무리의 개코원숭이를 놀라게 한 적이 있다. 개와 사냥꾼이 떼로 몰려들어 추격한 것이다. 원숭이들은 재빨리 아주 높은 바위 위로 올라가서야 안전할 수 있었다. 그러는 사이 단 한 마리 달아나지 못한 원숭이가 있었으니 아기 개코원숭이였다. 녀석은 나름대로 지름길을 찾았다고 생각하고 가까이 튀어나온 바위를 골라 기어오르다 엉뚱한 곳에 혼자 떨어져 나오게 된 것이었다.

순식간에 아기 원숭이는 한 무리 개들에게 둘러싸이게 되었다. 개들은 몇 미터 앞에서 원숭이를 찢어발기려는 듯 펄쩍펄쩍 뛰며 난리였다.

너무 절박한 나머지 이 작은 원숭이는 목청을 높여 도와 달라는 비명을 질렀다. 높은 바위로 대피한 친척들은 꼬마가 있는 쪽을 보더니 일제히 크게 짖는 소리를 냈다. 싸움을 앞두고 사기를 북돋우기 위한 일종의 군가였다. 그들은 한동안 그렇게 노려보며 소리를 질렀다.

그러다 원숭이들의 우두머리인 커다란 늙은 장수가 절벽에서 훌쩍 뛰어내리더니 사냥개들이 몰려 있는 곳으로 달려들었다. 그러고는 개들 사이로 파고들더니 좌충우돌 마구 치고 찢고 꺾으며, 커다란 네발과 억센 이빨로 사정없이 할퀴니 개들이 주춤 뒤로 물러났다. 그러다 부상당한 사냥개들이 벌린 틈을 타고 아기 원숭이가 피해 있는 야트막한 곳으로 올라갔다.

여기서 그는 한숨을 돌리더니 새끼 원숭이를 조심스럽게 무등을 태웠다. 그러고는 숨을 깊이 몰아쉬고 울부짖는 개들 사이로 다시 뛰어들었다. 이리저리 사방팔방으로 마구 때리고 찢었다. 그러면서 그도 개의 지독한 이빨에 물려 여러 군데가 찢어졌다. 하지만 그의 담력와 힘과 엄청난 송곳니는 그가 헤쳐

나갈 수 있게 도와 주었다. 50마리나 되는 지독한 개떼들은 밀려서 물러나야 했고 이 영광스런 늙은 영웅은 절벽에 다다른 다음 안전하게 높은 곳까지 올라갔다. 부상을 당해 가쁜 숨을 몰아쉬고 피를 철철 흘리면서도 의연했다. 아기는 다친 곳이 거의 없었다.

이것이 첫 번째 이야기이다. 고귀한 진실을 담은 실화다.

2

런던동물원 원숭이 우리 중에서 가장 큰 곳에는 여러 종이 살고 있었다. 그중에는 아프리카에서 온 작은 짧은꼬리원숭이와 같은 땅에서 온 크고 사나운 차크마 개코원숭이도 있었다.

병이 들었던 작은 원숭이는 사육사의 보살핌으로 살아날 수 있었다. 그래서 작은 원숭이는 사육사에게 깊은 애정을 품게 되었다. 이런 감정은 오가는 것이어서 둘은 헌신적인 친구가 되었다.

사육사는 일주일에 한 번씩은 우리에 들어가서 청소를 해야 했다. 그럴 때 그가 잊지 않고 챙기는 게 있었다. 사나운 개코원숭이를 겁 주기 위해서 그는 언제나 날카로운 가시가 달린 짧고 묵직한 갈퀴를 가지고 들어갔다.

개코원숭이는 이 도구가 무엇을 위한 것인지 무엇을 할 수

364

있는지 잘 알고 있었다. 그리고 몹시 두려워했다. 그래서 사육사가 쇠갈퀴를 들고 들어오면 언제나 제일 높은 곳에 올라가서 얌전히 앉아 있었다. 그러고는 묵직한 가슴에서 울려 나오는 거친 소리를 웅얼거리고 멧돼지처럼 무시무시한 송곳니를 맞부딪치면서 사육사에 대한 지독한 혐오를 드러냈다.

여러 주가 지나도 이런 반응은 달라지지 않았다. 그러자 무감각해진 사육사가 하루는 쇠갈퀴를 우리 한구석에 세워 두고서 부지런히 빗자루질을 하고 있었다. 그러면서 그는 점점 쇠갈퀴로부터 멀어져서 마침내 손이 닿지 않는 곳까지 갔다. 개코원숭이는 시끄럽게 으르던 소리를 멈추더니 조용히 무슨 일인가를 꾸미며 노려보고 있었다.

사육사가 아무 생각 없이 개코원숭이 밑을 지나가자 원숭이는 기다렸다는 듯 뛰어내렸다. 원숭이가 사육사의 어깨 위에 거세게 내려앉자 사육사는 앞으로 엎어지고 말았다. 그러자 눈 깜짝할 사이에 원숭이는 무방비한 사육사의 목에 섬뜩한 이빨을 들이댔다. 그는 이제 도움을 받을 수 없는 처지가 되었다.

그 순간 조그만 짧은꼬리원숭이가 번개처럼 뛰어들었다. 작은 원숭이는 이 덩치 큰 개코원숭이를 몹시 두려워했다. 하지만 지금은 친구가 위험에 빠져 있었다.

기합 같은 비명을 지르며 작은 원숭이는 커다란 야수의 얼굴 위로 달려들더니 있는 발톱으로 눈을 찔렀다. 그리고 자신이 타격을 입힐 수 있는 유일한 부분을 이빨로 물어뜯었다. 그리고 누구든 도와 달라는 비명을 계속 질러 댔다.

눈을 다친 개코원숭이는 사육사를 놓아 주었다. 사육사는 벌떡 일어서더니 쇠갈퀴를 집어들고는 다리 넷 달린 괴물을 꼼짝 못하고 웅크리게 만들었다.

아, 그러나 너무 늦어 버렸다! 조그만 원숭이는 치명적인 상처를 입었다. 사육사의 손에 흐느끼며 들러붙는 작은 원숭이는 가늘게 떨면서 서서히 잠잠해졌다. 사육사는 자기 어린아이에게 하듯 조그만 친구의 얼굴에 키스를 했다. 작지만 용감한 생명은 빠져나갔다.

두 번째 이야기였다. 역시 확실한 실화다. 개코원숭이의 송곳니 때문에 깊은 상처가 생긴 그 남자를 내가 직접 만났으니까 말이다.

3

유명한 낭만시인 바이런 경은 19세기 초반에 전 세계를 돌아다니다 남미 대륙 남쪽 끝에 있는 티에라 델 푸에고 섬에 들른 적이 있다. 그러면서 그는 누추한 원주민들과 그들의 생활 방식을 볼 기회가 많았다.

그는 커다란 인간이 절벽을 타고 올라가서 조그만 바구니 가득 바닷새의 알을 거둬 오는 것을 보았다. 아마 이 부족이 즐기는 음식 같았다. 이 야만인은 자기 아들에게 그것을 주면서 나머지 가족들이 모여 있는 천막으로 가져가라고 했다.

　아이는 길을 가다가 미끄러운 바위에 미끄러져 알을 모두 엎질러 깨뜨리고 말았다. 귀한 음식을 잃은 거대한 짐승은 야수처럼 으르렁대다가 아이에게 달려들어 발목을 잡아챘다. 그러고는 아이의 머리와 몸을 바위에 마구 찍더니 엉망이 되어 버린 시체를 한쪽으로 던졌다.

　아이의 엄마는 겁을 잔뜩 집어먹고는 달려왔다. 벌벌 떨고 있는 작은 몸을 일으키더니 무릎을 꿇고 벗은 젖가슴을 아이에게 갖다대며 흐느끼고 또 흐느꼈다. 커다란 인간은 그래도 화가 나서 으르렁대더니 다시 알을 구하러 갔다.

　"세상에!" 멀찌감치 질려서 바라보고 있던 바이런이 말했다. "이게 인간이야."

　이 세 가지 진실된 이야기를 들려주며 다윈은 말한다.

　"자, 그러니 감상주의자들이여. 그대와 원숭이가 사촌간이라는 이야기를 하면 질겁을 하는 이들이여. 그대는 이 세 이야기의 어느 주인공을 두고 친척이라고 주장하겠는가? 절망적인 상황에서 살려 달라고 비명을 지르는, 자기 자식이 아니라 평범한 동족의 일원인지도 모르는 어린것을 구하기 위해 안전한 곳을 박차고 나와 압도적으로 많은 적들에 대항하며 자기 목숨을 던진 저 늙고 용감한 개코원숭이인가? 아니면 공포를 무릅쓰고 위험에 빠진 친구에 대한 사랑을 실천하다가 자기 목숨을 바쳐 사육사를 살려낸 작고 용감한 짧은꼬리원숭이인가? 아니면 바닷새 알 몇 개 때문에 제 어린 자식을 죽이는 짐승 같은 야만인인가?" 그러면서 이런 말로 이야기를 맺었다.

"나는 어떤 것을 선택해야 할지 알고 있다. 그리고 이 이야기를 잘 듣고 열린 마음을 갖춘 사람이라면 모두 나와 같은 판단을 하리라고 믿어 의심치 않는다."

시튼의 발자취

1860년 8월 14일	·영국 더럼 주 사우스실즈에서 명문가의 후손으로 태어나다.
1866년	·아버지의 파산으로 온 가족이 캐나다 온타리오 주 린지로 이주하다.
1870년	·토론토로 이주해 그곳에서 초등 교육을 받다. 미술에 두각을 나타내다.
1879년	·화가가 되기를 원하는 아버지의 뜻에 따라 본격적으로 미술 교육을 받기 위해 영국 런던으로 가다.
1881년	·건강 악화로 다시 캐나다로 돌아와 형들이 사는 매니토바 주로 가다. 이곳에서 이후 작품들의 무대가 된 카베리의 샌드힐 등을 쏘다니며 자연에 대한 이해의 폭을 넓히다. 이 시기에 아메리카 인디언들과 교류를 시작하다.
1883년	·미국 뉴욕으로 가서 저명한 자연학자들을 많이 만나다.
1884년	·프랑스 파리로 가서 미술 공부를 하다.
1885년	·『센추리 백과사전』에 들어갈 동물들의 그림 1천 점을 그리다.
1886년	·『매니토바의 포유류 목록』을 출간하다.
1892년	·매니토바 주 정부의 자연학자로 임명되다.

1893년	· 미국 뉴멕시코 지역으로 사냥을 나감. 이때의 경험이 후에 〈커럼포의 왕, 로보〉로 태어나다.
1894년	· 〈커럼포의 왕, 로보〉가 미국 잡지 《스크라이브너》지 에 실림. 이후 42권의 책과 수많은 글들이 발표되다.
1896년	· 미국 뉴욕 출신의 그레이스 갤러틴과 결혼하다.
1898년	· 야생 동물 이야기를 다룬 첫 번째 책인 『커럼포의 왕, 로보 : 내가 만난 야생 동물들』을 발표해 세계적 인 명성을 얻다.
1899년	· 『샌드힐의 수사슴』을 출간하다.
1900년	· 『회색곰 왑의 삶』을 출간하다.
1901년	· 『위대한 산양 크래그 : 쫓기는 동물들의 생애』를 출간 하다.
1902년	· 자연친화적인 단체 '우드크래프트 인디언 연맹'을 창 설하다.
1904년	· 딸 앤 시튼이 태어나다.
1905년	· 『뒷골목 고양이 : 진정한 동물 영웅들』을 출간하다.
1906년	· 보이스카우트 운동에 본격적으로 참여하다.
1907년	· 캐나다 북부 지역을 카누로 여행하다.
1909년	· 『은여우 이야기』를 출간하다.
1910년	· 미국 보이스카우트 협회 창립위원회 의장이 되다. 첫 보이스카우트 매뉴얼을 쓰다.
1913년	· 『옐로스톤 공원의 동물 친구들 : 우리 곁의 야생 동물 들』을 출간하다.
1916년	· 『구두 신은 야생 멧돼지 : 야생 동물들이 살아가는 법』을 출간하다.
1917년	· 수(Sioux) 인디언에게서 '검은 늑대'라는 이름을 얻다.

1927년	· 수 인디언, 푸에블로 인디언들과 함께 생활하다.
1930년	· 미국 뉴멕시코 주 샌타페이로 이주하여 미국 시민권 자가 되다. 시튼 인디언 연구소를 설립하다.
1934년	· 그레이스 갤러틴과 이혼하고 줄리아 모스 버트리와 재혼하다.
1937년	· 『표범을 사랑한 군인 : 역사에 남을 위대한 야생 동물 들』을 출간하다.
1940년	· 자서전 『야생의 순례자 시튼』을 출간하다.
1946년	· 미국 뉴멕시코 자택에서 생을 마치다.

시튼의 동물 이야기 9

표범을 사랑한 군인

1판 1쇄 찍음 2016년 2월 15일
1판 1쇄 펴냄 2016년 2월 25일

지은이 어니스트 톰슨 시튼
옮긴이 이한중

주간 김현숙
편집 변효현, 김주희
디자인 이현정, 전미혜
영업 백국현, 도진호
관리 김옥연

펴낸곳 궁리출판 | **펴낸이** 이갑수

등록 1999년 3월 29일 제300-2004-162호
주소 10881 경기도 파주시 회동길 325-12
전화 031-955-9818 | **팩스** 031-955-9848
홈페이지 www.kungree.com | **전자우편** kungree@kungree.com
페이스북 /kungreepress | **트위터** @kungreepress

ⓒ 궁리 2016.

ISBN 978-89-5820-353-7   04840
ISBN 978-89-5820-354-4   (세트)

값 11,000원